AF905990

यादें

मेरी माटी, मेरे लोग

प्रोफेसर (रि.) एस.एस.देव

BlueRose Publishers
NewDelhi • London

First Published in November 2021

ISBN: 978-93-5472-684-2

Price: INR 364

BLUEROSE PUBLISHERS

www.bluerosepublishers.com

info@bluerosepublishers.com

+91 8882 898 898

Cover Design:

Muskan Sachdeva

Typographic Design:

Ilma Mirza

Distributed by: BlueRose, Amazon, Flipkart

श्रद्धेय परम पूज्य स्वर्गीय माँ – पिता जी के चरण
कमलों मे सादर अर्पित

परिशिष्ट

यादें जीवन–क्रम से उत्पन्न अनुभव एवं घटनाओं की मन–मस्तिष्क से उभरी वह अमिट छाप होती हैं, जो यदा–कदा परिस्थिति–जन्य व्यतिरेक एवं अतिरेक से साक्ष्य रूप में प्रकट होकर हमें प्रभावित करती हैं। यह चाहे इतिहास हो या धर्म, परम्परा हो या रूढ़ियाँ, संस्कृति हो या सभ्यता अथवा मनुष्य हो या समाज, सभी जगत में कालत्रय के साथ घटित आयामों में आधारित होता है। इस पुस्तक में मैंने इतिहास, धर्म, संस्कृति एवं स्वयं के अनुभवों को आज के परिप्रेक्ष्य एवं आवश्यकतानुसार 'माटी' के अस्तित्व तथा अर्थ को नये प्रकाश के साथ, कुछ–कुछ शोध की दृष्टि से, तरोताजा करने का प्रयास किया है, ताकि हम अपनी अस्मिता एवं पहचान को सदा के लिए विलुप्त हो जाने के डर से बचाने भर का प्रयत्न कर सकें। इतिहास अपने आप में उन घटनाओं का विवेचन होता है, जो सब कुछ से परे हमें भूतकाल के वृतांतों को उजागर करते हुए, भविष्य को प्रशस्त करने में मार्ग–दर्शक का कार्य करता है। संपूर्ण रूप से सत्य न होते हुए भी यह भौतिक दुनियाँ का एक अग्रणी एवं सजग शिक्षक होता है।

इसी प्रकार अनुभवों को संजोये धर्म और संस्कृति भी अपने–अपने प्रकार से मनुष्य के पथ–निर्धारक बनते हैं। 'धर्म' क्या है? यह मूलरूप से माता–पिता द्वारा प्रदत्त पालने से लेकर अग्रेत्तर जीवन शैली की वह आदत है, जो संस्कार के रूप में हमें आंखें खोलने के साथ ही शैशव काल के उपहार की तरह मिलती हैं, जिसे हम अपने प्रत्येक कार्य में ढाल कर आगे चलने को ही धर्म बना लेते हैं। यदि बाल काल से ही किसी व्यक्ति को किसी मंदिर या मस्जिद, गुरूद्वारा, मठ अथवा अन्य स्थलों में ले जाया जाय, तो उसकी वही आने–जाने की आदत जीवन भर के लिए उसका धर्म बन जायेगी। जो लोग ऐसे किसी भी स्थल में जाने अथवा ले जाये जाने का अवसर नहीं प्राप्त कर पाते, उनका कर्म ही एक आदत के रूप में उनका धर्म बन जाता है। सार स्वरूप यह कहा जा सकता है कि आदत से संस्कार, संस्कार से आस्था और आस्था से धर्म बनता है। किन्तु, इस पूरी प्रक्रिया में हर स्तर पर अनुभव ही जीवन का मूलमंत्र होता है।

तो फिर 'संस्कृति' को हम क्या कहेंगें? संस्कृति की जनक भी हमारी खान–पान, रहन–सहन, मनोरंजन, रीति–रिवाज आदि, जिन्हें हम विभिन्न प्रकार के संस्कारों में बांधकर रखते हैं, की वे आदतें मात्र ही होती हैं, जो शेष संसार की मुख्य धारा से किनारे होकर अपना एक अलग समुदाय बना लेते हैं, जिसे हम 'समाज' कहते हैं। संस्कृति एक प्रकार से संस्कारों का ही परिमार्जित संकलन होता है और समाज इसका प्रतिबिंब।

इस सजृनात्मक कृति में मैंने इतिहास, धर्म, संस्कृति, समाज एवं स्वयं की 'माटी' में जिया अनुभव एक खोच अथवा, यों कहूँ कि, एक रहस्योद्‌घाटन के रूप में किया है, जिसका उद्‌देश्य मुख्यतया जीवन को इसी वैचारिक एवं भावनात्मकता से समझने तथा इसकी अनेकता से अपनों एवं पाठकों को किसी न किसी तरह लाभान्वित करने का है। सार्वभौमिक तथ्य यह है कि आम से आम अनुभव के छोटे से छोटे विचार से उत्पन्न सृजन ही खास से खास आविष्कार का, बड़े से बड़ा आधार बनता है। साधारण सी चाय बनाते वक्त की भांप से केतली के उठते रहते ढक्कन को गौर से देखते रहने के अनुभव से रेलगाड़ी के चमत्कारी इंजन के आविष्कार का विचार पैदा हुआ। एक छोटे से बीज के धरती में गिरने से विशालकाय वृक्ष और उस वृक्ष से घना, विस्तृत जंगल उत्पन्न होता है। वहीं एक बड़े से बड़े पेड़ के टुकड़े कर खेत के गढ्ढे में बो देने से तो छोटा सा बीज भी उत्पन्न नहीं होता।

इस रचना का सार वह 'माटी', एक अदने से इंसान की वह धरती, पहाड़ की गोद में बसा एक सीमित क्षेत्र का मेरा जन्म स्थल एवं उससे संबंधित अन्य क्षेत्र तथा अपने लोगों का ऐसा प्रस्तुतिकरण है, जिसके ताने बाने से खिंचे अनुभव के तार खास से खास, यहाँ तक की श्रीकृष्ण से लेकर बाणासुर, खेत के गरीब किसान–मजदूर से लेकर राजनेता और इतिहास के थपेड़ों से रक्त रंजित जहाँ (सुईं–बिशुंग), कत्यूरी राजवंश से चंद वंश, अंग्रेज आतातायियों से गोरखा आक्रमण तथा वीर योद्धाओं और अविकसित पर्वतीय क्षेत्र की विषम भौगोलिक संरचना से उत्पन्न समस्याओं एवं सांस्कृतिक पृष्ठभूमि में स्वयं का मनोवैज्ञानिक, तार्किक व भावनात्मक विश्लेषण है।

यादें मस्तिष्क तरंगों से उत्पन्न उर्जा की तरह होती हैं, जो जीवन–समुन्द्र में लहरों की तरह इठलाती, बलखाती, ऐंठती, उठती और गिरती, कभी विलुप्त हो जाती हैं और कभी फिर उभर जाती हैं। ऐसी ही यादें, जो किन्हीं विशेष कारणों से इनके अनुभव को खास बनाती हैं, इस पुस्तक में शब्दों के वेग में बहती चली गई हैं। मैं बहुत बड़ा आदमी तो नहीं, परन्तु इसमें उकेरे गये अनुभव आम को खास और खास को आम बनाने की क्षमता जरूर रखते हैं।

मनुष्य की सबसे बड़ी सुंदरता यह है कि वह एक रहस्यमय प्राणी है और उसका नब्बे प्रतिशत से अधिक अंश हमेशा गुप्त ही रहता है। वास्तविकता यह है कि कोई भी व्यक्ति एक दूसरे को सम्पूर्ण तो क्या, आधा भी पूर्णतया नहीं जानता। यहाँ तक कि माँ–बाप अथवा पति–पत्नी तक एक दूसरे को जानने का भरसक प्रयास तो अवश्य करते हैं, परन्तु एक दूसरे को पूर्णतः समझते नहीं हैं। शारिरिक रूप से तो हम एक दूसरे को जानते हैं। समस्या 'स्व' (खुद) को समझने की होती है। हर व्यक्ति आंतरिक एवं बाह्यरूप से हमेशा अलग–अलग होता है। उसके आंतरिक स्वरूप को ही 'स्व' (खुद) कहा जाता है। 'स्व' (खुद) एक होता है, परन्तु प्याज की गांठ के छिलकों की तरह, वह स्वयं को कई हिस्सों एवं जिम्मेदारियों में विभक्त पाता है, जिन्हें यदा–कदा रिश्ते का नाम भी दिया जाता है। माँ, बाप, भाई, बहन, पति, पत्नी आदि सभी 'स्व' के ही अंश होते हैं। रिश्तों के अंशों में व्यक्ति का 'स्व' उसे एक अलग इंसान बनाता है। इन अनगिनत रिश्तों में सबसे बड़ी परेशानी इस बात की होती है कि इन सबमें 'मैं' कौन हूँ? 'स्व' ही, यानि आंतरिक इंसान ही, 'मैं' होता है, और समस्त कला का संबंध इसी 'मैं' से होता है।

यदि हम जानना चाहें कि एक गायक, गाता क्यों है? गीतकार, गीत क्यों लिखता है? कवि, कविता क्यों रचता है? लेखक, कहानी या उपन्यास क्यों लिखता है? आदि–आदि। इसका सीधा मेल लेखक या कलाकार के 'स्व' से होता है। यदि 'खुद' में कोई अभाव या अधूरापन रह जाये तो मनुष्य के आवेगों में उस खास वस्तु या व्यक्ति की रिक्तता का भाव उसे असंतुलित कर देता है। अपने आप के अंदर के इंसान को संतुलित करने के लिए एवं उस आवेग विशेष को बिखर जाने से बचाने के लिए एक कलाकार कला के रूप में समाधान ढूढ़ता है, जो उसे संतुलित कर संतोष प्रदान करता है। आम भाषा में

कलाकार कला के माध्यम से स्वयं के अभाव को ही पूर्ण करने का प्रयास करता है। एक लेखक, या कवि, या गीतकार, दूसरों के लिए कभी नहीं लिखता। वह स्वयं के आवेग को शांत करने के लिए किसी भी रचना के द्वारा एक प्रकार का सहारा पैदा करता है। इसीलिए तो किसी कला में, जैसे गीत, कविता, लेखन आदि में, कलाकार ऐसा प्रतीत होता है जैसे उसका कुछ खो गया हो और वह उसे ढूंढ़ रहा है। पाठक या दर्शक भी आनंद इसीलिए प्राप्त करता है चूंकि कलाकार की कृति में वह भी कुछ अपनी खोई चीज को ढूंढ कर संतोष प्राप्त करना चाहता है। एक कलाकृति में, इस प्रकार, सर्वदा दो अर्थ स्थापित होते हैं : एक 'स्व' (खुद) के लिए और एक पाठकों आदि के लिए। एक मात्र उद्देश्य रह जाता है अपना–अपना आनंद अथवा अपना–अपना संतोष ढूंढ़ना। किसी भी कला में यदि अपने असंतुलन को संतुलित कर शांत करने की मनोवैज्ञानिक क्षमता नहीं होती, तो एक कलाकार कलाकार न होकर मानसिक रूप से विक्षिप्त होता। आंसू बहा कर आनंद या शांति क्यों मिलती है? एक कलाकार भी अंदर ही अंदर रोकर अपने 'असंतोष' को वश में करने की कोशिश करता है। यदि मेरा 'अनुभव' भी एक कला से उत्पन्न होता दिखता हो, तो अवश्य ही इसमें भी किसी खोई चीज को ढूंढ़ने का ही प्रयास हो सकता है। संक्षेप में, कला हमेशा द्विअर्थीय एवं 'खोने–पाने' की एक असफल कोशिश होती है। लेखन भी कला होती है। किन्तु, मैं समझता हूँ कि मेरा यह प्रयास पूर्ण रूप से एक कला नहीं वरन् अनुभव का एक विशिष्टीकरण है, जिसमें विचार से अधिक सोच को समझने एवं महसूस करने की आवश्यकता होगी।

मेरी **यादें** भी उत्तराखण्ड के दूरस्थ पर्वतीय क्षेत्र की विगत की कंकड़, पत्थर, गाड़–गधेरे, अंधेरी रातें, बरसाती बादल, बर्फ में दौड़ते–चलते पैर के अंगूठे में खाई चोट को बीड़ी का कागज़ लगाकर खून बंद करने, भाभियों के भाईयों को लिखाये गये अलौकिक दर्शन के पत्र नादान से बचपन में सैनिक भाईयों को लिखने, आंखों के सामने माँ को कष्टों से निपटते देखने, पढ़ाई करते हुए पर्वत से अभावों से लड़ाई, संसाधनों की कमी के चलते नदी के घराट से छोटी सी उम्र में गेहूँ पिसाकर लाने, गर्मियों में पास की नदी की मछलियाँ टोली में जाकर पकड़ कर माँ को खिलाने, बसंत ऋतु में गाय–बैलों को चराने एवं जाड़ों में बर्फबारी से पहले जंगल में लकड़ी काटने से लेकर उच्च शिक्षा प्राप्त कर

एक प्रतिष्ठित, ख्याति प्राप्त केन्द्रीय विश्वविद्यालय के ऊँचे पद से सेवामुक्त होने की यादें मेरे दिल का गहरा समुन्द्र हैं, जहाँ गोते लगाना मेरा शौक है। बुढ़ापे का संशयों भरा जाल, उम्र के किनारे खड़ा कर कहीं अवसाद के भंवर में न उलझा दे, इसलिए अपने जीवन में बड़ों, छोटों एवं मित्रों को यादों में लाकर बस कष्टों को लपेटने का एक उपाय भर है मेरी यह पुस्तक।

मैं उन सभी पारिवारिक सदस्यों, मित्रों, छात्र–छात्राओं, सहयोगियों, शुभचिन्तकों, माटी के लोगों, प्रिय पाठकों, अमित, डा0 रेखा, मानस एवं अपनी पोतियों – यशस्विनी (कुट–कुट), समृद्धि (अमीषि) का विभिन्न प्रकार की प्रेरणा एवं शान्विका की शुभकामना एवं सभी के सहयोग के लिए हृदय से आभार प्रकट करता हूँ। प्रिय यशस्विनी एवं समृद्धि द्वारा लाक–डाऊन के दौरान पुस्तक निर्माण करने की प्रेरणा एवं विचार देने के लिए विशेष आभार। बड़े बेटे अमित (विश्वविजय सिंह देव) के इस पुस्तक को मूर्तरूप देने में दिये गये सहयोग के लिए हृदय से आशीर्वचन व्यक्त करता हूँ।

इस पुस्तक की विषय–वस्तु हेतु विचार व्यक्त करने वाले सभी भद्र पुरुषों को हार्दिक धन्यवाद देते हुए एवं एक आभा की तरह वर्णन पाये प्राणी, यहाँ तक कि समस्त देव, मानव, दानव, असुर, स्थान, परिवेश एवं परिस्थितयाँ, जिन्होंने सम्पूर्ण चरित्र के रूप में एक नाट्य कलाकार की सी भूमिका निभाई है, का खुले मन से स्वागत एवं आभार व्यक्त करता हूँ। इंस्पेक्टर (रि0) श्री हयात सिंह माहरा द्वारा पुस्तक की सामग्री एकत्रित करने के प्रयासों एवं अन्य सहयोग के लिए हार्दिक धन्यवाद। पं0 जगदीश चन्द्र बगौली के आशीर्वाद हेतु नमन।

श्री गिरीश सिंह रावत, जिन्होंने स्नेह, सद्भाव एवं सहायता के अन्तर्गत इस कृति की पाण्डुलिपि का प्रथम टंकण किया, को कोटिशः धन्यवाद देता हूँ। श्री अंशु पाण्डे, हल्द्वानी एवं श्री अमित राय, लोहाघाट का आभार।

ब्लू रोज पब्लिशर्स, नई–दिल्ली को यादें : मेरी माटी, मेरे लोग को कम से कम समय में सुंदर एवं आकर्षक स्वरूप देने एवं अमेजन, फिलकार्ट आदि जैसे लब्ध–प्रतिष्ठ प्रतिष्ठानों

से इसकी मार्केटिंग करवाने के लिए आभार व्यक्त करता हूँ। परम श्रद्धेय एवं परम आदरणीय श्री भगत दा, सम्प्रति महामहिम राज्यपाल, महाराष्ट्र राज्य को उनसे प्राप्त आशीर्वाद, सद्भावना, स्नेह एवं सहयोग हेतु हृदय से आभार व्यक्त करता हूँ।

अंत में, मैं अपनी धर्म पत्नी, श्रीमती गीता देव, को अपने लेखन के व्यस्त दिनों की तल्लीनता को झेलने, पारिवारिक जिम्मेदारी को स्वयं उठाने, समस्त आवश्यकता की प्रतिपूर्ति करने व निःस्वार्थ भाव एवं सस्नेह सेवा कर पुस्तक को पूर्ण करने में सहयोग के लिए हृदय से कृतज्ञ हूँ।

प्रोफेसर (रि0) एस0एस0देव

यादें: मेरी माटी, मेरे लोग

जीवन के अवसान में प्रवेश करते–करते यह अहसास सा होने लगा है कि इस जगत से असल दुनिया में जाने का वक्त कभी भी दस्तक दे सकता है। जन्म की घड़ी देखी नहीं और जाने का वक्त पता नहीं। अतः, अर्न्तमन से महसूस होने लगा है कि एक दिन अचानक सत्य से जब सामना होगा तो संसार को बहुत सी भावनाओं के मायाजाल में क्या–क्या छोड़ कर जाना होगा और क्या–क्या छोड़ जाने का गम, अपना वास्तव में कुछ न होकर भी, जरूर रहेगा। सोचता हूँ, अन्य बहुत से रिश्तों के अलावा जो छोड़ना पड़ेगा वह होगी जिंदगी के घटनाचक्र में समय की उहापोह से उलझी बहुत सी वे बातें जो कहनी थी वो कह न सके और जो सुनने थी वह सुन न सके। इस संदर्भ में पूज्य माँ–पिताजी और बहुतेरे प्रियजनों एवं घटनाओं की याद आ रही है जिन्हें पहले अपनी पढ़ाई की उलझनों के चलते और बाद में नौकरी की व्यस्तता के कभी न उनकी दिल की बातें गहराई से सुन सके और न कोई आप बीती सुना पाया। मैं जो कुछ भी यहाँ बयां करू वह आप दोनों की आत्मा के सम्मुख मेरे वर्णित जीवन के अनुभव का कटु सत्य होगा।

आज के संसार की दिनचर्या बहुत व्यस्त हो चुकी है। ऐसा कहना गलत होगा कि विश्व और समय का चक्र तेज चल रहा है और इसलिए इंसान के पास वक्त कम हो गया है। या यह कहना भी गलत होगा कि काम की अधिकता इतनी अधिक हो गई है कि इंसान एक–दूसरे से बात ही नहीं कर पा रहा है। किसी से भी बात करो, तीन मिनट से ज्यादा समय एक–दूसरे को कोई नहीं दे पाते। फिर बुजुर्गों से कोई क्या बात करे? फेसबुक, वाट्सऐप चैट, मैसेंजर, अन्य कई ऐप हैं जहाँ इंसान व्यस्त रहता है। कुशल क्षेम के अतिरिक्त जीवन के कुछ अनसमझे पलों एवं अनकही घटनाओं का जिक्र एवं वार्तालाप कैसे हो? कुछ चीजें जो महत्वपूर्ण हैं और भविष्य में आने वाली पीढ़ियों के लिए जानना आवश्यक हैं, कैसे कहीं जायें। माँ–पिताजी! हृदय की ईमानदारी और कर्म–निष्ठा आदमी को सफल तो बनाती हैं, किन्तु दुनियादारी अपनी समझ में इस सबको स्थान कहाँ देती

है! इसीलिए सोचता हूँ, आप दोनों की आत्मा को प्रणाम करते हुए इस पुस्तक में जो भी चीजें व्यक्त करूं वे सर्वदा सत्य हों एवं निष्पक्ष, बिना द्वेष तथा ईमानदारी से प्रकट की गई हों। आपके आशीर्वाद से विश्वास रखता हूं कि जीवन का मर्म, आशा–निराशा, सुख–दुःख एवं ह्रदय में बसी बातें सशक्तरूप से शब्दों के द्वारा प्रकट कर सकूं, अन्यथा दबा हुआ तथ्य एवं सच्चाई आत्मा में ही विलीन होकर रह जायेगी।

बहुत दूर, यादों के घटनाक्रम में और बातों के व्यवहार में सूक्ष्म दृष्टि से अपने जीवन के झरोखे से झांक कर इस धरती की अपनी पहली याद में पाता हूँ वह स्कूल का पहला दिन जहाँ मेरे गाँव के एक बड़े भाई रिमझिम बारिश, धुंध और फिसलन भरे रास्ते में मुझे स्कूल छोड़कर आये थे। उन्होंने मुझे सीधा कक्षा 2 में भर्ती करवाया था। शायद जुलाई का महीना था। मेरा जन्म स्थान, ग्राम कालादेव, कर्ण–करायत, पो0ओ0, लोहाघाट, तब का जिला अल्मोड़ा, परगना काली कुमाऊँ, उत्तराखण्ड। प्रकृति की सुरम्य घाटी–बिशुंग, हरी–भरी, सीढ़ीनुमा खेत और लहलहाती खेती। बीस गाँव बिशुंग और पाँच गाँव सुईं से आच्छादित और खुशनुमा बस्तियां। पूर्व में लोहाघाट नगर, उत्तर में पहाड़ी के शीर्ष में बाणासुर का किला, और मध्य में 'कोट की देवी' माँ कड़ाई का मंदिर, दक्षिण में 'रामकृष्ण अद्वैत आश्रम', 'मायावती' और पश्चिम में 'शिवज्यू', डुंगरी फर्त्याल। घाटी के बीचों–बीच एक छोटी नदी जिसके पूर्व की ओर देवाथें–माराथें और पश्चिम की ओर कर्ण–करायत–ढेकाथें। देवाथें–माराथें के पूर्व में मायावती की ओर घना बांज का जंगल जो फिर एक नदी, धरासी से विभाजित है। ठंडा मौसम, परन्तु गर्म लोग। देव, माहरा, फर्त्याल, करायत, मुरारी, ढ़ेक एवं दलित बंधु, लगभग 3 कि0मी0लम्बी और 2 कि0मी0चौड़ी सीढ़ीदार खेतों से पटी रोचक एवं रोमांचक बस्तियां, जिसमें लम्बे–लम्बे, चौड़े मकानों के गाँव सद्‌भाव, समानता एवं एकता की अद्‌भुत मिसाल से परिपूर्ण। समुन्द्र तल से ऊंचाई लगभग 5700 फीट और ठंडा, शीत भरा मौसम बारहमासों रहता है। प्रसिद्ध धार्मिक स्थल 'रीठा साहिब' को लोहाघाट से जोड़ती, जंगलों से आच्छादित, सर्पिली सड़क, बिशुंग को अन्य पर्यटन स्थलों एवं शहरों को मिलाने के लिए मुंह खोल अपना सौन्दर्य बिखेरती रहती है।

लेखनी का विस्तार पाने से पहले मैं यह स्पष्ट करना चाहूंगा कि 'माटी' क्या होती है? मेरे विश्वास एवं विचार में 'माटी' मन, मस्तिष्क एवं आत्मा से जुड़े धरती के उन सूक्ष्म कणों के अंबार के अन्तरंग लगाव का अस्तित्व है जो भावना के जल में घुल कर घनिष्ट जुड़ाव का मजबूत आधार बनाती है। 'मेरी माटी' मात्र वह स्थान नहीं है जहाँ मैंने जन्म लिया और अधिकतम जीवन व्यतीत किया हो। यह भूमि का वह समस्त कोना है जहाँ मैंने अपने दिन थोड़े से समय के लिए ही सही, इस अनुराग के साथ बितायें हों जिनकी यादें आज भी मेरी तन्हाई में पूर्ण वेग से हिलोरें लेती हैं, अथवा मेरे जीवन में किसी ऐसे व्यक्ति, प्रकरण या घटना से मोह रखती हैं, जिनका यथार्थ मेरे अन्तःकरण में सर्वदा जिन्दा रहता है। माटी के इसी स्वरूप एवं अनुभवों का मिश्रण ही मेरी इस रचना के कथानक का सार है।

जब सन् 1955 में मुझे कक्षा 2 में भर्ती किया गया था, आबादी बहुत कम थी। अच्छी तरह याद भी है और उन दिनों को याद कर सिहरन भी होती है और उन्माद भी। जाड़ों के मौसम में 80 प्रतिशत लोग भाबर (टनकपुर) चले जाते थे और मवेशियों एवं धान–चावल लेकर, फरवरी–मार्च माह में वापस आते थे। साथ पढ़ने वाले बच्चे टनकपुर (गोठों) में चले जाते थे और हमें जाड़ों में दिसम्बर तक स्कूल जाना बड़ी मेहनत का काम लगता था। पिताजी बाहर थे और एक बड़े भाई अल्मोड़ा पढ़ाई करते थे और सबसे बड़े फौज में थे। हम दोनों छोटे भाई स्कूल जाते थे। मैं प्राईमरी स्कूल में और मुझसे बड़े कक्षा छः में इण्टर कालेज, लोहाघाट में पढ़ते थे। सुबह–सुबह पाले से पटे खेतों से नदी तक उतरना और फिर हल्की चढ़ाई से खेतों–खेत स्कूल जाना काफी परेशानी भरा पर रोमांचक होता था। रास्ते कीचड़ से फिसलन भरे होते थे। माँ को डर रहता था कि किसी निर्जर और सुनसान हेमंत में कोई गीदड़ या लोमड़ी नदी किनारे या खेतों में मेरे ऊपर आक्रमण न कर दे। इसलिए मेरे स्कूल जाते और आते समय वह गाँव की मुंडेर से आवाज देती रहती ताकि मै न डरूं और मानसिक सहारा पा सकूं। हमने जाड़ों में स्कूल आने जाने में चप्पल या जूता कभी नहीं पहना। एक हाथ में जूता रहता था और दूसरे हाथ में तख्ती–दवात। स्कूल में पहुंच कर ही जूता पहनते थे। पाले से 3–4 ईंच मोटी कंकड़ जम जाती थी और

रास्ते में कोई फिसला तो कई मीटर तक फिसलता ही जाता। इसलिए हर समय अलग–अलग गीले खेतों से आना–जाना पड़ता था।

वह इतिहास का बहुत पिछड़ा जमाना था। देश नया–नया आजाद हुआ था। टनकपुर से लोहाघाट सिंगल रोड थी। यातायात का गेट सिस्टम होता था। हमारे गुरू जी सांय दो बजे से स्कूल के सारे बच्चों को छुट्टी से पहले इक्ठ्ठा बैठाते थे और जब के0एम0ओ0यू0 की गाड़ी दूर मोड़ में दिखती तो समझा जाता कि तीन बज गये हैं। घड़ी इक्का–दुक्का छुट्टी आये फौजियों के पास ही होती थी। गुरूजी के पास तक घड़ी नहीं होती थी। पन्द्रह अगस्त और छब्बीस जनवरी के लिए मिट्टी के मैदान में गोल घेरे में लकड़ी गाड़ कर सेट की जाती थी। किसी फौजी की घड़ी से दिन में बारह बजे सेट कर अंकों में विभाजित कर दी जाती थी। दो बजे से मोटर गाड़ी दिखने तक बड़े बच्चे खड़े होकर पहाड़े और छोटे बच्चे गिनती सुनाते थे। एक–एक, दो–दो कर हर दिन बारी होती थी। पाँचवी कक्षा तक सभी बच्चे पहाड़ों में पारंगत हो जाते थे। प्रत्येक वर्ष दिसम्बर में स्कूल की जाड़ो के लिए छुट्टियां हो जाती थी और फरवरी बीस के आस–पास स्कूल खुलता था। परन्तु नवम्बर माह से ही बर्फबारी शुरू हो जाती थी और कभी–कभी सात–आठ दिन तक बर्फ गिरती थी। आंगन के पास मकान के निचले मंजिल के दरवाजे तक 3–4 इंच बर्फ रहती थी। जाड़ा ही जाड़ा और शरीर में ऐंठन कर देने वाला जाड़ा। जंगली जानवर दो–दो नदियों को पार कर आंगन तक आ जाते थे, क्योंकि चार फीट बर्फ गिरने से सारा क्षेत्र सफेद,पठारनुमा हो जाता था और आदमी या जानवर को पता नहीं होता था कि सीमा कब शुरू हुई और कब खत्म। घर की खिड़कियों से बर्फ और बर्फबारी देखना रोमांचक होता था। घर से बच्चों को बाहर भी नहीं जाने दिया जाता था।

बचपन की वे यादें आज भी कँपकँपी पैदा कर भावुक बना देती हैं। मेरी माँ बहुत सभ्रांत, संपन्न एवं पढ़े–लिखे घर से थीं। मेरी मौसियाँ एक–से–एक समृद्ध घरों में थी। अंग्रेजों के जमाने में रेंजर रहे मेरे दादा की अकेली बहू थी मेरी माँ। उसके मामा कोट में और भी संपन्न एवं जाबांज भाई– नाना जी थे। कभी मेरी माँ के पास बाईस भैंसें और अच्छी समृद्ध खेती थी। पाँच जिंदा भाई बहनों में सबसे छोटा होने के नाते मेरे बचपन की याद आने तक मेरे घर में सिर्फ एक गाय और एक बकरी थी। जब कभी गाय दूध नहीं देती

तो मेरी माँ मुझे जबरदस्ती बकरी का दूध पिलाती, परन्तु बिना दूध के कभी नहीं रखती। मैंने बकरी का दूध बहुत पिया और इसीलिए समझ आने पर कभी भी बकरी का मांस नहीं खाया।

होश आने तक पहले बड़े भाई की शादी हुई और मेरे कालेज जाने तक तीनों भाईयों की शादी हो चुकी थी। मेरी माँ सौम्य, सज्जन, सुंदर, सहज एवं बुद्धिमान थी। बहुत दयालु एवं सहिष्णु थीं। जब छुट्टियाँ हो जाती तब डंगरों के ग्वाला जाता था या खेत से गेहूं तथा घास के गठ्ठर कंधे में लाता था। जाड़ों में भाभी जी या अन्य मजदूरों के साथ जंगल में लकड़ी काटने जाते थे। घने जंगलों में प्रकृति का खूब अध्ययन होता था। पुरवा जब बहती तो सारे बांज के जंगलों की पत्तियाँ हरी हो जाती और जब पछुवा बहती, तो पत्तियों के उलट जाने से सारा जंगल सफेद हो जाता था। झिंगुर और कफुवा एक तरफ बोलते और दूर के जंगलों में फौजी भाभियों के कुमाऊँनी बिरह गीत अलग। बड़ा उदास लगता था।

जंगल, जो लगभग 2 कि0मी0 दूर पड़ता था, वहाँ से बांज की पुरानी सूखी जड़ों को लाते थे। रात भर ठंड भरी नवम्बर–दिसम्बर की रातों में उनकी आग के पास चने की भरवा, चावल, मंडुवे व मक्के की रोटी, बर्फ के नीचे दबी राई–पालक की हरी सब्जी, हरे लहसुन के भुने नमक या भड्डू (तांबे का गोल सिरे का बर्तन) में दिन भर पकाई मोटी दाल खाते थे। कैसा आनंद आता था। अब तो जैसे संसार से वह स्वाद ही खत्म हो गया है। कभी–कभी भाभी जी हमारे खेतों की मुंडेर की चट्टान से तेडू खोद कर लाती थी। बहुत स्वादिष्ट एवं पौष्टिक भोजन होता था, उसके साथ। चाचियाँ, ताईयाँ, बड़ी बुआयें आदि माँ के साथ आग के आगे चिलम तंबाकू पीते–पीते एक दम पुरानी, पौराणिक कथायें सुनाती थी और मैं उनके साथ पढ़ाई पूरी कर सुनने को बैठ जाता था। जाड़ों का मौसम बीतने का अर्थ होता था जैसे एक बहुत संघर्षशील युग बीतना।

वो गर्मी के दिन मैं कभी नहीं भूलूंगा। पिताजी और तीनों भाई बाहर थे। मेरी भाभी जी, जो स्वभावतः बहुत हिम्मती एवं शरीर से मजबूत हैं, बीमार पड़ गईं। उन्हें मायावती, जो एक प्राचीन, स्वच्छ, आध्यात्मिक एवं विवेकानन्द जी का अद्वैत आश्रम है, के अस्पताल में

भर्ती किया गया। निर्जन, सुनसान, एकांतवास। आश्रम के स्वामियों का स्वाध्याय एवं अनुशासन इसे और भी शांतिपूर्ण बनाता है। मई का महीना था। मैं कक्षा छः का छात्र था। माँ घर देखती, मैं भाभी जी को अस्पताल में देखता। आश्रम की रसोई अस्पताल से उतर कर कई सीढ़ियाँ नीचे थी। उसके बगल में मुर्दाघर। उसमें रात को छः बजे के बाद दूध या चाय गर्म करना भी दुष्कर कार्य होता था। बीमारी की हालत में भी भाभी जी अन्य वार्डों की महिलाओं से रोटी–सब्जी बनवाती थी। राम के बनवास की तरह, मेरी व बिमार भाभी का हाल जानने वाला कोई नहीं था। न किसी की चिठ्ठी न किसी की पत्री और न किसी का खर्चा। किसी को मालूम भी नहीं था। अकेली माँ आटा, सब्जी, दूध एवं चाय किसी न किसी के हाथ पहुँचवा देती थी। बड़े विकट दिन थे। मैं समझता था हम बहुत गरीब हैं, इसलिए जैसे–तैसे अस्पताल के दिन काटने को मजबूर था। रात को कांच की खिड़कियों के पीछे छाया दिखती थी और मुझे महसूस होता था कि जरूर भूत है। लोग ऐसे ही कहानियाँ गढ़कर डराया करते थे और वही मस्तिष्क में रहा करता था। मानसिक रूप से इस प्रकार के किस्सों को याद कर त्रस्त रहता था।

मेरा रिजल्ट आया और मैं पास हो गया। समस्या थी भाभी के कैंसर का क्या होगा और अस्पताल में रहकर इलाज करवाऊँगा या पढ़ाई करूंगा। मैं स्वभाव से भावुक हूँ और भावनावश बचपन से ही जिम्मेदार। मैं हमेशा यह मानकर चलता था कि मैं ही माँ और भाभी का अभिभावक हूँ। नदी के घराट में पीठ में गेहूँ ले जाकर पिसवाता था। एक–सवा किलोमीटर ले जाना और उतनी ही चढ़ाई में ऊपर लाना। माँ को मैंने कभी घराट नहीं जाने दिया। मैंने भाभी व माँ से मिलकर निर्णय लिया और सरकारी अस्पताल, लोहाघाट में उन्हें भर्ती करा दिया। वहीं से स्कूल जाता और दोपहर बाद वार्ड के बरामदे में बैठकर पढ़ाई करता। इस निराशा भरे जीवन में भी आशा रखते हुए हम दोनों ने लगभग एक महीना काटा और भाभी ठीक होने लगी। यहाँ भी मुझे अस्पताल में अपने सामने आता व मदद का हाथ बढ़ाता कोई नहीं दिखा। सिर्फ मामा जगत सिंह, जो लोहाघाट कोर्ट में अमीन थे, एक दिन मेरे रहते आये और उन्होंने मुझे पाँच रूपये का हरा नोट दिया जो आज मेरी याद में दस लाख से भी अधिक का महत्व रखता है। हमारे पूरे परिवार का उन्होंने हर सुख–दुःख के क्षण में साथ दिया है। भाभी जी काफी महीनों बाद कैंसर से

जंग जीत कर ठीक हो गई थीं। आश्चर्य की बात यह है कि 75 वर्ष की उम्र में उन्हें फिर पेट का कैंसर हुआ। मिलिट्री अस्पताल से उपचार के बाद वह एकदम ठीक हो गईं। आज 86 वर्ष की उम्र में भी वह समस्त खेती–बाड़ी का पूरा कार्य कर लेती हैं। उनके इस स्वस्थ्य जीवन का कारण उनकी हिम्मत, आत्मबल और नियमित रूप से शारीरिक मेहनत ही है।

जीवन के कुछ पल ऐसे भी होते हैं जिन्हें इंसान भुलाये नहीं भूल सकता। मैं जाड़ों और गर्मियों की छुट्टियों में नदी पार दूसरी पहाड़ी के जंगलों में गाय–बैल चराने जाता था। हाथ में किताब रहती और सामने जंगल में चरते चौपाये। हिन्दी में सूर–कबीर के दोहे, अंग्रेजी में स्कूल में कराया समस्त कार्य एवं अन्य विषयों में पढ़ाई गई वस्तुओं का मनन कर कंठस्त करना मेरी आदत हो गई थी। गणित के फार्मूले व विज्ञान के अन्य सिद्धांत जंगल में जानवरों को चराते हुए ही मैंने याद किये थे। कभी भी, किसी भी विषय को लेकर उसे दोहराने की कोशिश करता, और जहाँ समझ नहीं आया, घर आते ही स्कूल में कराये कार्य को देख लेता और वह सब तुरन्त हमेशा के लिए याद हो जाता था। गर्मियों में मवेशियों को चराना और ज्यादा रोचक होता था। काफल और हिंसालु खाते–खाते पढ़ाई का मनन भी होता और जानवरों का चलन भी। यदि जाड़ों में जंगल व मौसम का निराश, एकाकी और उदास प्रकृति से सामना होता, तो गर्मियों में हवा में ड़ोलते पेड़ों के पत्ते, बसंत की रौनक और जंगली फलों के आंनद से दोनों ही जीवंत हो उठते। एक घाटी से दूसरी खेतों से भरपूर घाटी के बाद मायावती तक जंगल बहुत सुहावना लगता था।

वो ज्येष्ठ मास का दिन था। स्कूल की छुट्टी के बाद सोचा पशुओं को चराऊंगा और बांज की ठंडी छाया के नीचे गणित के नयी रीति व फार्मूले के प्रश्न हल करूंगा। परीक्षा हो चुकी थी। जोश भी था और चिंता भी। उस दिन गाँव में डंगरो को चराने की हमारी बारी थी। मैं ही इस कार्य के लिए नियत था। गाय–बैलों को लेकर जंगल में चरने छोड़, वहीं किताब–पेंसिल लेकर पेड़ की छांव के नीचे बैठ गया। पढ़ता गया, लिखता गया। शाम होने को आई। दिन ढलने को था। धूप चली गई थी और जंगल में छाया आने लगी थी। एक–एक कर गाय–बैलों को ढूंढ़ा। एक भी डंगर नहीं दिखा। जाने सब कहाँ चले

गये थे। हड़बड़ा कर आवाज देता। इधर देखा, उधर देखता। जंगल छोड़ धार में आया और देखा तो दूर गाँवों के नजदीक सभी जानवर पंक्तिबद्ध होकर चल रहे थे। वे सब घर पहुंच गये थे और मैं उनसे आधे घंटे बाद पहुँचा। हंसी भी आई और शर्म भी। उस दिन के बाद डर के मारे कभी जंगल में पढ़ाई करने नहीं बैठा। ले भी जाता तो पढ़ने के लिए केवल गीता प्रेस की 'कल्याण' पत्रिका। यादें विकट होती हैं और इंसान एक नादान पंछी। सत्य एवं वास्तविकता में भेद समझना हो तो दर्शन की नहीं, भावना की आवश्यकता होती है। थके–हारे हृदय एवं निष्छल मस्तिष्क की मानसिकता से उपजे विकार को समझने के लिए सहिष्णु मर्म को मापने वाले मीटर की जरूरत होती हैं, क्योंकि, जो दिखता है वह होता नहीं, और जो होता है, वह दिखता नहीं। दिखने वाली चीज वास्तविकता होती है और जो दिखता नहीं, उसी का स्थायित्व सत्य होता है। यदि यूं कहें कि यथार्थ का संबंध कराह से निकल कर आंसूओं के बहाव से हो जाये, तो मान लीजिए इसका गूढ़ रहस्य ही सत्य है।

क्या दिन थे वो? दिन थे या सृष्टि के प्रभाव एवं भावनाओं के प्रादुर्भाव के दर्शन को समझने का एक सुनहरा अवसर। मैं कक्षा चौथी उत्तीर्ण कर पांचवी कक्षा में गया था। पढ़ाई तो शुरूआती थी। मजेदार बात तो यह थी कि मेरा गाँव, ताईयों, चाचियों, बुआओं, दादियों और नई नवेली एवं सयानी भाभियों से एक भरपूर गाँव था। किसी भी प्रकार का मैदानी क्षेत्रों की ओर पलायन नहीं हुआ था। खेती–किसानी के बाद बुजुर्ग एवं युवा महिलाओं का जमघट आंगन में होता था। पूरे गाँव में कहने को एक दो बुजुर्ग हुआ करते थे और वे भी इस भीड़ भड़ाके से बहुत अलग। लम्बे–चौड़े आंगन में महिलाओं का दल प्रमुख रूप से या तो एक–दूसरे की चुगली करता या किसी दूसरे गाँव के लोगों और कार्यकलापों की बुराई में व्यस्त रहता। करतीं भी क्या? रेडिया, टीवी, अखबार, मैगजीन आदि कुछ थे ही नहीं। एक–दूसरे में आरोप लगाना, लड़ना–झगड़ना, बुराई करना नित्य मनोरंजन का अंग हो गया था। तारीफ तो इस बात की थी कि अगले ही दिन कंधे से कंधा मिलाकर काम करते और हंसी ठिठोली करने लग जाते। परस्पर सहयोग की भावना से ईष्या–द्वेष समाप्त हो जाते थे।

इस सबके बीच मेरा प्रवेश होता था एक अबोध, गुदड़ी के लाल, आज्ञाकारी, निष्छल एवं सीधे–सादे देवर के रूप में, जो न तो कुछ जानता था और न समझता था। मेरे गाँव में चाचा, भाई अधिकतर फौज में थे। जब कि कुछ एक दिल्ली और दूसरे शहरों में सरकारी नौकरी करते थे। दस माह तक उनके परदेश में रहने तक घर से संवाद की जटिल समस्या होती थी। मुझे मासूम समझकर उन कल्याणकारी भाभियों एवं चाचियों ने मुझे समस्या के समाधान का एक ऐसा सूत्रधार बनाया जो 'आलवेदर रोड' की तरह उपलब्ध था और जिसमें उनके धावक अन्तर्मन निर्बाध दौड़ लगा लेते। जब चाहा रोड़ की डगर खुली रहती। एक भाभी शाम चार बजे मुझे अपने आंगन की भीड़ पर अलग को बैठाती और भाई साहब के अन्तर्देशीय पत्र को मेरे सामने रख देती। पत्थर की तरह चेहरा बनाये मैं ऐसा व्यवहार करता जैसे मैं कोई प्राणी नहीं, अपितु कोई कबूतर या पक्षी हूँ, जो पूरे पत्र को बिना किसी ऊँच–नींच की बातें या भाव चेहरे में लाये, पढ़ देता था। भाभी कभी आंसू निकालती और कभी लज्जा से सिर झुका लेती और कभी सिसकियाँ लेती। मैं मशीन बनकर पढ़ता रहता। दोहे भी लिखे होते थे, बड़े अजीब अजीब से। बच्चों के बारे में नहीं के बराबर के वाक्य होते थे। बांकि भाभी का रूप मण्डन एवं विरह की बातें। बड़े बुरे दिन थे मेरे। शर्त भी थी कि उनकी सास को कुछ पता न चले। प्रेम–कुशल के अलावा माँ या परिवार के बारे में कुछ भी नहीं लिखा होता था।

इससे भी ज्यादा दुष्कर कार्य होता था भाभी जी की ओर से पूज्य भाई साहब को पत्र लिखना। भाभी तो समझती थी कि मैं कुछ नहीं समझ रहा हूँ पर मेरी उम्र थी 8 वर्ष। न समझने का पूरा ढोंग कर लेता था। बहुत कुछ लिख देता था पर कुछ बातें हाँ कह कर भी नहीं लिखता था। चूंकि, लिखावट तो मेरी थी। अगर भाभी जी ने कह दिया होता कि मैंने ऐसा नहीं लिखवाया तो मिठाई की जगह भाई साहब के बूटों की मार मुझे अलग खानी पड़ती। समझ तो थी ना, पूरी। बिहारी, रसखान, सूर, तुलसी, रहीम, सब फेल। सत्य की भावनायें भाभी के मुखार बिन्दु से ऐसे झड़तीं थीं कि आंसू ज्यादा, शब्द कम होने पर भी, यथार्थ की टीस पल भर में हर जगह टिमटिमाती थी। एक पूज्यनीय भाभी का लिखाया दोहा तो मुझे रट गया था :

मेरो हिया उडन्या चड़ो, तेरी माया गगन

राति स्यौना औनी रये, मन होलो मगन

बोर्डर में ड्यूटी दिये, हंसी दिन–रात

नी रूकना आंसू मेरा, सोची तेरी बात।

(मेरा हृदय उड़ते पंछी की तरह है, जहाँ तेरा मोह मेरे लिए एक खुला आसमान है। बोर्डर में अपनी ड्यूटी रात–दिन खुशी–खुशी पूरी करना। मुझे तो तेरी बातें याद कर आंसू रोकना मुश्किल होता है।) ऐसे ही दोहे पता नहीं कितने लिखे थे, जिनमें कुछ ज्यादा गंभीर और कुछ बहुत दार्शनिक होते थे।

देर शाम का समय दूसरी भाभी या चाची का होता था। कोई भाभी तो कहती खुद लिख दो और कुछ 'सब कुछ' लिखा देती। उन्हीं के द्वारा लिखाये गये पत्र को दुबारा पढ़ने में लज्जा से चेहरा रंग बदलने लगता था। पर ड्यूटी तो ड्यूटी थी। कोई नई नवेली भाभी तो बड़े परिमार्जित भाषा में लिखवाती। कभी लिखना पड़ता था 'वो' भी ठीक है, आदि–आदि। 'कभी कभार उछल–कूद' करता है। अगले वर्ष भाई साहब के छुट्टी आने पर 'वो' का भात सारे गाँव बिरादरी वाले खाते थे। सुबह स्कूल हुआ तो ठीक नहीं तो और कोई भाभी सुबह–सुबह ही पकड़ लेती। मैं दिन–रात पढ़ाई के बाद भाभियों का लाड़ला चम्चा बन गया था। लेकिन भाभियों ने मुझे बहुत लाड़–प्यार से रखा और मेरा हर पल सम्मान करा। संख्या भी दस–बारह से ज्यादा थी। परन्तु किसी भी खास, यानि मेरी ताई, आमा (दादी), चाची, बुआ ने कभी यह नहीं पूछा कि वे मुझसे क्या लिखवाती हैं। जिस दिन स्कूल होता, मुझसे सब सामान मंगाती, और प्राथमिकता से लिफाफा अन्यथा अन्तर्देशीय मंगवाती थी। पत्र लिखकर पोस्ट आफिस में पत्र डालना भी मेरी जिम्मेदारी थी। सामान के साथ मुझे अच्छी खासी टिप–मिलती थी, जिसका उपयोग मैं अपनी कापी–पेंसिल आदि खरीदने में करता था। भाई–चाचा लोगों के छुट्टी आने पर मुझे अच्छी मिठाई मिल जाती। परन्तु आज उन सबको याद कर आंखें नम हो जाती हैं। उन सब में से भाई–भाभी, चाचा–चाची कोई भी जीवित नहीं। जब कभी भी उनकी याद

आती है, तो बहुत आती है, और मैं गम से धुंआ–धुंआ हो जाता हूँ। वैसे आज भी कभी–कभार जब गाँव में पोस्टमैन को देखता हूँ, प्रकंपन होने लगता है।

चिठ्ठी लिखना या पढ़ना याद कर हंसी करना मेरा उद्देश्य नहीं। मैं तो उस दर्शन को प्रणाम करता हूँ, जो उनकी उत्कृष्ट भावनाओं और निष्कपट स्नेह को प्रतिबिंबित कर, दूर सेना की सेवा में रत पति से हमेशा आशा एवं विश्वास की डोर से जुड़े रहते थे। परिवार का प्रेम भौतिक ही नहीं, मानसिक एवं आध्यात्मिक भी होता है, जो सचमुच में स्थितिप्रज्ञ होता है और इसी से प्रेम, प्रकृति, पुरुष एवं परमेश्वर का अटूट बंधन बनता है। उन मेरे द्वारा लिखे गये पत्रों को मैं आज भी अपना आदर्श मानता हूँ जिनके द्वारा समय–समय पर मेरी भाभी और चाचियों ने मुझे 'गीता' का जैसा गुप्त ज्ञान दिया कि इस लोक व परलोक के संबंधों में 'कैसे' से भी आगे 'क्यों' का महत्व होता है। यह 'दर्शन' ज्ञात कराता है कि साल के 12 महीनों में केवल मात्र दो महीने यौवन काल के साथ रहने पर भी एक 'मन' कैसे परिवार को संभालते हुए परम आस्था का व्रत पूरा करता है। इसी धैर्य, सहनशीलता, आचार, सदाचार, विचार और विश्वास की माला को बनायें रखने तथा परिवार को आधार देने में आस्था के संचार का महल बनता है। धन्य हैं आप लोग, और धन्य हैं आपका बुद्धिमता का ज्ञान, जिसे कम से कम मैं अपने शब्दों में बंया नहीं कर सकता।

बात तब की है जब मैं वर्ष 1962–63 में नवीं पास कर दसवीं में पहुँचा। मेरा कालेज था 'बेनीराम पुनेठा राजकीय इण्टर कालेज, लोहाघाट'। चीन के तिब्बत में कब्जा और भारत में आक्रमण करने के दौरान अनगिनत तिब्बती–लामा भारत में शरण लेने हेतु प्रवेश कर गये थे। सन् 1961–62 में हमारे गाँवों में भी कई लामा 'बिने', एक प्रकार का 'माऊथ आर्गन', बजाते हुए अन्न–दाल की भिक्षा मांगते थे। हम लोगों को तब कुछ भी पता नहीं था। अखबार भी नहीं और रेडियो 4–5 गाँवों में एक होता था, जिसे सयाने लोग सुना करते थे। हमारे लिए ये लामा संयासी मात्र 'हुनिया' (हूण प्रजाति के) होते थे, जिनसे डर कर घर के अंदर दुबक जाना ही हमारा दायित्व था। भिक्षा मांगने के लिए उनके शरीर से हमारे घर का 6'×3' का देवदार से बना दरवाजा ढ़क जाता था। लंबे–चौड़े लामा, भारी भरकम चेहरा, चौड़े दांत और गठीला बदन, एक लम्बा जोगिया रंग का थैला लटकाये रखते थे और डर होता था कि कहीं हमें ही उस थैले में न डाल ले जायें। माँ भिक्षा देती

थी और वह विशालकाय तिब्बती साधु 6′–3′ के दरवाजे से एक–दो इंच ऊंचा होता था। वह मधुर संगीत बजाता और हम माँ का हाथ जोर से पकड़ कर रखते थे ताकि वह हमको उठा न ले जाये। हमें तब क्या पता था कि आजादी प्रिय वे संयासी लामा कितने दुःख–दर्द का जीवन काटते हुए पहाड़ों से पार मैदान का रूख करते थे।

मैंने हमेशा दर्शन की ओर अपने आप को आकर्षित होता पाया है। एक तो पर्वतीय ग्रामीण परिवेश में हर वस्तु के अभाव के साथ लोगों को संघर्ष कर जीवन को आगे बढ़ते देखा है, और दूसरा, कुछ घटनायें ऐसी हैं जिन्होंने मुझे निश्चित रूप से इंसान और उसके जीवन के संबंध को समझने में उस अन्तर्निहित शक्ति के रहस्य को महसूस करने को प्रेरित किया है। वह जो होता तो है पर उसे समझना बहुत मुश्किल होता है। देश के किसी भी कोने में, ग्रामीण अंचलों के बच्चे अंधेरे, अकेलेपन और इन दोनों के डर के प्रभाव से ग्रसित होते हैं। पर्वतीय क्षेत्र में तो यह ज्यादा ही देखा जाता था। कहीं–कहीं पहाड़ों की छाया से दोपहर में ही शाम हो जाती थी। फिर ऐसा डर का वातावरण कि दोपहर में ही घर के अंदर दुबकने को मजबूर हो जायें। भूत के किस्से कहानियाँ तो और भी आग में घी का काम करते थे। दो बच्चे अगर साथ सोये हों तो एक–दूसरे को हिलाते रहते थे कि कहीं दूसरे को नींद तो नहीं आ गई हो। अकेले तो रात में दूसरे कमरे में पानी लेने के लिए भी कोई नहीं जाता था। प्यासा रह जाये पर वह चूं नहीं करता था। वह भी सबसे खतरनाक रात तब होती थी जब गाँव या बस्ती में किसी की मृत्यु हो गई हो। दो–दो, तीन–तीन दिन तक वह दृश्य हमें विचलित करता रहता था। पढ़े–लिखे लोग सब पढ़ने अथवा नौकरी में बाहर चले जाते थे। औरतें, कुछ मजदूर, किसान एवं बच्चे गाँव में रह जाते थे। मनोविज्ञान भी कोई ठीक करे तो कैसे। बड़े स्वयं ही बच्चों को डराने वाले भुतहा किस्से सुनाया करते थे।

ऐसी ही एक घटना का मैं भी सहगामी बना, जिसने मेरी सोच एवं सोचने की शक्ति ही बदली दी। जी0आई0सी0 लोहाघाट में सातवीं का छात्र था और उम्र भी थी मेरी ग्यारह वर्ष मात्र। उन दिनों अधिकतर लोग ढ़ोर–मवेशियों को लेकर भाबर (टनकपुर) चले जाते थे, जहाँ वे खेती के अतिरिक्त सूक्ष्म व्यापार या मजदूरी भी करते थे। गाँव से सिर्फ या तो वे माँ–बाप भाबर नहीं जाते थे, जिनके बच्चे पढ़ते थे, या जिस परिवार में कोई मर्द घर में

नहीं होता था। देव बिरादरी के चार गाँवों में मुश्किल से कुल एक या दो परिवार हेमंत के दिनों में गाँव में रहते थे। हमारे गाँव में फिर भी पाँच परिवार थे, जो भाबर नहीं जाते थे।

28 दिसम्बर 1960 का शुष्क दिन था। अब तक बर्फ कई बार पड़ने के बाद पिघल भी गई थी। ठंडी हवा चल रही थी। हमारे गाँव से लगे नीचे के गाँव, झलान देव, में एक पाँच वर्ष की दांत आई बच्ची का देहावसान हो गया। चारों ओर पहाड़ियों में बर्फ थी, किन्तु, गाँवों में हल्की धूप खिली आई थी। हल्की बारिश या बूंदा–बांदी और शाम देर तक बर्फवारी का पूरा अनुमान लगाया जा रहा था। उस बच्ची की बुआ हमारे गाँव में आई। गाँव सब एक दूसरे के पास–पास ही हैं। हम सभी लोग उनके घर पहुंचे। लगभग एक बज चुका था। ढूंढ कर देखा तो हम कुल छः लड़के थे, जिनमें सबसे सयाना मर्द मैं ही निकला। कोई फौजी छुट्टी भी नहीं आया था। सभी जवान और बूढ़ी औरतें थीं। एक दीदी गाँव के कोने से नदी पार पंडित जी को धाध (आवाज) लगाकर आने को कह आई। अब मुश्किल थी कि दाह संस्कार करने कौन जायेगा? सभी बच्चे माँ की गोद में चिपकने वाले थे। डर का अलग चरित्र था, सभी का। उस बच्ची की बुआ, भग्गो दी, हम सबसे बहुत प्यार करती थी और हमारे घर में माँ के साथ रहने भी आती थी। उन्होंने मुझे बड़ी प्रेरणा दी। वे बोलीं, 'तुम सबसे होशियार हो। राजपूतों ने तो पाँच वर्ष की उर्म में गद्दी और तलवार संभाल कर राज्य किया है। तुम सब इसको शमशान ले जाओगे और हम सब औरतें तुम्हारे पीछे लकड़ी लेकर आयेंगे।' परिवार की लाज और अपनी जिम्मेदारी सामने देख, मैं ना नहीं कह सका। अंदर से बहुत डर रहा था और ईष्ट देव को साथ समझ, हाँ कह दिया। सभी लड़के ना उम्र थे और घबरा रहे थे। मैंने समझाया भी और कहा, ''नहीं तो कौन करेगा?'' सभी डर एवं जोश से भरपूर थे। शमशान लगभग डेढ़ कि0मी0 नदी किनारे में स्थित था और शाम होने को थी। एक बार फिर कहीं बर्फबारी न हो जाय, यह चिंता का दूसरा कारण था।

पंडित जी का बहुत बड़ा सहारा था। वे आगे–आगे थे और हम अध–कच्चे छः लड़के एवं 15–20 महिलायें, लकड़ी लेते हुए पीछे–पीछे चल रही थीं। कफन में लिपटी बच्ची मेरे गोद में थी। आज भी याद कर मेरी गोद सहमने लगती है। लगभग ढ़ाई बजे उसको नहला कर चिता बनाई। अब हम लोगों का डर फुर्र हो गया था। हम नहीं करेंगे तो कौन

करेगा! गाँव–समाज की बेईज्जती होगी। ऐसी भावना उपज गई थी। पंडित जी बताते गये और हम सबने छोटी सी चिता बनाकर तैयार कर दी। उसको चिता में रखा और पंडित जी के आदेश से मैंने चिता में आग लगाई। पूरा एक घंटा चिता समाप्त होने में लगा। काम पूरा करने पर लगभग पाँच बजे का समय हो गया था और सूर्य धुंधली छाया बनकर छिपने को तैयार बैठा था। घर को चलें तो फिर डर कि सबसे पीछे कौन लगेगा। पंडित जी ने हम सबको आगे किया और खुद पीछे रहे। लगभग रात्रि शुरु होने पर घर पहुंचे। आज भी कभी–कभी उस की याद अवश्य आती है, और मन खिन्न होकर उदास हो जाता है। इस घटना के बाद मेरा डर भूत और पिशाचों से दूर हो गया। उसके बाद मैं न तब डरता था और न आज डरता हूँ। उसकी आत्मा को, जिस लोक में भी हो, शांति मिले। कुछ भी हुआ, बुरा हुआ पर वह मेरा मनोविज्ञान तो ठीक कर ही गई। मेरे साथी भी लगभग सभी निडर हो गये थे।

एक दूसरी घटना में एक नौजवान ने रेल से कट कर आत्महत्या कर ली थी। रामगंगा किनारे लोग उसके कटे हाथ और पैर को अलग से चिता में रख रहे थे। तब मैंने एक रिश्तेदार की मदद से कपड़े उतार उसका स्नान करवाया और उसके शरीर में चिता के ऊपर हाथ से हाथ, और पैर से पैर मिलाया। तत्पश्चात्, उसकी दाह–संस्कार प्रक्रिया पूर्ण हुई। न कोई डर और न कोई घबराहट। मुझे डर नहीं लगता। ये उस छोटी से बच्ची के दाह संस्कार की घटना से मिली शक्ति ही थी, जो आज तक मुझे न डरने का साहस देती रही है। इस घटना के बाद न डरने का एक कारण यह भी था कि हमें यह अच्छी तरह महसूस हो चुका था कि भूत–पिशाच अगर होते भी होंगे तो मजबूत मनोबल के सामने कभी फटकने का साहस नहीं कर सकते। एक साहस अपने आप पैदा हो गया कि यदि कोई ऐसी चीज मृत रूप में हमे डराये तो हम तो जिंदा हैं, उसे अच्छी तरह मार भगा सकते हैं। इसे बचपन या लड़कपन का दर्शन भी कहा जा सकता है।

यादें जिंदगी का एक ऐसा झंझावत होती हैं जो अनायास हंसा या रूला देती हैं। ये झंझावत इसलिए होती हैं क्योंकि इनका अस्तित्व सत्य न होकर वास्तविक होता है; भावना का ऐसा उबाल जो गर्म हो तो एक प्रकार का प्रभाव, और यदि ठंडा हो, तो दूसरे प्रकार का। कहने का अर्थ यह है कि यादें और भावनायें, दोनों ही वास्तविक होती हैं, सत्य

नहीं। जो वस्तु जैसी दिखती है, वह उसकी वास्तविकता होती है, और परिवर्तनशील होती है। एक ऊंचा पर्वत वास्तविक होता है, परन्तु चाहें तो उसे पाटकर मैदान बनाया जा सकता है। पर्वत और मैदान दोनों वास्तविक हैं, चूंकि इनका स्वरूप स्थाई नहीं है और इन्हें कभी भी, किसी भी स्वरूप में बदला जा सकता है। सत्य एक तत्व है जिसका स्वरूप कभी भी नहीं बदला जा सकता। किसी भी रूप में सर्वदा एक ही रहेगा। सोने के अनंत टुकड़े कर दें, अणुओं का रूप लेने तक भी सोना सोना ही रहेगा। किसी भी तत्व का यही गुण होता है कि वह अपरिवर्तनीय होता है। यदि किसी भी रसायन प्रक्रिया के द्वारा उसके तत्वों को निर्धारित कर नये स्वरूप में ढाला जाये, तो भी उसके नये स्वरूप का मूल तत्व वही रहेगा, जैसे कि पानी को आक्सीजन एवं हाईड्रोजन में विघटित करने पर, तो नये अवययों में भी उसका न्यूट्रोन या प्रोटोन मूल में ही निहित रहेगा। ठीक उसी तरह, हमारी यादें होती हैं। कभी भूल जायें तो भावनाएं फिर समय से जाग्रत कर देती हैं। ये वास्तविक इसलिए हैं कि समय के साथ भावनायें बदलती हैं और ऐसे ही बदलाव के साथ इनका प्रभाव भी। इसी कारण बहुत लंबे समय के बाद किसी भी चीज या घटना की यादें और भी प्रचण्डरूप से प्रभावी हो उठती हैं।

कहते हैं जो व्यक्ति क्षमाशील होता है, वही बड़ा होता है। परन्तु, एक निर्बल एवं गरीब की व्यथित जीवनी देखकर ऐसा तो नहीं लगता कि परमेश्वर एवं प्रकृति के विधान में कोई किसी को कभी क्षमा भी करता है। ज्ञानी लोग बताते हैं कि सब पूर्वजन्म के कर्मों के अनुसार ही इस लोग में सुख अथवा दुःख मिलता है। मन में विचार आता है कि एक असहाय एवं दुर्बल मनुष्य को भगवान या कायनात की कोई भी शक्ति, उसके पूर्व जन्म के पापों का हिसाब इस दुनिया में न करके उसे क्षमा क्यों नहीं कर देते! यदि पूजा अथवा तप से दुःखों का संताप कम होने का प्रावधान प्रभु के नियमों में हो सकता है, तो भी गरीब तो पढ़ा–लिखा न होने की गरीबी से भी मजबूर ही होता है। तो क्या मान लिया जाय कि पूर्व–कर्मों के तथाकथित फल के रूप में वह सब एक पीड़ित की तरह इस पूरे जीवन में तब तक सहते एवं स्वीकारते चले जायें, जब तक कि बुढ़ापा निढ़ाल न कर दे, और आसूंओं का समुन्द्र उजाड़ न हो जाय?

जी हाँ। ऐसे ही एक अत्यंत मजबूर एवं निरीह मेरे एक युवा बिरादर के घनघोर अवसाद एवं निराशा से भरे जीवन के प्रकरण को याद कर संवेदना तो व्यक्त कर सकते हैं, किन्तु इससे आगे कुछ भी संभव नहीं हो सकता। वह आठ दिसम्बर, 1964 सन् का सर्द दिन था। मैं कक्षा ग्यारहवीं में पढ़ता था और जाड़ों की छुट्टियाँ शुरू हुई थी। चारों ओर बर्फ ही बर्फ पड़ी थी। एक आम आदमी घर से शायद ही बाहर निकल रहा हो। इसी दिन मेरे गाँव के पूर्वी छोर पर, मेरे घर से लगभग डेढ़ सौ मीटर की दूरी पर बसे गाँव में एक सीधे–सादे किसान, स्व0 श्री माधो दा का परिवार रहता था। उनकी मृत्यु के उपरांत उनका एक जवान बेटा और उनकी बुढ़िया पत्नी खेती कर परिवार चला रहे थे। विधवा का कठिन जीवन–यापन करते–करते लड़का जवान हुआ और उन्होंने उसका विवाह निश्चित कर दिया। पण्डित जी ने 8 दिसम्बर सन् 1964 का दिन बारात एवं विवाह हेतु निर्धारित किया था। परिवार की आर्थिक स्थिति ठीक नहीं थी। शादी की तय शुदा तारीख से लगभग एक महीना पूर्व पूरा कार्यक्रम तय किया जा चुका था। अचानक मौसम बदला और शादी के तीन–चार दिन पूर्व से पहले बारिश और फिर बर्फबारी शुरू हुई, जो तीन दिन तक नहीं रुकी। जाड़ों में जो गिनती के परिवार हेमंत ऋतु में पहाड़ में रूक जाते थे, उनके बीच आपस में एक प्रकार की गहरी जान–पहचान एवं मित्रता हो जाती थी, चूंकि वक्त–बेवक्त वे ही सुख–दुःख में परस्पर एक दूसरे का सहारा बनते थे। शाम 3 बजे बारात को घर से शुरु होकर सिरमोली गाँव, जो पैदल लगभग सात कि0मी0 ऊँची–नीची पहाड़ी के पीछे, छोटे–छोटे गधेरों को पारकर, पहुँचना था। मैं और मेरे गाँव के एक सयाने चाचा, जो लोहाघाट कोर्ट में अमीन थे, मुख्य रूप से बारात को भेजने की व्यवस्था कर रहे थे। कुछ चारों गाँवों की गिनी–चुनी पाँच–सात महिलायें और छः से सात पुरुष बिरादर और रिश्तेदार खड़े थे। बर्फ का मंजर डरावना हीं नहीं, खतरनाक भी हो चला था।

दोपहर दो बजे से सब पंडित जी का इंतजार कर रहे थे कि वे आयें और अन्य औपचारिकतायें पूरी कर बारात को विदा किया जाय। दो बजे, तीन बजे और फिर चार बजे। बर्फबारी के बीच सूरज लगभग नदारद हो चला था। बेचारे दूल्हे को तैयार करना था। कुछ पंडित जी करते, किन्तु वह तो पहुँचे ही नहीं। वे पहले दिन पश्चिमी दिशा में

एक गाँव अपनी ससुराल गये थे। पता चला कि उन गाँवों में, जिस क्षेत्र में वह गये थे, उन दिनों खूब कच्ची शराब बनती थी। एक आदमी उनको दोपहर में ही लेने को गया था। उसने कहा भी कि पीठ में ले जाऊँगा, पर पंडित जी तो खड़े होना तो क्या, जुबान भी नहीं हिला पा रहे थे। लगभग चार फीट के आस–पास बर्फ रही होगी। बहुत बड़ी समस्या खड़ी हो गयी थी। मुझे यह देखकर बड़ा अफसोस हुआ कि उस दुखियारी एवं गरीब माँ का पंडित भी अपना नहीं हुआ। सारे लोग मकान के नीचे वाले हिस्से में कभी खड़े होते और कभी आग सेंकने लग जाते। एक अति विकट स्थिति बन गई थी कि गरीब की बारात बिना पंडित के यदि नहीं निकल पाई तो दुल्हन का परिवार क्या करता? सभी लोग बहुत बेचैन थे। अजीब सी परेशानी थी। दूल्हे की माँ पंडित को कोसती हुई रो पड़ी थी। चाचा जी व मैंने उन्हें शांत रहने को यह कहकर आश्वस्त किया कि कोई न कोई उपाय तो निकल ही जायेगा। सामने की ओर देखा तो चमकती बर्फ से ढलते हुए दिन की शाम भी एक विचित्र रोशनी फेंक रही थी।

चाचा जी ने मुझे अलग बुलाया और कहा, ''विपत्ति–काले धर्मो नास्ति''। उन्होंने मुझे समझाया कि विपत्ति–काल में न कोई धर्म होता है और न ही नैतिकता। मुझसे बोले, ''तुमने तो खूब संस्कृत पढ़ी है। पढ़ने में भी तुम खूब निपुण हो। दूल्हे को तैयार करते हैं और तुम, जो श्लोक तुम्हें याद होंगे, जोर–जोर से पढ़ देना। गरीब बिरादर की बात है। समाज में भी बदनामी होगी। लाज तो रखनी ही पड़ेगी।'' मैंने भी समझा ऐसा संभव हो सकता है। परिवार की स्थिति को देखते हुए कड़ाके की ठंड में मैंने दूल्हे को उसका नया कुर्ता–पैजामा और नया पी0टी0 शू0 पहनवाया। मैंने ही मुकुट पहनाया और रोली, कुमकुम और अक्षत लगाया। मेरी सचमुच में संस्कृत बहुत अच्छी थी और अनेकानेक श्लोक भी याद थे। परन्तु गणेश जी का श्लोक याद नहीं था। उनकी बंदना जरूर आती थी। मैंने वैसे ही गणेश जी के विभिन्न नाम, जितने मुझे याद थे, जोर–जोर से लिये और तत्पश्चात् विभिन्न देवताओं के एवं अन्य श्लोक, जो मैं बोल सकता था, बोल दिये। इस बीच चाचा जी ने एक अधेड़ बिरादर से शंख बजवाया। उसी व्यक्ति ने शंख ध्वनि की और उस दूल्हे की बारात निकल पड़ी। कुछ औरतें गाने गा भी रही थीं और ठंड से कांप भी रही थीं। बर्फ तब भी लगातार पड़ रही थी। दूल्हे ने तो अपने को एक पुरानी चादर से सिर से

नीचे तक ढक लिया था। सभी सात बाराती गेहूँ की खाली–बोरी को घोग्घी (ढ़कना) बना कर शंख बजा रहे व्यक्ति के पीछे–पीछे चल दिये। साधारण रूप से चलना क्या, सभी ऐसे दौड़ रहे थे जैसे बर्फ में दौड़ की कोई प्रतिस्पर्धा चल रही हो। अत्यधिक देर जो हो चुकी थी। अगले दिन जब बारात वापस आई तो पता चला रास्ता भटकने से रात बारह बजे के आस–पास ही वे लोग दुल्हन के आंगन में पहुंच पाये थे। पैदल चलने में मुश्किलों का सामना तो जरूर करना पड़ा, परन्तु बर्फ की सफेदी में रास्ता साफ दिखाई दिया था। दूसरे दिन दोपहर को बारात दुल्हन लेकर पहुँची अवश्य, किन्तु बर्फ और वर्षा के कारण ठंड से सबके बुरे हाल हो चुके थे। पंडित जी तब भी नहीं पहुँचे थे। बिना पंडित के ही दुल्हन का घर में प्रवेश हुआ।

उस बुढ़िया भाभी के घर में बहू–बेटे की वैवाहिक गृहस्थी चल पड़ी और उसके आंगन में बहुत समय बाद खुशी का माहौल लौट आया था। मेहनत–मजदूरी कर सभी कृषि के सहारे आराम से दिन काटने लगे। मैं भी कालेज की शिक्षा पूरी कर, उच्च शिक्षा हेतु बाहर चला गया। समय और समाज भी बदलने लगा था। अपनी शिक्षा पूरी कर राजकीय सेवा में कार्य करने लग गया था। वे दिन, बर्फ, बारात आदि आई–गई बात हो गयी थी। पर कौन जानता है बदकिस्मती पलटी खाकर एक दिन सब कुछ बर्बाद कर दे। किसी ने मुझे बाद में उसके घर के बारे में बात करते हुए बताया कि उस नवयुवक की पत्नी, जिसकी शादी में बर्फ और मैंने मुख्य भूमिका निभाई थी, एक दिन माँ–बेटे को छोड़कर अपने घर चली गई और फिर लौट कर कभी नहीं आई। इतना ही नहीं, मुझे यह सुनकर गहरा आघात पहुँचा कि पत्नी के चले जाने के कुछ एक महीनों के बाद गाँव से लोहाघाट के बीच एक गहरे तालाब में उसकी लाश तैरती हुई मिली। कुछ ने कहा नहाते हुए डूब गया था, इत्यादि–इत्यादि। मुझे दुःख तो बुढ़िया के संसार उजड़ जाने का बहुत हुआ, परन्तु उससे भी अधिक अफसोस मुझे यह सोचकर हुआ कि कहीं हम लोगों ने उसकी शादी बिना पंडित के करवा कर उस परिवार में दुर्भाग्य का पहाड़ तो नहीं तोड़ दिया था? इससे भी अधिक ग्लानि आत्मा को तब हुई जब लोगों ने, नादानी में ही सही, यह बताया कि उसकी आत्मा पैदल आते–जाते लोगों को डराकर बहुत तंग करती है। आज भी उसकी शांति हेतु प्रार्थना करता हूँ। किन्तु, एक टीस सी अब भी महसूस होती है कि

उसके दुर्भाग्य निर्माण में कहीं मेरी गलती भी तो नहीं थी? परमेश्वर जानता है कि उस परिवार के भले के लिए ही हम लोगों ने ऐसा कदम उठाया था। एक सबक मैंने अवश्य इस प्रकरण से लिया है कि परम्परा, कर्मकाण्ड एवं रीति–रिवाज से किया गया कार्य ही शुभ होता है, यद्यपि भाग्य एवं काल अपना दायित्व अपने हिसाब से ही करवा कर छोड़ता है। फिर भी, मैं तो यह संदेश देना चाहूँगा कि ऐसी परिस्थितियाँ उत्पन्न ही न हों, तो ही ठीक होगा। बांकि, परमेश्वर की इच्छा।

ऐसी ही एक घटना, जो दिसम्बर माह सन 1966 से जुड़ी हैं, याद आने पर आज भी रोमांचित कर देती है। बाघ का नाम, वह भी पर्वतीय क्षेत्र के जंगलों का हृष्ट–पुष्ट बाघ, एक कहानी या किंवदंती के रूप में जाना–पहचाना, दोस्ताना महसूस होता है, जिसे हम सब देखकर या सुनकर डरते नहीं, अपितु मनोरंजन महसूस करते हैं। अगर कोई शेर या बाघ झाड़ी से उछल कर आप में, लगभग दस मीटर दूरी से हमला करने को दौड़े, तो कैसा लगेगा? ऐसा ही हुआ था हम लोगों के साथ। हमारे कैप्टेन चाचा उसी वर्ष फौज से रिटायर होकर घर आये थे। सन् 1965 की जंग में दुश्मन की एक गोली उनकी बायें आंख के नीचे गाल को छूकर निकल गई थी। एक गहरा निशान पड़ गया था। लम्बा–चौड़ा कद, हट्टे–कट्टे शरीर के, चाचा जी की आवाज से ही बड़े–बड़े कांप उठते थे। हम लोगों का झुंड तो उनके नजदीक भी मुश्किल से जा सकता था। उन्हें जंगल में जाने और दिन व्यतीत करने का बड़ा शौक था। उस दिन वह गाँव की गाय–बैलों की पाली (क्रम) में सभी जानवरों को लेकर जंगल ले गये। अपनी लाईसेंसी बंदूक अपने साथ रखी। गाँव से लगे सीढ़ीदार खेतों के बाद नदी, और फिर हल्की चढ़ाई के बगीचों को पार कर जानवरों को धार में ले गये, जहाँ हल्के बांज और बुरांश की झुरमुट के बीच दूर–दूर तक ऐंसालु, किरमोड़ा और घिंघारू (सभी पहाड़ी कांटेदार झाड़ी के जंगली फल) की झाड़ियों में उन्हें उतार दिया।कहीं वहीं पर अचानक झाड़ी से निकलते बाघ से उनकी भिडंत हो गयी। उन्होंने डर के मारे दो फायर उसमें कर दी। वह घायल हो गया और झाड़ियों की ओर भाग गया। चाचा जी दौड़–दौड़ कर घर पहुंचे और उन्होंने वृतांत सुनाया और उन्होंने पहली बार माना कि वे अकेले होने से डर गये थे।

हम सब को लेकर वे उस स्थान में ले गये जहाँ की घटना उन्होंने बताई थी। उन्हे लेकर हम कुछ बच्चे कुल्हाड़ी, बरछा, दरांती, डंडे और फरसा लेकर, जिसमें तीन लोगों की उम्र आठ वर्ष से भी कम थी, वहाँ पहुँचे। गाँव के ही एक बुजुर्ग दादा जी के कहने पर वन–विभाग को इसकी सूचना दी गई और एक फारेस्टर उनकी सहायता एवं कार्यवाही हेतु तुरन्त चला आया।

हमारे लिए यह कौतुहल का अद्भुत अवसर था। हमें बताया गया था कि बाघ को दो गोली लगी हैं, और हमारे जाने तक वह मर गया होगा या अपने स्थान में मरणासन्न अवस्था में लेट गया होगा। बड़ी बेचैनी थी, मरे हुए बाघ को देखने की। अलग–अलग ओर झाड़ियों में लाठी, डंडे और दरांती आदि लेकर, झांक–झांक कर बाघ को ढूंढ में लग गये। मुझे सौभाग्य या दुर्भाग्य से चाचाजी के पीछे लाठी लेकर चलने का अवसर मिला। थोड़ी देर बाद चाचा जी ने और लगातार दो फायर झौंक दिये। मैं घबराहट में कुछ सोच पाता, बाघ मरते–मरते चाचा जी में कूदा और वे पहले ही मेरा हाथ पकड़ दूसरी ओर में भाग गये थे। उन्होंने जल्दी–जल्दी दुनाली बंदूक में दो गोली भरी और नीचे खेत की ओर देखा तो बाघ लम्बा लेटा था। फारेस्टर साहब की भी घिघ्गी बंध गई थी। वे भी चाचा जी के पीछे हो गये। बच्चे भी चिल्ला रहे थे। कुल पन्द्रह फीट दूर बाघ पड़ा था और चाचाजी ने जोर से सबको अपने–अपनी जगह छुप जाने के लिए कहा। वे फारेस्टर को लेकर आगे–आगे बंदूक बाघ में तानकर चल रहे थे और मैं पीछे–पीछे डर–डर कर चल रहा था। तब नजदीक जाकर आधे घंटे तक रूके रहे। कुल चार गोली खाकर बाघ मर चुका था। भरी बंदूक से उसके सिर को हिलाया। बेसुध था। फारेस्टर और चाचा जी ने उसे मरा घोषित कर दिया। हम सब लोग बाघ की मूंछ और दांतों को देख–देख कर गर्वित महसूस कर रहे थे। जोश में उसको चिल्ला–चिल्ला कर दुत्कार रहे थे। पहली बार बाघ को कूदते हुए देख कर रूह कांप उठी थी। बाघ, बाघ जैसा नहीं, हाथी से भी बड़ा दिख रहा था। इतना तगड़ा और लम्बा बाघ सामने देखकर हम लोग अचंभित थे और बार–बार कभी उसकी मूंछ पकड़ते और कभी उसके भारी पैरों को उठाने का प्रयास करते। चाचा जी ने अन्य गाँव वालों को भी आवाज देकर बुला लिया था। उस शाम हमारे गाँव में जश्न का जैसा माहौल था। फारेस्टर ने विभाग के अधिकारियों को संदेश भेजा

जिन्होंने लिखा–पढ़ी करने के बाद बाघ की खाल को सीलबंद करवा कर वन विभाग के कार्यालय में जमा करवा ली।

यदि गहराई से देखा जाय तो पता चलता है कि गृह विज्ञान भोजन और इसे बनाने की प्रक्रिया का एक मनोवैज्ञानिक प्रतिबिंब होता है। यह विज्ञान से ज्यादा मनोवेग आधारित होता है। बूढ़ी दादी या माँ के खाना बनाने के नुस्खे आज भी किसी भी वैज्ञानिक विधि से अधिक अर्थपूर्ण होते हैं, चूंकि इसमें बुद्धि का, और दूसरी परिस्थिति में, ज्ञान का पुट–प्रचुर मात्रा में सन्निहित होता है। यदि घर में सब कुछ हो और गृह–सज्जा के लिए गृहणी के पास धन और समय की अधिकता भी हो, तो सजावट में समस्त सामग्री एवं चीजों की भीड़ आसानी से देखी जा सकती है। किन्तु, देखना यह भी होगा कि क्या उस सजावट में सुकून, और उस खाने में स्वाद भी है, अथवा नहीं। यह भी हो सकता है कि सामग्री की अधिकता के झोल में अमन एवं स्वाद दोनों ही नदारद हों! गृह शास्त्र की मान्यता तो तब बढ़ती है जब घर में कम से कम, या कुछ भी विशेष सामग्री न हो, और उपलब्धता के आधार पर इतना शान्ति से मेहमान एवं परिवार के सदस्य स्वादिष्ट भोजन पा सकें जो लम्बे समय तक याद रहे या खुद में गृह विज्ञान के क्षेत्र में स्वयं एक खोज बन जाये। ऐसा ही एक अनुभव मैंने अपनी माँ की पाक विद्या के अनूठे प्रयोग में पाया था। एक ऐसी विधि, अथवा यों कहूं कि एक ऐसी रसोई, जिसे आज रैसेपी कहते हैं, जो मेरे गाँव में ही नहीं अपितु, पूरे क्षेत्र में एक स्वादिष्ट एवं पौष्टिक खाने के रूप में प्रचलित एवं प्रसिद्ध हो चली थी।

बरसात के दिन थे। सन् 1960 की भादों की वर्षा उमड़ते–घुमड़ते बादलों से भी तेज गर्जना के साथ बरस रही थी। सात दिन, सात रातें बीत चुकी थी। वर्षा ने रूकने का नाम नहीं लिया। उन दिनों गेहूं भी कनाड़ा से पी0एल0 480 के अन्तर्गत आकर बंटता था। हमारे यहाँ घने जंगलों के कारण तेज वर्षा और भारी बर्फबारी आम बात थी। टनकपुर–तवाघाट सड़क लोहाघाट से होकर गुजरती थी, और क्षेत्र में गेट सिस्टम की वह एक मात्र संकरी सड़क थी। वह भी एक माह से बंद पड़ी थी। अब तो गेहूं या राशन के मैदानी क्षेत्र से भी आने की कोई संभावना नहीं थी। गाँव वालों का रखा राशन लगभग खत्म हो चुका था। यदि किसी के पास कुछ बचा भी था, तो पिसाई या कुटाई का साधन

नहीं बचा था। घर की चक्की में पीस–पीस कर गेहूं एवं चावल लगभग खत्म हो चुके थे। हम कई बच्चे माँओं के साथ जाड़ा–गर्मी चिपक कर रहने वाले थे। सुनते सब कुछ थे। समझने पर भी कुछ नहीं कर सकते थे, सिवाय इसके कि आने वाले बरसात के दिनों यदि भूखा रहना पड़ा तो खेत से आलू खोद कर पका खाने के अलावा कोई साधन नहीं बचेगा। कई औरतें माँ के पास बैठी यही सब विचार कर रही थीं कि सब करेंगे भी तो क्या करेंगे?

मैंने माँ को मंभीर मुद्रा में बड़े ध्यान से देखा। वह शाम ढलते ही खेतों में गई। भुट्टा (मक्का) एवं मंडुवा खूब तैयार होने को लहलहा रहा था। हमारे यहाँ इन दोनों की खेती भी भरपूर होती थी। माँ 10–15 मोट–मोटे भुट्टे, जो अभी कच्चे ही थे, तोड़कर लाई। मुझे भी इसके दानों को निकालने को कहा। दो किलो के लगभग कच्चे, मोटे–मोटे दाने थे। फिर मंडुवे के कच्चे दानों को निकाला गया। उन्हें सिलबट्टे में मोटा पीसा और पानी भरे बड़े बर्तन में पकने को छोड़ दिया। मटके से छाछ का एक लोटा निकालकर भुट्टों, मंडुवा वाले बर्तन में पकने को छोड़ दिया। हल्के मसाले, नमक व लहसुन की हरी पत्तियां डाली गई। काफी देर पकने दिया। रात को कई और महिलाओं को बुलाया गया। थोड़ा पतला, थोड़ा मोटा, छाछ में पका भुट्टा सबको परोसा गया तो कोई भी नहीं समझ सका कि इसको कैसे बनाया गया होगा। सबने खूब छक कर खाया। कम से कम आठ दिन तक बारिश रही, परन्तु हम भूखे नहीं सोये। कोई भी उस बस्ती में भूखा नहीं सोया। कच्चे मंडुवे की फली के दाने, भुट्टा व मठ्ठा अजब का स्वाद बनाते हैं। बाद के दिनों में जब बरसात खत्म हुई, इस प्रयोग में जंगली तेडू को भी पकाकर डाला गया। इसके बाद तो हर किसी की जुवां में इसका स्वाद चढ़ गया था। यहाँ तक कि कमर दर्द के मरीज इसका अधिक उपयोग करने लगे। इसको दिया गया नाम, 'राबड़ा' भी काफी प्रसिद्ध हुआ, जो लोगों को प्रयोग से नहीं सही, जुंवा पर आज भी याद है। अब खेती बंद हो गई है। इक्का–दुक्का लोग खेती करते हैं। खेती के इसी अवसान के कारण आज यह अति उपयोगी पाक विधि एवं रसोई कई दशकों के प्रचलन के बाद लगभग समाप्त हो चुके हैं।

दिन बीते, मास बीते और बरस बीते, मगर मेरी एक चाची की कही बात आज भी एक मनोरोग की तरह मेरी समझ और विचार, दोनों में हावी होकर यहाँ लिखने के लिए

मजबूर करती है। एक ठंडी, सुनहरी सुबह मैं खुले पत्थरों से पटे लंबे आगन में चटाई बिछाकर पढ़ाई कर रहा था। पढ़ाई कर खेलना मुझे बहुत आंनददायक प्रतीत होता था। चाची माँ के पास अंदर गई। मैं उसे देख रहा था। उसने माँ से कहा, ''देख वह (मैं) सुबह से पढ़ाई कर रहा है। उसे ज्यादा मत पढ़ाना। पागल हो जायेगा।'' माँ और सारे गाँव वालों ने उसे ही पागल कहकर उसकी बात को ज्यादा गंभीरता से नहीं लिया। परन्तु, मैं आज भी उसकी बात पर सोचता हूँ कि उसने ऐसा क्यों कहा होगा? सोचता इसलिए हूँ कि उम्र के इस पड़ाव पर, बिशुंग के इतिहास में बहुत पीछे मुड़कर देखने पर पाता हूँ कि कई पढ़े–लिखे लोग या तो पागल हो गये या मानसिक रूप से विकृत हो गये थे। जो बाहर चला गया, वह बहुत स्वस्थ एवं सफल है। ऐसा इस धरती की आवोहवा में क्या है, जहाँ अनपढ़ तो विद्धान बन जाते हैं और मनोविकार से ग्रसित नहीं दिखते? पढ़ा–लिखा ही मनोरोगी क्यों बनता है? अनपढ़ या कम पढ़ा लिखा कहीं भी पागल नहीं होता। एक कारण आंशिक अवसाद या निराशा हो सकती है। यह तो बिना पढ़े लिखे में भी होती है। पढ़े लिखे के इस प्रकार की बिमारी से ग्रसित होने के कई उदाहरण हैं, बिना पढ़े–लिखे का या तो कई उदाहरण नहीं, या है तो कोई इक्का–दुक्का। कारण? मुझे व्यक्तिगत रूप से आभास है कि कोई एक ऋणात्मक प्रवृति का ग्रुप हर पढ़े–लिखे को अपना जैसा असफल एवं अशांत देखने की चाहत में अज्ञात रूप से दबोच लेता है। मेरे ऊपर भी बहुत प्रयास किये गये। अगर एक व्यक्ति के बाबत दस मिलकर झूठ बोलें तो पढ़ा–लिखा भी मनोरोगी तो हो ही जायेगा। इसकी दवा सिर्फ एक ही है– जल कर फुंकने दो ऐसे लोगों को। धैर्य एवं आत्मविश्वास ही इसकी अचूक दवा है।

यह पहाड़ की मिट्टी के कंकड़–पत्थरों का ही कमाल था कि हमारे साथ के सभी लोग मजबूत और मौसमों के पके थे। एक–एक अंगूठा फुटबाल खेलते सीढ़ीनुमा खेतों की मींड पर मार कर तोड़ लिया था। कई बार खेल एवं मनोरंजन के साधन–संसाधन शून्य होते, पर खेलते जरूर थे। फुटबाल ही हमारे क्षेत्र का मुख्य व प्रसिद्ध खेल था। फुटबाल के लिए पैसों की जरूरत होती थी। हम सभी स्कूल साथ जाने वाले बच्चे 10–10, 12–12 के ग्रुप बना लेते थे और बरसात के मौसम से ही हमारी फुटबाल की तैयारी हो जाती थी। मैं

सन् 1958 में कक्षा 6 पासकर 7वीं कक्षा में गया ही था। सारे गाँव वालों के आलू अप्रैल–मई और, अंतिम रूप से, जून तक खुद जाते थे। पर्यावरण बहुत अच्छा था और भारी बरसात होती थी। धान–गेहूं के बाद आलू ही मुख्य फसल होती थी। भारी बरसात में भूल से छूटे हुए आलू पानी से खेत के ऊपर आ जाते थे। सभी बच्चे अपने–अपने गाँवों में झोला लेकर आलू बिनते थे। मौसम ठीक हो जाने तक दो तीन – दो तीन बोरियाँ हर गाँव के बच्चे बना लेते थे। इनसे पैसे बनाकर जाड़ों भर का फुटबाल का सारा सामान खरीदा जाता था। सीढ़ीदार खेतों के बीच सबसे चौड़े खेत को मुख्य मैदान बनाकर फुटबाल खेली जाती। अम्पायर होता नहीं था। प्रतिदिन झगड़ा होना आवश्यक था। कपड़े तो थोड़ा पहले से ही फटे रहते थे, फुटबाल में पूरे फट जाते। दोस्ती और दुश्मनी का रण क्षेत्र भी फुटबाल का मैदान ही होता था। झगड़ा हुआ तो महीनों तक बातचीत बंद, पर फुटबाल चालू रहता था। सारी कुश्ती, सारे पंजे जड़ना, मार–पीट के दांव–पेंच फुटबाल के मैदान में ही सीखे जाते थे। हर बच्चे के घुटने फूटे रहते थे। पर मजाल जो किसी की माँ–भाई को पता चलता हो।

दिल के रिश्ते बातों में नहीं, धमनियों के खून के बहाव द्वारा आंसूओं के दर्द में छलकते हैं। एक दिन की घटना है। हम चार गाँव देवों के बच्चों और तल्ला–ढ़ेक के छोटे बच्चों के बीच फुटबाल मैच हुआ। पत्थर उछालकर टास का काम लिया जाता था। हाफ टाईम अंदाज से होता था। गोल पोस्ट लकड़ी के डंडे गाड़ कर ही बनाये जाते थे। पर ऊपर की समानांतर बार की जगह एक पतला डंडा रखा जाता था। एक दिन हमारी टीम ने गोल पोस्ट के इसी डंडे में शाट मारा और डंडा गिर गया। बस, उस दिन का जैसा महाभारत कभी नहीं हुआ होगा। मारम–मार, गुत्थम–गुत्था। लात, घूंसे सब चले। पता नहीं किसको किसने मारा। समझौता करने वाला कोई नहीं। हमारी टीम के लोग पास में ही जंगल से कटी सूखने के लिए रखी लकड़ी उठा कर मारने चले, तो पाँच–छः विरोधी टीम के ढ़ेक बच्चों ने खेत की बाड़ से एक लम्बा भारी डंडा उठाया और हमको मारने दौड़े। जब तक वे भारी डंडा उठाते हमारी टीम ने कई वार कर दिये थे। मैं भी एक बच्चे के पैर में लकड़ी की मारकर भाग गया। झगड़ा था तो इस बात का की गोल था कि नहीं। फैसला तो फिर बाहुबल से ही होना था!

सब इधर–उधर भागे। हम दोनों क्षेत्रों के गाँवों के बीच में एक गाड़ (नदी) है। इसके पूर्व की ओर ढ़ेक लोग और पश्चिम की ओर देव लोग। जिस लड़के को मैंने बांज की लकड़ी की मारी थी, उसका बड़ा भाई नदी की दूसरी तरफ हमारी ओर को था और उसने मेरी कमीज खीचीं जिससे मेरी कमीज के सारे बटन टूट गये और मैं तीसरी ओर को नदी के किनारे–किनारे दौड़ कर भागा। शाम के जाड़ों के पाँच बजे होंगे। दौड़ते–दौड़ते आनन–फानन में मैं अपनी बड़ी बुआ के गाँव के नजदीक पहुंच गया। वह मेरे पिता जी से भी काफी बड़ी थीं। मैंने सोचा खुली कमीज कैसे जाऊं। एक घिंघारू की झाड़ी से कांटे तोड़े और कमीज के बटन की जगह लगाकर काजों में डाल लिये। बुआ के आंगन में पहुंचा तो मुझे देख वह रोने लगी और मुझे अपने गले लगा लिया। मुझे खाने को दूध–भात दिया और मैंने देखा तब भी बुआ रो रही थी। मैं समझा बहुत समय बाद आया हूँ, इसलिए उसे उदास लग रहा है। परन्तु, कालान्तर में मुझे असलियत का पता चला। माँ को मेरे कारण बुआ ने बहुत डांट लगाई। बुआ ने समझा उनके भाई (पिताजी) कई दिनों से घर नहीं आये थे। उसको चिंता हुई शायद मेरी माँ को इतनी गरीबी आ गई है कि कमीज तो क्या, मेरे भाई के पास बटन भी नहीं हैं। माँ ने उनको सच्ची बात बताई। तब जाकर उन्हें शान्ति हुई।

मैं कक्षा सातवीं पासकर आठवीं में चला गया था। वर्ष था सन् 1960। आठवीं की वार्षिक परीक्षाओं के समय घर से ही परीक्षा देने जाते थे। परन्तु एक बार मेरा एक पेपर शाम को था, तो दूसरा पेपर सुबह को। आखिरी पर्चा था। भाई साहब के एक दोस्त, श्री पान सिंह, निवासी – तामली, चंपावत, देवीधुरा रोड, लोहाघाट में किराये के कमरे में रहते थे। मेरी दो दिन की व्यवस्था उनके यहाँ की गई थी। मेरा आठवीं का भूगोल का पर्चा था, और उनका भी कक्षा 11 का भूगोल का पर्चा था। उनकी एक किताब भूगोल की मुझे मिली। लगभग कक्षा 8 का जैसा ही कोर्स था, पर विस्तृत था। मेरी पहले से ही पूरी तैयारी थी और उस किताब से मुझे और ज्यादा याद करने को मिला। परीक्षा हुई। हंसते–हंसते बाहर आया। जब दोस्त लोग अलग–अलग प्रश्नों की बात कर रहे थे तो मुझे कुछ अटपटा सा महसूस हुआ। पर्चा मिलाया तो मैं कक्षा 11 का हल करके आया था। कुछ सीनियर लोग मुझे लेकर क्लास टीचर के पास गये और सारी बात बताई। फिर क्या था।

मैं मान चुका था कि अब मैं फेल हो जाऊंगा। चौथे दिन प्रिंसिपल, श्री आर0सी0 तिवारी जी, के यहाँ मेरी पेशी लगी। क्यों? कैसे? आधे घण्टे तक बहुत कुछ पूछा। मैंने सत्य बात बता दी। फिर कहा, 'जाओ, तुम्हें आठवीं के हिसाब से अंक दिये जायेंगे। भविष्य में पर्चा देखकर शुरू करना।' और मेरे अंक आये थे 60 में से 48।

हम लोग पूरी कक्षा समेत सन् 1963 में एक प्रातः कक्ष से बाहर निकले ही थे कि बाहर प्रांगण में खूब शोर–शराबा था। अप्रैल का महीना था। लोगों ने बताया कि हमारे भूगोल पढ़ाने वाले प्रवक्ता, श्री लोधी जी, को पुलिस पकड़कर ले गई है। सभी विचलित थे। एक सप्ताह बाद हमें पता चला कि गुरू जी देश–द्रोह के अपराध में पकड़े गये थे, और उन्हें सेना पुलिस दिल्ली को ले गई थी। वे मूलतः बरेली के रहने वाले थे। कहा गया कि उनका जुर्म देश की जासूसी करना था। लोहाघाट से पूर्व की ओर, घाट के सामरिक महत्व के पुल से धारचूला तक के कई पुल व सेना–स्थलों के नक्शे और अन्य कागजात उनके पास से मिले थे। चीन के साथ युद्ध समाप्त हो चुका था। मुनस्यारी–धारचूला फ्रंट पर चीन अंदर नहीं आ सका, किन्तु सारे क्षेत्र में युद्ध की दहशत अवश्य थी। हमारे उक्त श्री लोधी जी के पास वायरलेस सेट भी पकड़ा गया था, ऐसा लोग कहते थे। उनके ऐसे देश–द्रोही काण्ड से पूरे विद्यालय के छात्रों में दहशत काफी लम्बे समय तक व्याप्त रही।

अंग्रेजी विषय मुझे बचपन से ही प्रिय था। घर में शिक्षा की पृष्ठभूमि होने से इस विषय से एक आंतरिक जुड़ाव सा हो गया था। मेरी लगन व परीक्षा परिणामों से मेरे गुरू जी, श्री गौड़ बहुत प्रभावित रहते थे। उनके मार्गदर्शन व मेरी मेहनत से मुझे, हाईस्कूल व इण्डटमीडिएट में अंग्रेजी, विषय में तब तक का सबसे उच्च स्कोर प्राप्त हुआ। यद्यपि मैं इण्टरमीडिएट परीक्षा में प्रथम श्रेणी में उत्तीर्ण नहीं था, तब भी मुझे बहुत संतोष था। अंग्रेजी के तृतीय प्रश्नपत्र में मुझे 34 अंक में से 31 अंक प्राप्त हुए थे। सन् 1965 की इण्डटरमीडिएट की परीक्षा में पूरी कक्षा में हम दो ही विद्यार्थी पास हुए थे। जो प्रथम श्रेणी में मुझसे आगे था, वह भी अंग्रेजी में मुझसे काफी पीछे था। यू0पी0 बोर्ड की परीक्षा में मेरी यह एक बड़ी उपलब्धि थी।

मेरे तीनों बड़े भाई सरकारी सेवा में थे। इण्टर की परीक्षा के बाद मेरे दूसरे बड़े भाई साहब ने राय दी कि मैं टनकपुर में व्यापार करूं। मुझे अपने घर के बारे में पढ़ाई–लिखाई और घर के काम के अलावा ज्यादा पता नहीं था। माँ को अकेले काम करते देखता तो मुझे लगता कि हम बहुत गरीब हैं। जीवन शैली में भी सादगी और सोच भी सपाट। जब मैंने माँ से पूछा कि हम टनकपुर में इण्टर की परीक्षा उत्तीर्ण करने के उपरांत व्यापार करेंगे तो कहाँ से करेंगे, और कहाँ रहेंगे? मई का महीना था। परीक्षा फल आ चुका था तो बाहर जाकर पढ़ाई का भी बंदोबस्त करने के बारे में तय करना था। पिताजी एवं भाई साहब लोग सब बाहर थे। मेरी माँ के अनुभव एवं बुद्धिमता ने ही मेरे भविष्य के द्वार खोले। उन्होंने मुझे बताया कि टनकपुर, चम्पावत, लोहाघाट एवं जिला पिथौरागढ़ में हमारी काफी सम्पत्ति है। टनकपुर (नैनीताल) में दुकानें भी थी, जहाँ आराम से व्यापार किया जा सकता था। माँ ने मुझसे मेरा उद्देश्य पूछा, और वह स्वयं भी जानती थी कि मैं पढ़ाई करना चाहता हूँ। उसने समझाया कि व्यापार के लिए हमारे पास काफी संसाधन हैं। परन्तु उन्होंने मुझे बताया कि मुझे पढ़ाई ही करनी चाहिए। मेरे लिए यही उचित राह थी।

ईजा (माँ) ने मुझे प्रेरणा देने के लिए एक वाकया सुनाया। उन्होंने मुझे मेरे कक्षा 5वीं के मित्र, जो उन्हें कहीं मिला होगा, के बारे में बताया। कहा, वे पाँच भाई थे। चार भाई फौज में थे और उससे पाँचवी में स्कूल यह कह कर छुड़वा दिया कि चारों भाई उसको देखेंगे और वह पूरा घर–बार तथा खेती संभालेगा। चारों भाई अविवाहित थे और भाईयों द्वारा मेरे दोस्त को राजकुमार की तरह रखा गया। वह खेती–बाड़ी, घर की देख–रेख करता गया और पढ़ाई तथा स्कूल से बहुत दूर हो गया। धीरे–धीरे भाईयों की शादी हुई और परिवार बढ़े। उसके पिताजी की पहले ही मृत्यु हो गई थी। माँ भी चल बसी थी। भाईयों ने उसकी भी शादी कर दी। घर का बंटवारा हो गया। ठन–ठन गोपाल। सब अपने में मस्त थे और मेरा दोस्त अपनी मजबूर जिंदगी में। ईजा के समझाने पर मेरे रोंगटे खड़े हो गये। मुझे विश्वास था, व्यापार में मेरे बड़े भाई मेरी मदद करेंगे। किन्तु शादी, परिवार बढ़ जाने पर सब अपनी–अपनी जिम्मेदारियों में फंस जाते हैं। यह भी एक कडुवा सत्य है कि भाईयों में भाभियों की घर की संस्कृति एवं भावनायें भावी हो जाती हैं, और शनैः शनैः

माँ–बाप का घोंसला विकृत हो कर एक नये समाज को जन्म देता है। इसी बात को मेरा दोस्त नहीं समझ पाया, जिसे मेरी ईजा ने सही समय पर मुझे समझाया था। ईजा ने मुझे व्यापार की बात छोड़कर आगे पढ़ाई की बात कही और आश्वस्त किया कि मुझे पढ़ाई में कोई दिक्कत नहीं होगी। जब मैं लगभग 45 वर्ष का हो गया था और विश्वविद्यालय से एक दिन छुट्टियों में मायावती आश्रम अपनी गाड़ी से दर्शन करने गया, पीछे से एक ट्रक में सीमेन्ट की बोरियां उतार रहे आदमी ने पीठ से बोरी पिलर में रखकर मुझे आवाज दी, 'सरदार'! मैंने सीढ़ियां उतरते हुए पीछे देखा तो एक लम्बे, फटे कोट में, हल्की सफेद दाढ़ी–मूंछ, कटा–फटा पैजामा पहने, थका मादा सा पुरुष फिर बोला, ''तूने मुझे नहीं पहचाना। मैं केशव, फोर्ती का तुम्हारे साथ पढ़ता था। मैंने तो तुझे तुरन्त पहचान लिया।'' माँ ने उसी के बारे में बताया था और बिजली सी कौंध गई थी मेरे शरीर में। खूब बातें हुई। चार लड़कियां थी उसकी। तीन की शादी हो चुकी थी और एक की शादी करनी शेष थी। उसने सब कुछ बताया और अपने बारे में मैंने भी बताया। याद रहती है उसकी बात। कह रहा था, ''मजदूरी करी। एक गाय का दूध बेचकर बच्चे पाले और पढ़ाये। गाय ही मेरी माँ, मेरे बाप और मेरे परिजन सिद्ध हुई।'' मेरी आंखे नम हो आई थीं। कैसा मर्म है जिंदगी तेरे में, रोना भी उधार नहीं छोड़ती!

बिना भाईयों एवं पिताजी से सम्पर्क किये मैं इलाहाबाद पढ़ने चला गया था। इतना वक्त ही नहीं था कि चिठ्ठी लिखूं। इलाहाबाद जाकर ही उन लोगों को चिठ्टी लिखी। किन्तु, कुछ महीनों बाद मेरा स्वास्थ्य खराब हो गया और मुझे बड़े भाई साहब और पिताजी घर लेकर आ गये। मेरे बड़े भाई साहब दिल्ली में केन्द्रीय सेवा में थे। अगले वर्ष ईजा ने मुझे वहीं पढ़ने को भेज दिया और मैं चला गया। दिल्ली विश्वविद्यालय में हायर सेकेन्ण्डरी पास कर बच्चे प्रवेश लेते थे। पर मैं इण्टरमीडिएट उत्तीर्ण था। वहाँ पढ़ने में एक और साल बर्बाद होता, चूंकि वहाँ बी0ए0 तीन वर्ष का था। अतः, मैंने 1967 में गजियाबाद के एम0एम0एच0 कालेज में प्रवेश लिया। रोज दिल्ली आर0के0पुरम से रेलवे स्टेशन बस से और फिर ट्रेन से गाजियाबाद जाता और रोज वापस आता। आते–जाते भी मैंने अपना मन कालेज व पढ़ाई गई किताबों मे ही लगाया। काफी समय का नुकसान होता था और मुझे पढ़ाई की ही चिंता रहती। भाई साहब के परिवार में बच्चे भी थे और दिल्ली की दिनचर्या

अपने आप में एक व्यस्त कार्यक्रम। भाभी–भाई दोनों अच्छे थे और अपनी सीमा में उन्होंने मुझे हर संभव सहायता प्रदान की। अपनी पढ़ाई एवं भविष्य को ध्यान में रख कर पिताजी की स्वीकृति के बाद मैं कालेज के छात्रावास में चला गया, जहाँ शेष दिन अध्ययन को समय देने में कटे। एक सरल, मेहनती विद्यार्थी का अधिक खर्च नहीं होता। दिल्ली बड़े भाई साहब के पास आता–जाता रहता था। छः महीने कभी पिताजी और कभी मुझसे बड़े भाई राजेन्द्र सिंह मेरा पूरा करते थे। गणित विषय एवं अंग्रेजी में मेरी गहन रुचि अनुसार मेरठ वि0वि से मैं प्रथम श्रेणी में उत्तीर्ण करने में सफल हो सका। आज भी मैं उस छात्रावास के शांत परिवेश एवं सहपाठियों के स्नेह व्यवहार को याद कर भावुक हो जाता हूँ। कहाँ होंगे वे सब? अतीत को भूल पाना भी इस संसार में मनुष्य के लिए एक बहुत बड़ी समस्या होती है।

इलाहाबाद विश्वविद्यालय से एम0ए0 अंग्रेजी विषय में स्नातकोत्तर परीक्षा उत्तीर्ण कर आई0ए0एस0 की परीक्षा देने का उद्देश्य मेरा इण्टरमीडिएट पास करने के बाद से ही था। बड़े भाई राजेन्द्र सिंह ने कहा कि मुझे इलाहाबाद विश्वविद्यालय में प्रवेश लेना चाहिए और वे हर महीने मेरी आवश्यकता पूर्ण करेंगे। मैं भी आश्वस्त था और माँ–पिताजी को भी इस बाबत बता दिया था। किन्तु, कहते हैं भाग्य का मारा कहीं रोले, आंसू भी साथ नहीं देते। ऐसा ही मेरे साथ भी हुआ। भाई साहब एयरफोर्स में थे और मेरे इलाहाबाद आते ही उनका स्थानांतरण आसाम हो गया। मैंने पता लेकर कई पत्र लिखे, किन्तु उनका कोई उत्तर नहीं आया। एक तो विश्वविद्यालय की पढ़ाई, खाने, कपड़े, किताबों की समस्या और, दूसरा, भाई साहब की चिंता। एम0ए0 के परीक्षाफल आने के दो वर्षों बाद एक दिन अचानक उनसे टनकपुर में मुलाकात हुई। वे सब तरह से ठीक थे। दोनों साथ ही घर को आये। उससे पहले घर में पूछा तो इजा को भी उनका कोई समाचार नहीं था। पिताजी को पत्र भेजा तो एक माह बाद उनका तार मनिआर्डर आया। हर माह तार मनिआर्डर से ही खर्च भेजते थे। परीक्षाफल आने के बाद मैं आई0ए0एस0 की तैयारी करने दिल्ली चला गया। दिल्ली वाले भाई साहब का स्थानांरतण देहरादून हो गया था। एम0ए0 करने के बाद पिताजी से खर्च मांगना उचित नहीं समझा। सो मेरठ के एक कालेज में चयन प्रक्रिया के द्वारा प्रवक्ता अंग्रेजी की नौकरी पकड़ ली। घर से अपने एक भतीजे, जो काफी

छोटा था, को भी पढ़ाने को लाया। अच्छी तरह तैयारी भी कर रहा था। हम दोनों पेईंग गेस्ट की तरह रहते थे। कालेज का ही एक प्रवक्ता, जो खुद मेरठ का रहने वाला था, मेरे ही बगल में पेईंग गेस्ट की तरह रहता था। बहुत अच्छा व्यक्ति था। हमारे मकान मालिक, श्री राधे लाला गुप्ता, भी एक हंस–मुख एवं जिम्मेदार व्यक्ति थे। हमेशा स्नेह एवं सहायता के लिए तैयार रहते थे। हमें कालेज में एक वर्ष भी पूरा नहीं हुआ था कि मेरे साथ एक बड़ी दर्दनाक घटना घटी। नाम नहीं लिखूंगा। पर मेरा दोस्त, जो सदा मेरे साये की तरह रहा करता था, वह वहीं की एक कन्या से शादी के बंधन में बंधना चाहता था। मुझे उसकी पूरी कहानी मालूम थी। वह ड्राईंग विभाग से संबंधित था और भाषा में जन्म जात जाट। उसने कहा तुम तो पढ़ाई लिखाई में, विशेषकर भाषा में पारंगत हो। उन दिनों मैं 'ब्रिटिश इतिहास' की तैयारी कर रहा था, जो मेरी प्रतियोगिता का एक विषय था। उसने कहा देख, 'मेरा एक पत्र उसके लिए बना दे, और मैं उतार कर उसे कालेज में दे दूंगा।' मैंने लिख दिया। उसका उत्तर भी उसने पढ़ाया। रोचक था। उसने फिर लिखवाया और मैंने फिर लिख दिया। कई पत्रों का जाल बुनता रहा और मेरा ध्यान तब भी पढ़ाई में ही था। अनजान था कि इसका अंजाम बुरा भी हो सकता है।

एक दिन सुबह मैं मकान मालिक के आंगन में पंप से पानी निकाल रहा था तो पीछे से मुझे भारी–भारी लात घूंसे पड़ने लगे। मुझे गिरा दिया और फिर लात पड़ी। वह व्यक्ति दिल्ली पुलिस में एस0आई0 था और पुलिस कांस्टेबल से पदोन्नति में गया था। रोज सुबह दिल्ली जाता और शाम को वापस आ जाता। मुझे कहने का कुछ मौका ही नहीं दिया। जाते–जाते मेरे दोस्त द्वारा लिखी चिठ्ठियों का पुलिंदा मकान मालिक के हाथ में थमा गया और कहा, 'इसे आज ही यहाँ से भगाओ, मेरी लड़की को भगाना चाहता है'। भाई अग्रवाल जी हक्का–बक्का थे। मेरा छोटा भतीजा अभी सोया ही था। उन्होंने तो कहा कि ये ऐसे आदमी नहीं हैं। परन्तु चिठ्ठियां तो थीं? वह तो ड्यूटी में चला गया। उसके अपने बड़े भाई, त्यागी जी से, उस एस0आई0 की बोल चाल नहीं थी। मेरे प्रिंसिपल मुझे बहत अच्छा मानते थे। बड़े त्यागी जी की लड़की हमारी विद्यार्थी थी और उसने अपने पिताजी को मेरे बाबत सब बताया था कि मेरा ऐसा व्यवहार हो ही नहीं सकता। प्रिंसिपल

व अन्य साथियों को मैं कुछ भी नहीं बता सकता था, क्योंकि दुर्घटना का कारण मैं खुद नहीं जानता था।

शाम को मकान मालिक व बड़े त्यागी मुझे सहयोग देने मेरे कमरे में आये और मुझे चिठ्ठियों का पुलिंदा देकर कहने लगे 'चिंता मत करो। हम सब संभाल लेंगे।' मैं सब समझ गया। जाट भाई गाँव गये थे। तब भी मैंने यह नहीं स्पष्ट करा कि मामला क्या है। दूसरे दिन कालेज में बहुत हल्ला था। प्रिंसिपल साहब मेरे बहुत ईज्जत करते थे। मुझे ढ़ाढ़स बंधाया और कहने लगे, कुछ नहीं होगा। मैंने इतना कहा कि मेरे दोस्त को बुला दो। बस गाँव से जब वह आया तो मैंने कहा, ''देख इतनी दूर से आकर बच्चे के साथ रह रहा हूँ। तुमने क्या किया?'' उसने कहा, ''मेरी लिखावट खराब है। तुम्हारी लिखी चिठ्ठियों में सिर्फ हस्ताक्षर कर मैंने वैसी की वैसी ही दे दी थीं। मैंने कहा, ''घास खाये गधा, मार खाये जुलाहा''। ''कम से कम मकान मालिक, प्रिंसिंपल साहब और बड़े त्यागी को सच्चाई तो बता दे।'' उसने कहा, ''पहले तो उस एस0आई0 की अपने गाँव वालों से ऐसी तैसी करवाता हूँ। उसकी लड़की की चिठ्ठियां भी तो मेरे पास हैं''। कृपा कर उसने दोस्ती निभाई और सबको यथार्थ से रूबरू कराया। उसने उस एस0आई0 के विरूद्ध खूब बदतमीजी कर हल्ला करवाया, पर उसके लिए उसने कुछ भी नहीं बोला। सच्ची बात भी सबको पता हो गई थी।

मैंने भतीजे को दिल्ली से घर भिजवाया। कैसे? याद नहीं। वहीं से मैं मेरठ एस0एस0पी0 के पास गया और रात के समय में पूरी कहानी सुना कर अपना लिखित पत्र उन्हें दिया। दूसरे दिन मेरे आवास में पहुंचने के कुछ घंटो बाद ही उपाधीक्षक (पुलिस), श्री हनुमान प्रसाद त्रिपाठी, मेरे कमरे में आये और उनके साथ मकान मालिक भी आ गये। खुद उन्होंने सारी बातें श्री त्रिपाठी जी को बताई। मैं खुद भी बहुत रोष में था। मेरा दोस्त और बड़े त्यागी भी आये। कुछ देर चाय पीने के बाद वे खड़े हुए और मेरे सिरहाने लगी फोटो को देखकर अचंभित हो गये। फोटो को इशारा कर मुझसे पूछा, ''यह जो तुम्हारे साथ में खड़ा है, इसे कैसे जानते हो?'' मैंने बताया, ''प्रतापगढ़ का मेरा दोस्त पाण्डे है, जो मेरे विश्वविद्यालय के छात्रावास में मेरे साथ रहता था।'' फोटो उतार कर उन्होंने उसे चूमा और कहा, ''जानते हो, कौन है यह?'' मैंने कहा, ''नहीं''। तो बोले, ''मेरा इकलौता साला

है''। मैं इतना फूट–फूट कर रोया कि बहुत देर तक संभल नहीं पाया। फिर क्या था। जैसे सारी सत्ता मेरे हाथ में आ गई हो। सबने कहा, ''इस धृष्ट व्यक्ति को छोड़ना नहीं चाहिए''। और जो मैंने चाहा वैसा हुआ। मेरे ईष्ट की कृपा हमेशा मेरे साथ रही। मुझे इतना भरोसा था कि यदि समुन्द्र में भी मुझे कोई फेंक दे, तो वह मुझे अवश्य बचा लेगा।

उस दिन शाम को वह वापस मेरठ चले गये। सुबह सात बजे दल–बल सहित फिर पहुँच गये। एस0आई0 के कानों में भी बात पहुंच गई थी। रात मुझे मिलने आया था, किन्तु मेरे भाई समान मकान मालिक ने बहुत डरा–धमका कर उसे चौखट में भी पांव नहीं रखने दिया। डी0एस0पी0 साहब ने उसके घर में वारंट लेकर छापा मारा पर वह रात को ही गायब हो गया। मेरा दोस्त साये की तरह मेरे साथ रहा। उस एस0आई0, उसकी बेटी और उसकी पत्नी को श्री त्रिपाठी जी ने दूसरे दिन अपने कार्यालय में उपस्थित होने को वारंट तामिल किया और सबके सामने उसकी भरपूर बेईज्जती की। लड़की ने भी अपने बाप–माँ के सामने डी0एस0पी0 को बताया कि वह चिठ्ठियां उसने मेरे दोस्त को लिखीं थीं। मुझसे उसका 'सर' के अतिरिक्त कोई जान–पहचान नहीं थी। उसके ऊपर सात धारायें लगायी गयी थी। मेरे बयान लेकर सरकारी केस बनाया गया। मेरे सामने ही मेरे दोस्त से पूछा कि 'क्यों तुम इस लड़की से शादी करना चाहते हो?' मेरे दोस्त ने साफ मना कर कहा कि ऐसे बद्तमीज बाप की लड़की को कौन घर ले जायेगा।

मैंने भी वहाँ रहना उचित नहीं समझा। कुछ दिनों बाद मैं अपना सामान लेकर फिर इलाहाबाद चला गया। इस सब कुछ में मेरी तैयारी छूट गई। स्थायी नौकरी थी। प्रिंसिपल साहब को कह आया था कि जरूरत पड़ी तो इलाहाबाद से ही स्तीफा भेज दूंगा। मेरठ से सीधा लखनऊ गया। 19 नवम्बर 1973 की शाम सीधे माननीय मुख्यमंत्री, श्री कमलापति त्रिपाठी, मुख्य मंत्री आवास, लखनऊ में गया। मिलाई हुई। मैंने पैर छूकर प्रार्थनापत्र समस्त प्रमाणपत्रों सहित उनके सम्मुख रखा। उन्होंने उसमें कुछ लिखा और बोले परसों सुबह इलाहाबाद में निदेशक, उच्च शिक्षा, श्री एस0पी0 मलहोत्रा से मिलो, नौकरी लग जायेगी। तय समयानुसार मैं निदेशक से मिला और शाम के समय मेरे छात्रावास में निदेशालय का एक कर्मचारी लिफाफा लेकर प्रस्तुत था। खोलने पर पता चला राजकीय स्नात्तकोत्तर महाविद्यालय ज्ञानपुर, उ0प्र0 में प्रवक्ता, अंग्रेजी के पद पर

मेरी तदर्थ नियुक्ति की गई थी। विश्वविद्यालय छात्रावास में ही मुझे साथियों ने बताया कि ज्ञानपुर का माहौल बहुत ठीक नहीं है। अतः, दूसरे दिन प्रातः 10 बजे मैं निदेशक महोदय से फिर मिला और मैंने पिथौरागढ़ स्टेशन आंबटित करने की लिखित प्रार्थना की। दिनांक 23 नवम्बर 1973 को मुझे दूसरा नियुक्ति पत्र प्राप्त हुआ। मैंने 30 नवम्बर 1973 को राजकीय स्नातकोत्तर महाविद्यालय पिथौरागढ़, उ0प्र0 में प्रवक्ता, अंग्रेजी के पद पर कार्यभार ग्रहण किया।

इस सारे प्रकरण में इतना तो मैंने कसम खाई कि किसी को भी कभी पत्र नहीं लिखूँगा। यहाँ तक कि अपनी पत्नी को भी सोच समझ कर पत्र लिखे। बचपन में तो भाभियों के पत्र लिख कर मालामाल था। यहाँ तो भाई साहब के पत्र लिखकर बेहाल हो गया। आराम से अपनी ड्यूटी पिथौरागढ़ में तथा गाँव में माँ की देख–रेख कर रहा था कि गर्मियों की छुट्टी के बाद एक दिन अचानक मेरे मेरठ के प्रिंसिपल, मेरा दोस्त और वही एस0आई0 पिथौरागढ़ मेरे कमरे में पहुचे थे। कालेज से आये हुए एक घंटा भी नहीं हुआ था कि तीनों की सूरत देखकर भौंचक्का सा हो गया। तीनों बाहर ही बैठे। बातचीत हुई और वह मेरे पैरों में पड़ने को हुआ। मैंने रोका। अजीब सा मेल था। तीन दिशाओं में बिखरे तीनों लोग एवं साथ देखकर विश्वास नहीं हुआ। उस एस0आई0 को छोड़कर दोनों अंदर मेरे कमरे में मुझे लाए वह वहाँ की कहानी मेरे आने के बाद की बताने लगे। एस0आई0 छः–सात महीने से निलंबित था। तीन महीने बाद उसकी जमानत हुई थी। घर उसका टूट चुका था। अब मेरी सरकारी गवाही होनी थी। मेरे पास निवेदन किया गया कि मैं केस वापिस ले लूं। कई मिन्नतें की गईं। लालच भी दिया गया। उन दोनों का रोल भी मुझे पसंद नहीं आया। दोस्त को इतना मैंने कहा कि मेरे पुलिस को दिये प्रार्थना पत्र में मेरठ के कालेज का पता है। प्रिंसिपल साहब खुद गवाही का समन रख लें। इन लोगों ने मेरे गाँव पिथौरागढ़ का पता मेरी सर्विस बुक से लिया था। मेरे जनपद के पते में यदि समन भेजा गया तो मैं जरूर आऊंगा, और सच्ची बात कहूँगा। एस0आई0 ने लिखित माफी पत्र की प्रति मेरे सामने रखी। लेकिन मैंने उसे ठुकरा दिया। आश्चर्यजनक बात तो यह थी कि मेरे दोस्त ने उसकी लड़की से शादी के लिए हामी भर दी थी। यह चैन भरा

संदेश था। वे लोग चले गये और मुझे समन आज तक कभी भी प्राप्त नहीं हुआ। शायद उससे उसका कार्य हो गया हो।

पिथौरागढ़ में काटे दिन बहुत शान्ति व स्नेह से भरे दिन थे। बहुत वर्षों बाद घर, लोहाघाट के हर त्यौहार–होली, दीपावली, मार्गशीर्ष व चैत में लगने वाले मेलों का भरपूर आनन्द लिया और सभी छुट्टी आये भाई–बहनों एवं मित्रों के साथ सद्भाव से दिन बिताये। दुर्गा पूजा एवं दशहरे के अवसर पर ईष्ट का मेला संतोषजनक तथा भाईचारे एवं विश्वास का द्योतक होता था। पिथौरागढ़ कालेज के शिक्षक साथी कुछ तो अपनी–अपनी अंतिम यात्रा में जा चुके हैं और कुछ ऊँचे–ऊँचे पदों से सेवामुक्त होकर अपने गाँव, शहर में बच्चों के साथ बुढ़ापे का आनन्द ले रहे हैं। जब भी कहीं, कभी मुलाकात होती है तो बड़ी सिद्दत से मिलते हैं और चेहरे की झुर्रियां भी जैसे मुस्कुराने लगती हैं। इसी बीच लगभग डेढ वर्ष की सेवा के बाद मेरी पदोन्नति प्रथम श्रेणी राजपत्रित अधिकारी के रूप में विभागाध्यक्ष, अंग्रेजी के पद पर राजकीय महाविद्यालय, जयहरिखाल (लैंसडाऊन), पौड़ी (गढ़वाल) में हुई। दिनांक 5 सितम्बर 1975 को मैं पिथौरागढ़ से कार्यमुक्त होकर अपने गाँव कालादेव, लोहाघाट गया। भारी बरसात चल रही थी। दूर जाना था। ईजा का एक साल का सारा इंतजाम कर, भारी वर्षा में प्रातः 06.09.1975 को घर से गढ़वाल के लिए चला। भारी बारिश में छाते ने काम नहीं किया। बोरी का ओढ़ना बनाकर गाँव के ही एक भाई के घोड़े में बिस्तर और लोहे का बक्सा रख उनके साथ चल दिया। उस भारी बरसात में भी ईजा पीछे–पीछे मुझे छोड़ने आधा कि0मी0 तक आई। जब तक मैं ओझल न हो गया, वह भीगती, देखती रही। सड़क कर्णकरायत से गुजरती थी, जो मेरे घर से लगभग डेढ कि0मी0 थी। पौन कि0मी0 घर से चले ही थे कि नदीनुमा चौड़े गधेरे का प्रचंड रूप देखकर लगभग 2 घंटे रूके रहे। अंत में जब पानी का वेग कुछ थमा तो उन घोड़े वाले भाई साहब ने कहा कि "तुम घोड़े की पूंछ और मुझे पकड़ लो।" पेंट–जूता उतार दिया था। कीचड़ से सन गये थे। इस प्रकार कमर से ऊपर तक पानी में उतरे और गधेरा पार किया। कर्णकरायत, जो मात्र मेरे घर से डेढ कि0मी0 दूर था, पहुंचने में हमें पूरे तीन घंटे लगे। जब बचपन में स्कूल से आते थे, तो इसी रास्ते से मात्र पन्द्रह मिनट लगते थे। घोर बरसात में ही सड़क से लोहाघाट 6 कि0मी0 पहुंचने में शाम हो

गई। माँ की चिंता एक थी, और बरसात में सड़क की दूसरी। दूसरे दिन प्रातः ही बस से अल्मोड़ा और वहाँ से रानीखेत, रामनगर, नजीबाबाद तथा कोटद्वार होते हुए 9 सितम्बर को भीगते–भीगते लैंसडाऊन पहुंचा। उसी दिन मैंने महाविद्यालय में उपस्थिति दी। काले पहाड़ से भूरे पहाड़ तक का मेरा सफर कठिन होने के साथ–साथ बहुत रोचक एवं शुभ रहा।

एक सुंदर सी चोटी की तलहटी में बसा लैंसडाऊन, जयहरिखाल (पौड़ी–गढ़वाल) भारतवर्ष के सुरम्य से सुरम्यतम स्थलों में से एक प्रमुख स्थल। नगर के चारों ओर को ढलान और बांज, बुरांश के हरे–हरे जंगल। अंग्रेजों के समय का श्रेष्ठ हिल स्टेशन अपनी प्राकृतिक बनावट, पर्यावरण और सरकारी संस्थानों से परिपूर्ण, गढ़वाल रेजिमेंटल सेंटर का एक विख्यात केन्द्र, अपने में एक से बढ़कर एक बंगले तथा पर्यटन के लिए भरपूर संसाधन लिए अद्वितीय रूप से मोहक है। प्रातः एवं संध्याकाल में, हरी भरी बांज की झुरमुट भी सूर्य की रोशनी में स्वर्णिम हो जाती है। जितना मनोरम नगर एवं इसका इतिहास–भूगोल, उतने ही उदार, सभ्य, हंसमुख, सच्चे और मानवता की जीवंत प्रतिमूर्ति इसके समस्त नागरिक। सद्भाव एवं परस्पर स्नेहिल मानव व्यवहार की अगर किसी को खोज करनी हो तो लैंसडाऊन उसकी प्रथम प्राथमिकता होनी चाहिए। सच्चे, मधुर, मीठे और मिलनसार, स्वाभाविक लोग, जो कम से कम बाहर से आने वाले व्यक्तियों के लिए साक्षात देवदूत। जिधर भी नजर डालो, खुला सा मंजर। दूर–दूर पहाड़ों की शिराओं को निहारने में ही आंखे थक कर नम हो जायें। जाड़ों, गर्मियों अथवा बरसात में मौसम एक कष्ट या पीड़ा देने वाली हकीकत नहीं। यहाँ मौसमों के पड़ाव भी ऐसे आते–जाते रहते हैं, जैसे अंटार्कटिक से देश की झीलों में आने–जाने वाले सुंदर से सुंदर परिंदें।

महाविद्यालय एवं लोग, एक जैसे शांत, सरल एवं जागरूक। सेवा तो तनमन से करी ही, यादें आज भी जीवंत हैं। सबसे बड़ा सौभाग्य तो यह रहा कि मुझे बसेरा मिला भी तो ख्याति प्राप्त जग–विभूति श्री स्वामी राम के पुस्तैनी घर में, जिन्होंने 'श्री राम अस्पताल एवं मेडिकल कालेज, जौली ग्रांट', देहरादून की स्थापना की थी। श्री राम अस्पताल तथा मेडिकल कालेज का महत्व, समय एवं परिस्थितियों के अनुरूप जितना श्रेष्ट एवं मूल्यवान है, उत्तराखण्ड एवं देश उसकी महत्ता एवं स्वामी राम की अनुकम्पा के लिए उतना ही

अभीभूत है। किन्तु, मेरा सानिध्य श्री राम के उस स्नेह एवं आशीर्वाद के लिए अत्यधिक है जो उनके भतीजे, श्री जयप्रकाश धस्माना, पूर्व ब्लाक प्रमुख एवं हमारे वरिष्ठ सहयोगी तथा बड़े भाई के रूप में संरक्षक, श्री सुरेन्द्र सिंह रौतेला के द्वारा मुझे उस बंगले में किरायेदार की तरह प्रवेश दिला कर प्राप्त करवाया। जो सम्मान से हृदय में याद रहे, वही आपका सच्चा शुभचिंतक और मित्र होता है। स्वामी श्रीराम से विश्वविद्यालय, श्रीनगर में एक बार मुझे मुलाकात का सौभाग्य प्राप्त हुआ था; वह भी अकेले और लम्बे समय के लिए। वे विश्वविद्यालय के एक प्रोग्राम में मुख्य अतिथि बनकर आये थे और मैं कुछ वार्तालाप में उनके साथ था। शाम को उन्होंने चुपके से मुझे बुलवाया और अंग्रेजी विषय एवं ज्ञान की बात करने लगे। विश्वविद्यालय पुस्तकालय के लिए उन्होंने एक बड़ी राशि दान दी थी और भविष्य में भी दान देना चाहते थे।

आत्मा एवं जीवात्मा यदि मनुष्य एवं उसके सम्बन्धों को छोड़ भी दें, हृदय से जुड़ी यादें तथा बातें चिता तक साथ नहीं छोड़ती, भले ही वह हठ योगी ही क्यों न हो। अंग्रेजी विषय उन्हें बहुत रोचक लगता था, यद्यपि उनका ज्ञान योग एवं ध्यान में परिमार्जित था। उन्होंने मुझसे पूछा, ''पहाड़ के बच्चे, अंग्रेजी में कमजोर क्यों होते हैं? और उनका अंग्रेजी का ज्ञान किस प्रकार अधिक किया जा सकता है?'' विवेकानन्द आश्रम, मायावती के सिद्ध स्वामियों, जो अधिकतर बंगाली या विदेशी होते हैं, के साथ अपने लम्बे अनुभव से मुझे पता था कि स्वामी एवं सिद्ध पुरुषों के हठ एवं ज्ञान को कैसे पचाया जा सकता है। मैंने तपाक से उत्तर दिया, ''नहीं स्वामी जी, ऐसा नहीं है। हमारे क्षेत्र के छात्र बहुत टेलेंटेड होते हैं। घर की अविकसित वित्तीय स्थिति एवं समस्याओं से वे आगे नहीं आते। अंग्रेजी लिखवा कर देख लीजिए। आपके साथ के अंग्रेज बोलते बहुत हैं, पर अच्छा लिख नहीं पाते। दूसरा, हमारे बच्चों का अंग्रेजी का व्याकरण उत्कृष्ट श्रेणी का होता है। आम अंग्रेज, व्याकरण की ज्यादा परवाह नहीं करते''। स्वामी जी काफी गम्भीर हुए। बोले, ''इतने विश्वास से कैसे कह सकते हो?'' मैंने कहा, ''हमारी संस्कृति का मूल पारिवारिक भावनायें हैं। हमारे बच्चे जड़ पकड़ते हैं। अंग्रेज पत्तों से खेलते हैं। एक बार अंग्रेजों के बीच में मेरे किसी एम0ए0 या बी0ए0 तृतीय के बच्चों को अमेरिका में ले जाईए। मेरे बच्चे अंग्रेज लगेंगे और आम अंग्रेज मेरे यहाँ दिखने वाले बच्चे? स्वामी जी कुछ हंसे और कहने लगे,

''ऐसा क्या पढ़ाते हो?'' मैंने कहा, ''साहित्य और भाषा तो अन्तर्मन के दर्शन का ज्ञान कराते हैं और उसी दर्शन की खोज को हम पढ़ाते हैं।'' मैं चलता गया, ''परिवार नहीं, तो भावना नहीं, भावना नहीं, तो विचार नहीं, विचार नहीं तो ज्ञान नहीं, और ज्ञान नहीं तो मनुष्य नहीं।'' खूब खिलखिलाये थे स्वामी जी। कहने लगे, ''जैसे?''

मैंने कहा, ''स्वामी जी, पश्चिम में हमसे सभी विकसित हैं। धनी है। विज्ञान को सर्वोपरि मानते हैं और जोरदार अंग्रेजी भाषा में बोलते हैं। दुनिया मानती है कि विज्ञान ही बता सकता है कि कोई भी चीज कैसे होती है। विज्ञान ही बतायेगा कि दिन कैसे और रात कैसे होगी। पानी ऊंचे से नीचे को बहता है। नीचे से ऊपर नहीं, आदि–आदि। परन्तु, 'कैसे' के आगे 'क्यों' भी तो होता है। आग जलाती है, पानी ठंडा करता है। इसके साथ 'क्यों' भी तो अवश्य ही जुड़ा होता है। आज हमारे बच्चे 'कैसे' के ऊपर सब कुछ नहीं छोड़ देते। सही में वे 'कैसे' के साथ 'क्यों' में भी विचार करते हैं। वैसे तो ज्ञानी, ध्यानी कहने को पोंगा पंडित लगेगें, परन्तु शुद्ध होते हैं, शुद्ध। कहा, ''कुछ दूंगा तो, लिखेंगे''? मैंने उत्तर दिया, ''अवश्य–कल को ही।'' मैंने कोई दुष्टता नहीं की कि श्रद्धेय स्वामी जी को हाथ जोड़कर सुनने की जगह बकर–बकर कर रहा था। वास्तव में मैं ऐसे बोल गया जैसे उनके गाँव–परिवार का कोई सगा–संबंधी हो। थी भी कुछ ऐसे ही एक सम्मान की रिश्तेदारी! श्री स्वामी जी की धर्मपत्नी मेरी वरिष्ठ सहयोगी थीं और उस समय 'राजकीय कालेज' रामपुर में अंग्रेजी की विभागाध्यक्ष थीं, और बाद में प्रधानाचार्य भी रहीं। श्री विजय धस्माना, उनके बेटे, जिन्होंने उनकी परम्परा को और अधिक गति से आगे बढ़ाया है, उनके यशस्वी सुपुत्र हैं। उन्हीं की कृपा से आज 'स्वामी राम ट्रस्ट एवं मेडिकल कालेज' में श्री धस्माना जी उनकी अमर ज्योति निरंतर जलाये हुए हैं। स्वामी जी को मैंने बताया था अपनी इन्ही सहयोगी के बारे में। आशीर्वाद स्वरूप मेरे सिर में हाथ फेर कर स्वामी जी कमरे में जाने लगे और बोले, ''कल मिलेंगे। अच्छा कर रहे हो''। उक्त वार्तालाप हम दोनों के बीच पूर्णरूप से अंग्रेजी में हुआ। उन्हें विश्वास हुआ कि श्रीनगर में 'अलकनन्दा' सही दिशा एवं रूप में बह रही है। उसके बाद न मैंने इतनी बड़ी मुलाकात के बारे में किसी से कहा, और न ही मैं स्वामी जी या श्री विजय धस्माना जी से मिल पाया। स्वयं ही अन्तर्मन से नमन कर लेता हूँ। मुझे मालूम था स्वामी जी और अधिक दान देना चाहते

थे, किन्तु पुरानी दी गई धनराशि के कथित दुरुपयोग से वे विश्वविद्यालय प्रशासन से रूष्ट थे।

सन् 1975 में कुमाऊँ एवं गढ़वाल क्षेत्रों के लिए दो अलग–अलग नये विश्वविद्यालयों की स्थापना हुई। उत्तर प्रदेश के राजकीय महाविद्यालयों में से विषयवार दोनों विश्वविद्यालयों के लिए शिक्षकों की नियुक्ति हुई। पहले गढ़वाल विश्वविद्यालय के साक्षात्कार प्रयागराज इलाहाबाद में हुए और मेरा चयन पौड़ी परिसर के लिए हुआ। मेरा विवाह, 22 अप्रैल, 1977 को पिथौरागढ़ से डा0 दीवान सिंह की सुपुत्री सुश्री गीता, एवं श्री महेन्द्र सिंह माहरा, श्री हुकुम सिंह माहरा, श्री आनन्द सिंह माहरा एवं श्री भूपेन्द्र सिंह माहरा की भांजी से हुआ, जिससे मुझे दो सुंदर, स्वस्थ्य एवं बुद्धिमान बेटे, श्री अमित और श्री मानस प्राप्त हुए। नवम्बर 1977 को मैंने प्रवक्ता अंग्रेजी के पद पर बी0 गोपाल रेड्डी विश्वविद्यालय परिसर, पौड़ी में कार्यभार ग्रहण किया। मुझे पौड़ी शहर और पौड़ी का जन मानस अत्यधिक पसंद है और विवेकशील जनता तथा प्रबुद्ध समाज से आज भी बहुत लगाव है। ठंड़ और सर्द हवा के बावजूद यहाँ का मौसम राजनैतिक रूप से बहुत गर्म रहता है। व्यवहार में स्नेह, बातों में विश्वास एवं कार्य क्षेत्र में कर्तव्यनिष्ठा, यहाँ के वातावरण में मिठास के रूप में घुली मिली रहती है। यदि पर्वत पुत्र स्व0 श्री हेमवती नन्दन बहुगुणा के नाम का प्रसाद सभी को तत्र एवं अन्यत्र प्राप्त होता रहता था, तो वहीं गढ़वाल के महाराणा प्रताप, स्व0 श्री चन्द्रमोहन सिंह नेगी के मधुर किन्तु ठोस व्यवहार का लाभ उनके सभी क्षत्रपों एवं क्षेत्रीय जनता को प्राप्त हुआ है। श्री बहुगुणा तो स्वयं में एक संस्था थे। उनके धर्म निरपेक्ष विचार एवं कार्य जहाँ विश्व प्रसिद्ध हैं, वहीं उनके अन्तर्गत विकास पाये लोगों की संख्या भी अनगिनत है। कितने लोगों ने नौकरियां, राजनीतिक प्रतिष्ठा, सफलता एवं विकास उनके आदर्शों पर चल कर पाया, बता पाना असम्भव है। दूसरी ओर आज के शीर्ष नेतृत्व, जिसमें कई राजनेता एवं कई अन्य श्रेष्ठ लोग हैं, जिनको अवश्य मानना होगा कि जनता में उनके गहरे लगाव की प्रथम छाया स्व0 श्री चन्द्रमोहन सिंह नेगी की छवि से होकर ही गुजरती है। यदि मैं विश्वास व्यक्त करूं कि उत्तराखण्ड का राजनैतिक भविष्य युवा नेता श्री पुष्कर सिंह धामी, मुख्यमंत्री उत्तराखण्ड, डा0 हरक सिंह रावत एवं श्री सुबोध उनियाल के नेतृत्व एवं व्यक्तित्व में श्री भगत दा, श्री बहुगुणा एवं श्री

नेगी के गुणों के बराबर के समावेश से होगा, तो इसमें आश्चर्य नहीं होना चाहिए। श्री बहुगुणा एवं श्री नेगी के व्यवहार, सोच एवं आदर्शों से मैंने बहुत कुछ सीखा है और अपनी निजी जिंदगी में उन्हें समावेशित करने की कोशिश भी की है। पौड़ी ने मुझे वो सब दिया, जो सफलता एवं सुखी–समृद्ध जीवन के हिसाब से मुझे प्राप्त हुआ। वर्तमान सम्पूर्ण देश में मात्र 39 वर्ष की उम्र में राष्ट्रीय स्तर पर चयन द्वारा अंग्रेजी विषय के प्रोफेसर नियुक्त होने वाला मैं सब से युवा शिक्षक था। यह उपलब्धि भी मुझे पौड़ी ने ही दी।

अपने बारह वर्ष के बहुमूल्य पल पौड़ी में बिताकर, अप्रैल 1990 में मैंने हेमवती नन्दन बहुगुणा विश्वविद्यालय के प्रोफेसर एवं विभागाध्यक्ष के पद पर बिरला परिसर में कार्यभार ग्रहण किया। श्रीनगर नगर एवं विश्वविद्यालय में व्यतीय किये मेरे दिन मेरे जीवन के श्रेष्ठतम समय का प्रतीक हैं। विश्वविद्यालय मुख्यालय एवं बिड़ला परिसर गढ़वाल क्षेत्र के समस्त पर्वतीय क्षेत्र के केन्द्र बिन्दु, श्रीनगर में स्थित हैं, जहाँ से उत्तराखण्ड एवं देश के शीर्ष तीर्थ बद्रीनाथ, केदारनाथ, गंगोत्री एवं यमुनोत्री तथा हरिद्वार को होकर सड़क गुजरती है। पर्यटन की दृष्टि से प्रसिद्ध स्थल मसूरी, देहरादून, हरिद्वार आदि एवं पूर्व–दक्षिण में नैनीताल तथा कुमाऊँ का समस्त क्षेत्र भी श्रीनगर से होकर गुजरता है। सुरम्य, ऐतिहासिक नगर, नजदीक में ही अलकनन्दा नदी के दूरी छोर में बसा कीर्तिनगर, इसके साथ–साथ प्राचीन राजधानियां रही हैं, जो इन जगहों की बनावट से ही स्पष्ट हो जाता है। श्रीकमलेश्वर महादेव मंदिर एवं नजदीक में ही माँ 'धारी देवी' का मंदिर आस्था एवं विश्वास के ऐसे अनूठे स्थल हैं, जहाँ मनोकामना एवं सिद्धि प्राप्त होना निश्चित माना जाता है। एक ओर श्रीनगर और दूसरी ओर अलकनन्दा नदी के पास टिहरी जनपद का चौरास क्षेत्र चारों ओर से ऊंची पर्वत शिखाओं से घिरा हुआ। एक अदम्य, मनोरम घाटी जहाँ से चार धामों को गुजरती देश–विदेश से आई यात्राएं, पूरे गर्मियों एवं चौमास में अत्यधिक गुंजायमान और जीवंत रखती है। श्रीनगर अपने आप में एक व्यापारिक प्रतिष्ठान है, जहाँ देश एवं प्रदेश से आकर बसे लोग इसे पूर्णरूप से स्नेहिल तथा धर्म निरपेक्ष स्वरूप प्रदान करते हैं।

प्रदेश का एक मात्र केन्द्रीय विश्वविद्यालय स्व0 श्री हेमवती नन्दन बहुगुणा के पैत्रक गाँव, सुमाड़ी से एकदम लगा हुआ, पूर्व में राज्य सरकार का विश्वविद्यालय था, जिसका 14

जनवरी 2009 को केन्द्रीयकरण किया गया। गढ़वाल कमीश्नरी का एकमात्र विश्वविद्यालय पूर्व अधिकारियों, कर्मचारियों एवं इससे जुड़े समाज की 'शनैः–शनैः' की स्थिर गति से आगे बढ़ा। यहाँ के शिक्षकों, छात्र–छात्राओं, नागरिकों, प्रबुद्ध व्यापारियों एवं सजग जनप्रतिनिधियों के संयुक्त प्रयास से इस में निरंतर शैक्षणिक एवं अन्य कार्यक्रमों का विकास होता रहा। चौरास क्षेत्र के ज्ञानी जनों एवं विश्वविद्यालय के कुशल प्रशासकों एवं परिवार के सार्थक प्रयास से चौरास क्षेत्र की जनता से दान में प्राप्त जमीन में विकसित परिसर के फलस्वरूप इसे केन्द्रीय विश्वविद्यालय का स्वरूप पाने में सफलता मिली। इसी का फल है कि पूर्व में एक परिसर सा दिखने वाला शिक्षण संस्थान आज देश के प्रतिष्ठित संस्थानों में से एक है, जिसमें अच्छे–अच्छे छात्रावास, प्रयोगशालाऐं, पुस्तकालय, सुंदर–सुंदर इमारतें एवं उनमें स्थापित शोध–शालायें, खेल एवं अन्य विधायें राष्ट्रीय स्तर पर उपलब्ध हैं। आज यह अपने आप में एक अद्वितीय शैक्षिक स्थल बन गया है, जहाँ देश एवं विदेश के छात्र–छात्राएं, शिक्षक एवं शोधकर्ता निरंतर आते–जाते और विद्योपार्जन करते हैं।

मुझे पूर्ण संतोष तथा खुशी है कि मैंने अपना कार्य पूर्ण निष्ठा एवं ईमानदारी से किया। सेवा का यही संतोष जीवन की असली पूंजी होती है। यदि कोई कहे कि मैंने सन् 2014 में सेवानिवृत होने से पूर्व क्या कमाया? तो निश्चित ही मैं कहूंगा मेरी सबसे पहली और आखिरी अर्जित पूंजी मेरे छात्र–छात्राऐं हैं, जिनकी संख्या लाखों में है। यह देश–विदेश में गये एवं बसे मेरे वे छात्र एवं शोध छात्र–छात्रायें हैं, जिनके साथ शिक्षा एवं शोध के उन्नयन में जाड़ों–गर्मी लगातार कार्य करते रहे थे। बीज बोते हुए कोई नहीं जानता कि उस फूल की महक कैसे होगी? जब उस फूल की सुगंध आज देश–विदेश में फैलती दिखती है, तो सोचकर सीना चौड़ा हो जाता है कि यह फूल हमारे विश्वविद्यालय का है। सच में, जब किसान एक मुठ्ठी भर गेहूं खेत में छिड़कता है तो खेती काटने के बाद उन मुठ्ठी के बीजों को ढूंढ नहीं पाता कि कौन सा दाना आस्ट्रेलिया में गया और कौन अमेरिका या कौन अपने शहर में। पर ध्यान और याद में दोनों लगातार आते हैं। यही तो बताते हैं कि मेरी कमाई की पूंजी के फूल दुनिया को महका रहे हैं, और जन–विकास में लगे हैं। बयालिस वर्ष की पूर्ण सेवा में पैंतालीस शोधग्रन्थ, अनगिनत छात्र–छात्राओं को

एफ0फिल0, स्नातकोत्तर एवं स्नातक स्तर पर लाखों छात्र–छात्राओं को शिक्षण कार्य के उपरांत, उन्हें जिन्दगी के कई मोड़ों पर प्रतिष्ठित पदों में देखकर अपार आनंद होता है। 'सर' का तमगा देते हुए जीवन की हर डगर पर उनके बोल भी सुनने को मिल जाते हैं। बुढ़ापे का दंश सहते हुए उनका सहायता पूर्ण भाव जीने का नया साहस देता है। ऐसी कमाई और किसकी होगी!

अनेकानेक प्रशासनिक एवं शैक्षणिक पदों पर कार्य करते हुए गढ़वाल मण्डल के समस्त कालेज छात्र–छात्राओं की जिम्मेदारी भी निभाने को मिली। मान भी था, सम्मान भी और सहयोग भी। अपने समस्त सहयोगी, आचार्यों, उपाचार्यों एवं सहायक आचार्यों सहित सभी अस्थाई शिक्षकों, छात्र–छात्राओं, कर्मचारियों, व्यापारियों, सिविल प्रशासन, पुलिस प्रशासन एवं विश्वविद्यालय प्रशासन का हमेशा सहयोग मिला, तो हाथ में लिए कार्यों को सफलता पूर्वक निभा पाया। वर्ना, एक छोटी भूल या लापरवाही समस्त किये को बर्बाद कर देती है, जैसे, बिमारी के उपचार में इंजेक्शन का रिएक्शन। हर स्थान एवं हर युग या समाज में अच्छे और बुरे लोग होते हैं। पिचानवे प्रतिशत लोग अच्छे होते हैं तो पाँच प्रतिशत बुरे स्वभाव के भी होते हैं। कुछ अपने आप में हारे–थके, ईर्ष्या, द्वेष से जले हुए, अवश्य उपद्रव या षड़यंत्र करते हैं। किन्तु, ऐसे लोग ही आपके सच्चे मार्ग–दर्शक होते हैं, जिनकी वजह से आप अपनी संभावित गलतियों से बचते हैं। दोस्त बिगाड़ते हैं, दुश्मन बनाते हैं, एक पुरानी सोच है। हीरो सारी बाधाओं को पूर्ण कर अपने अगले अभियान में लग जाते हैं, चाहे दुनिया के किसी भी कोने में जाना पड़े। और खलनायक, अपने बुझे धर्मवाद, जातिवाद, क्षेत्र–वाद, परिवार–वाद, भाई–भतीजा वाद, यहाँ तक की ब्लाक–वाद, गाँव–वाद के दल–दल में फंस स्वयं के बनाये गढ्ढे में सने कूप–मण्डूक बन कर रह जाते हैं।

अनवरत सेवा के परोक्ष, श्रीनगर में व्यतीत किये दिनों दो घटनायें ऐसी भी घटी जिनका वर्णन मैं यदि यहाँ न करूं तो मेरी स्वयं की भावनाओं के साथ न्याय नहीं होगा। जहाँ विश्वविद्यालय सेवा के दौरान ही पढ़ाई पूरी कर मेरे दोनों बेटों की अच्छी नौकरयाँ लग गई थी और उनके विवाह समारोह भी स–सम्मान संपन्न हो गये थे, वहीं माता–पिता की श्री केदार धाम एवं श्री बद्रीधाम की यात्रा करा कर पुण्य भी सेवा करते हुए ही प्राप्त

किया। ये सब एक जागरूक एवं जिम्मेदार पिता एवं पुत्र की कार्य निर्वहन का दायित्व होता है, जो मैं भाग्यवश पूर्ण कर सका। मेरे मन का संतोष ही मेरा पुण्य है। इस सबके परे जो दो घटनायें मुझे याद करने पर आज व्यथित करती है, वह हैं– एक मेरे पूर्ववर्ती प्रोफेसर एवं विभागाध्यक्ष (स्व0) डा0 गुरूप्रसाद ठाकुर की असमय मृत्यु और दूसरी, कुछ एक वर्षों बाद उनके मझले पुत्र का संयासी बन श्रीनगर क्षेत्र में ही आना।

मैं प्रोफेसर ठाकुर से हृदय से जुड़ा था और उनका विश्वास अंत समय तक मेरे ऊपर बना रहा। एक सहयोगी होना अलग बात होती है और किसी व्यक्ति का स्नेह पाकर विश्वास पात्र बनना बिल्कुल अलग। विभागीय मामलों से इतर, उन दोनों पति–पत्नी ने मुझे पारिवारिक सदस्य मान कर भाई का दर्जा दिया था। उनके प्रत्येक कार्य, जिसमें भी समस्या होती थी मैं आगे बढ़कर समाधान हेतु प्रस्तुत होता था। जब मैं पौड़ी परिसर में कार्यरत था, वह दूरभाष से अपनी समस्या बताते थे और अतिगोपनीय रखकर मैं उसके समाधान में लग जाता था। श्रीनगर से पौड़ी मेरे आवास में सपरिवार कई दिन रहते थे। पूर्वी उत्तर प्रदेश के मूल निवासी, प्रोफेसर साहिब बाम्बे आई0आई0टी0 में सेवा देने के बाद गढ़वाल आये थे। एक दम सीधे, सरल, विद्धान एवं कर्तव्यनिष्ठ, डा0 ठाकुर छोटी–छोटी बातों से भी तनाव ले लेते थे। हिम्मत इतनी भी नही कि अपने युवा साले की मृत्यु का समाचार भाभी जी को सुना सकें। पौड़ी दूरभाष कर मुझे बुलाया और शाम को तब जाकर मैंने भाभी जी को सांतुना देते हुए समझा–बुझा कर उनके भाई की मृत्यु का दुःखद समाचार बताया।

विश्वविद्यालय में अंग्रेजी साहित्य की कार्यशाला निर्धारित की गई थी। यू0जी0सी0 ने तब की नब्बे हजार रूपये ग्रांट के रूप में इस कार्य हेतु स्वीकृत किये थे। कार्यशाला की तिथि 25 जुलाई 1986 तय की गई। मैं उनका प्रथम सहयोगी था। अतः उन्होंने मुझे 22 जुलाई को यू0जी0सी0, नई दिल्ली ग्रांट का ड्राफ्ट लेने भेजा दिया। मेरे दिल्ली पहुंचने से पहले ही ड्राफ्ट ड़ाक द्वारा विश्वविद्यालय में आ चुका था और हम दोनों को ही इसकी सूचना नहीं थी। उन दिनों दूरभाष की सुविधा सिर्फ स्थानीय स्तर पर उपलब्ध थी। मैं 24 जुलाई 1986 को रात्रि बस से वापस पौड़ी पहुंचा और मुझे डा0 ठाकुर के आदेशानुसार शाम को श्रीनगर पहुंच कर 25 तारीख को कार्यशाला में सहयोग करना था।

किन्तु, प्रातः दो घंटे सोने के बाद मुझे उठाया गया तो सूचना आई कि डा0 ठाकुर हृदय गति रुक जाने से चिरनिन्द्रा में सो गये हैं। अफरा–तफरी में श्रीनगर उनके आवास में पहुंचा तो भाभी जी बेहोश थी। परिवार में घर पर कोई अपने नहीं। तीनों बेटे बाहर थे। स्थिति को पूरे मित्रों एवं सहयोगियों ने संभालने की भरपूर कोशिश की। परन्तु, तीन बेटों और उनके घर से किसी के न पहुंचने से अनिश्चितता बनी रही। आई0आई0टियन बड़ा बेटा हवाई यात्रा कर दिल्ली पहुंचा और दूसरे दिन, यानि 25 जुलाई 1986 को श्रीनगर। दूसरा बेटा, इंजिनियर, वह भी 25 तारीख को ही पहुंचा। बीच का बेटा रजत, कानपुर में आई0आई0टी0 कर रहा, नहीं पहुंचा। विश्वविद्यालय परिवार के मित्र लोगों के साथ अलकनन्दा घाट में चिता लगाई गई। बरसात का मौसम था। घनघोर बादलों की गर्जना और मोटी–मोटी बारिश। चिता लगाई और आस–पास कुल चार लोग। पूरी भीड़ नदी के घाट से किनारे एक फर्लांग दूर। उनका बड़ा बेटा, ऐसी चीजों के बारे में कुछ भी नहीं जानता था। पंडित भी लोग कोई नौ–सिखिया पकड़ ले आये थे। बेटे के हाथ में मैंने मसाल बना कर दी और उसका हाथ मैंने पकड़ रखा था। मिट्टी तेल ड़ाला पर बरसात के कारण आग ही नहीं पकड़ी। मैंने जोर से आवाज लगाकर दूर खड़े लोगों से और मिट्टी का तेल लाने को कहा। कुलपति एवं कुलसचिव दोनों भी किनारे भीड़ में उपस्थित थे। जल्दी में एक कर्मचारी रसायन विज्ञान की प्रयोगशाला से पाँच लीटर का एक जर्किन पेट्रोल उठा लाया। नदी की सरसराहट और गर्जना इतनी तेज थी कि किसी ने पेट्रोल के बारे में नहीं बताया और कोई जोर से इस बाबत आवाज भी नहीं निकाल पाया। मैंने जर्किन को लगभग चिता के ऊपर उड़ेला तो पहले से हल्की जली आग ने लपटों का रूप ले लिया। मैंने जर्किन को चिता में ही फेंक दिया। मैं और उनका बेटा भागे। भाग्यवश जर्किन का मुंह नदी की ओर पड़ा था और चिता की लपटें आसमान छू रही थीं। नदी में तो ऐसा लग रहा था, जैसे आग की बाढ़ दौड़ रही हो। मेरे बायें पैर की पेंट ने आग पकड़ ली थी। उस भीड़ में से कोई भी मुझे बचाने नहीं आया। एक भले मानुष, श्री ढौंड़ियाल, शिक्षा (बी0एड0) विभाग, डी0ए0वी0 देहरादून दौड़कर आये और उन्होंने किनारे पड़े कफन के टुकड़े को मेरी जांघ में लपेटा और वह आग बुझाई। परमेश्वर का शुक्र है कि जर्किन का मुंह नदी की ओर खुला अन्यथा मैं और डा0 ठाकुर का बेटा वहीं उनके चिर–प्रेमी हो गये होते।

मैं न तो घबराया था और न हीं मुझे कोई परेशानी महसूस हुई। मैं भी सब की तरह घर लौटा। पौड़ी की आवो–हवा ठण्डी–गुनगुनी होती है। अच्छी नींद ली और विभाग में तीन–चार दिन तसल्ली से कार्य किया। रह–रह कर डा0 ठाकुर और उनके परिवार की परेशानी याद आ रही थी। एक झटके में ही उनका परिवार तित्तर–बित्तर हो गया था! पौड़ी परिसर में भी लोग उसी घटना की बात करते थे। और यहीं आकर पता चला कि डा0 ठाकुर की हृदय गति रुकना अचानक नहीं था, वरन् उस षड़यंत्र से उत्पन्न तनाव था, जो कुछ भरोसेमंद लोगों ने उनके साथ किया। मालूम पड़ा कि असल में कार्यशाला में सहमति देने के उपरांत भी बाहरी विश्वविद्यालयों से कोई भी विद्वान सम्मिलित होने नहीं पहुंचे। विश्वविद्यालय का चैक वह एडवांस के रूप में पहले ही ले चुके थे। मैं आज तक भी दंग हूँ कि डा0 ठाकुर जैसे विद्वान के कोई भी निकटस्थ साथी कार्यशाला में क्यों नहीं आये? सत्य यह बताया गया कि कुछ लोगों ने ऐसी सूचना गुपचुप तरीके से दे दी थी कि कार्यशाला स्थगित कर दी गई है। ठाकुर साहब धोखे का यह दंश सह नहीं पाये और दर्द सदा के लिए भाभी के हिस्से में डाल कर चल बसे। जीवन–मृत्यु तो परमेश्वर के हाथ में है, किन्तु, यदि इसका कारण किसी का षड़यंत्र बने, तो स्थान को भी शोभायमान नहीं होता।

प्रोफेसर ठाकुर का परिवार गाँव चला गया था। सात दिन लगातार मैं भी विश्वविद्यालय प्रवेश आदि कार्यों में व्यस्त रहने के बाद घर आकर एक दिन सोते–सोते अचानक बेहोश हो गया। मुझे मित्रों की सहायता से राजकीय औषधालय पौड़ी में भर्ती किया, किन्तु राहत की बात न देखकर मुझे दिल्ली रेफर किया गया। मुझे यह कुछ भी पता नहीं था। परिसर के प्रिंसिपल डा0 आर0सी0एस0 रावत, मेरे परिवार को व्यक्तिगत रूप से पूर्ण मदद करने को प्रस्तुत हुए। सी0ओ0 श्री गणेश मर्तोलिया ने मेरी ससुराल एवं हमारे सांसद श्री हरीश रावत को रेड़ियो ग्राम से सूचना दी थी। मुझे रातों–रात दिल्ली राम मनोहर लोहिया में भर्ती किया गया। तीसरे दिन होश आया तो सामने भाई साहब, परिवार, बच्चों को देखकर आश्चर्य हुआ कि मैं दिल्ली में हूँ। पौड़ी आया पर रोग का पता नहीं था। कुछ दिनों बाद गाँव गये और कुछ अन्य उपचार मेरा श्रीनगर में किया गया जिससे मैं आज इस उम्र तक ठीक हूँ।

शिव–शक्ति की भूमि, बाबा कमलेश्वर महादेव की सिद्ध सीमा में मनुष्यों से ज्यादा भोले के गण जाग्रत रहते हैं। कुछ तो श्रीनगर की धरती में हिमालय से पश्चिम की ओर बहती हवा में अवश्य है, जो गढ़वाल की अन्य जगहों में नहीं है। सूरज के उगने के साथ ही कुछ, मात्र कुछ लोगों की आस्था और विश्वास की परिधि भी घूमने लग जाती है। कुछ लोगों में, जो मित्र प्रातः आपको सच्चा साथी और आस्थावान दिखता है, कार्य सिद्ध हो जाने पर डूबते सूर्य के साथ खुद भी पूर्ण रूप से डूब जाता है। नई प्रातः, नई आस्था, नया रूप। इसीलिए समझदार और तथा कथित सफल लोग रात–नीति में ज्यादा जोर देकर कार्य करते हैं। अक्सर निश्चिंत होकर कार्य करने वाला व्यक्ति, पता नहीं चला पाता कि उसकी ड़ोर कब, कहाँ और कैसे कटी। धारी देवी, टिहरी व पौड़ी क्षेत्र में प्रवेश करते ही यह मानसिकता, जो कुछ गिने चुने लोगों में होती है, अपने आप अपने मूल, सकारात्मक रूप में आ जाती है।

पौड़ी से मैं जब प्रोफेसर पद पर चयनित होकर श्रीनगर गया तो ऐसे लगा जैसे एक बहू ससुराल में आ गई हो। डा0 ठाकुर से हुआ षड़यंत्र मुझे बार–बार डराता व सचेत करता था। कुछ ही मित्र थे मेरे खास, जिन्होंने मुझे हर परिस्थिति में उबारा और सहायता की। श्रीनगर का व्यापारी वर्ग अनुपम है। मैंने भी कार्यभार ग्रहण करते हुए प्रण किया था कि अपमान किसी का नहीं करूंगा और न अपमान सहूंगा। अपना 'सूर्य' किसी को नहीं बनाऊंगा, क्योंकि वह ढल गया तो किधर जाऊंगा, और न यह भी कि डा0 ठाकुर यदि भौतिक रूप से मेरे साथ नहीं रहे थे, तो भी उनका आशीर्वाद हमेशा मेरे साथ था। इसी कारण ही मुझे सारे चक्र–कुचक्रों के चक्कर काट रहे घेरों में भी युवावस्था में प्रोफेसर पद पर नियुक्ति का वरदान मिला। मैंने ठान ली थी कि बिना विचारे विश्वास नहीं करुंगा, और यदि विश्वास किया तो कभी साथ नहीं छोड़ूंगा। मात्र किसी के भरोसे नहीं, अपनी हिम्मत, जज्बा और साहस के साथ मेहनत कर कार्य करुंगा। यह भी मैंने सोच लिया था कि ईमानदारी के साथ पढ़ाऊंगा, शोध एवं शोध पत्र करवाऊंगा, परन्तु कभी भी सेमिनार, कार्यशाला एवं कांफ्रेंस नहीं कराऊंगा। अन्यत्र जाकर भाग लूंगा। ऐसा ही रिकार्ड मैंने शोध, शिक्षण एवं शोध पत्र स्वयं एवं अपने शोधार्थियों से करवा कर किया। ठाकुर साहिब एवं उनके बिखरे परिवार ने मुझे सचमुच अंदर तक झकझोर दिया था।

दूसरी घटना, जिसने मुझे किसी बड़े ज्वालामुखी की तरह हिला दिया था, वह थी भाभी जी, श्रीमती ठाकुर का अपने संयासी बेटे को ढूंढने तथा मिलने के लिए श्रीनगर आना और मेरे घर रूकना। डा0 ठाकुर की मृत्यु के लगभग दो साल बाद वह एक दिन अचानक मेरे घर आई और मुझे एवं मेरी पत्नी को बहुत रुआंसा कर दिया। उन्होंने बताया कि एक तो डा0 ठाकुर ने कार्यशाला के लिए जो एडवांस लिया था, उसका समायोजन करना था। उसके साथ ही उनकी पेंशन एवं फंड आदि का निपटारा होना था। दो वर्षों तक उन्हें पेंशन नहीं मिली थी। वह संभल ही नहीं पाई थी। और सबसे बड़ी गोपनीय बात यह कि अपने मझले बेटे, रजत ठाकुर, जो संयासी बन गये थे, से मुलाकात करना। मैं चाय–पानी करने तक कुछ नहीं बोल पाया। भाभी जी की उदास आंखे देखकर सचमुच आंसू आ गये थे। राजा जब चला जाता है तो अबला नारी अपने आपको व परिवार को कैसे खड़ा करती है, इसकी बानगी थी वो। कुलपति, प्रोफेसर के0पी0 नौटियाल, मेरे आवास के ऊपर ही रहते थे और मैं उनके विश्वस्तों में से एक था। बड़े विद्वान, उदार एवं गढ़वाल क्षेत्र के बाहर से आने वालों के लिए भी एक बड़ा संबल हुआ करते थे। पत्नी भी उनकी उतनी ही सरल, मृदुभाषी एवं उदार। मैंने दूरभाष से उनसे बात की और श्रीमती ठाकुर उनसे मिलने पहुंची और जरूरी प्रार्थना पत्र और कागजात प्रस्तुत किये। दूसरे दिन शाम से पहले उनका पेंशन पट्टा एवं अन्य भुगतानों का चैक उनके हाथ में था।

बेटे से मिलने की ललक और उनके संयासी बनने का गम उनके चेहरे की रेखाओं में साफ झलक रहा था। उनका यही मझला बेटा आई0आई0टी0 की तैयारी में लगभग एक माह मेरे आवास पौड़ी में रहा था। मेरी पत्नी को अपनी माँ सी ही मानता था। बहुत कुशाग्र बुद्धि का था। उसे आई0आई0टी0 के लिए मिला भी तो कानपुर जैसा प्रसिद्ध संस्थान। आई0आई0टी0 तीसरे वर्ष की पढ़ाई कर चौथे वर्ष में प्रवेश नहीं लिया और न ही घर (श्रीनगर) आया। ठाकुर साहिब व भाभी जी ने तब ही मुझे बता दिया था कि उसकी बुद्धि पलट गई है और वह संयास लेने की सोच रहा है। हुआ भी ऐसा कि उसने संयास लिया ओर संयासी बनकर आया भी तो श्रीनगर क्षेत्र में ही। मैंने भाभी जी को बताया कि उसने मुझे एक दिन चिठ्ठी लिखकर एक गरीब लड़के को भेजा था, जिसकी मैंने रहने–खाने एवं बी0ए0 करने की व्यवस्था करनी थी। मैंने ऐसा ही किया। एक प्रोफेसर

दोस्त का परिवार दिल्ली में रहता था। मेरे अनुरोध पर उन्होंने उसे अपने साथ रख लिया। यहाँ तक कि उसकी किताबों एवं फीस की व्यवस्था भी खुद उन्होंने की। लड़के के बी0ए0 उत्तीर्ण करने पर वह फिर स्वामी जी के पास चला गया। उस समय उनका फोन मुझे आया था। उसके कुछ महीनों बाद उनके गुरू स्वामी का अंतकाल होने पर ऋषिकेश से भी उनका फोन आया था। घर आने को कहा था उन्होंने, पर फिर दूरभाष पर बताया कि कार्यक्रम और आगे बढ़ गया है और वे फिर कभी बाद में आयेंगे। मैंने श्रीमती ठाकुर को बताया कि वे श्रीनगर से 15 कि0मी0 दूर, धारी माँ मंदिर से नदी पार कर लगभग 7 कि0मी0 पहाड़ी के पीछे एक आश्रम में रह कर स्कूल में पढ़ाते हैं। मैंने कहा भी कि मैं और मेरी पत्नी आपके साथ चलेंगे। आपको कोई परेशानी नहीं होने देंगे। पर वह नहीं मानी। दूसरे दिन वह अकेले गईं और उचित भी था। हमारे सामने अपने और बेटे की भावनाओं को कैसे बांटती? वहाँ एक दिन एक रात रूक कर आई, और संयासी बेटा 21 कि0मी0 चलकर उन्हें धारी माँ के दर्शन करा हाईवे में बस में बैठा कर माँ को श्रीनगर के लिए छोड़ गया। वह जब लौट कर आई तो आंखों में चमक और होठों में खुशी थी। हमें भी तसल्ली हुई। वर्ना, संयासी का संयास तो उसके परलोक के लिए होता है, माँ–बाप को तो अपने हिस्से का दंड भोगना ही पड़ता है – आंसूओं में ही सही। दूसरे दिन सबसे छोटे बेटे, जिसके साथ वह बंगलौर में रहती थी, के पास जाने को चल दी। अबला माँ का सहारा तो योग्य औलाद ही हो सकती है। इस पुस्तक से दो–चार होने का, भाग्यवसात्, अगर अवसर मिले तो भाभी जी आपकी कुशल–क्षेम अवश्य जानना चाहूंगा।

कुछ भी हो। कौन कहाँ है और कौन कहाँ। परन्तु डा0 ठाकुर का भावनात्मक प्रभाव मेरे जीवन में हर समय रहा। जिस दिन भाभी जी अंतिम बार हम पति–पत्नी को मिल कर गई, विभाग में मैं सिर्फ उदास रहा। कुछ भी नहीं किया। जिसको सचमुख का सहारा समझो और वही छोड़ कर जड़ समेत अन्तर्धान हो जाय, तो अन्तर्मन दुःखी तो होता ही है। इन्हीं बातों को याद कर मैं कभी–कभी आज भी बहुत भावुक हो जाता हूँ। इसका एक उदाहरण देता हूँ। मैं विश्वविद्यालय की ओर से भाग लेने अमेरिका कांफ्रेस में गया था। कांफ्रेस करने के बाद मुझे अपने दोस्त डा0 शर्मा के निमंत्रण में उसके साथ एक महीना

बिताना था। मुझे कुछ दिन सेन–फ्रांसिसको से मेरीलैण्ड व वाशिंगटन आदि जगहों में घूमने फिरने में बहुत आनंद आया। कुछ दिनों बाद ऐसा ख्याल आया कि यदि अचानक मुझे कुछ हो गया तो मेरा परिवार क्या करेगा? मेरी पत्नी–बच्चे परेशान हो जायेंगे। अमेरिका आने–जाने में उन्हें घोर संकट का सामना करना पड़ेगा, आदि–आदि। सचमुच में मैंने अपनी हवाई जहाज की बुकिंग कैंसिल कर एक सप्ताह पहले की टिकट कर ली। मुझे पता था किसी के मरने के बाद भी लाश को घर पहुंचने में भी समय और पैसा लगता है। घोर परेशानी, सो अलग। फिर, विदेश में ज्ञान बांटने की कोशिश भी नहीं की। अपना ज्ञान अपने विद्यार्थियों को बांटने में ही असली शान है। इसलिए मैंने भविष्य में खुद विदेश जाने की जगह अपने विद्यार्थियों को मात्र अनुभव प्राप्त करने हेतु विदेश जाने के लिए प्रेरित किया।

लोहाघाट का रा0 इण्टर मिडिएट कालेज सह–शिक्षा का एक मात्र संस्थान था जो नगर के प्रतिष्ठित व्यवसायी श्री बेनीराम पुनेठा जी के नाम पर उन्हीं के दान से स्थापित था। काली कुमाऊँ परगने में कोई दूसरा कालेज नहीं था। लगभग बीसवीं शताब्दी के छठे दशक में कक्षाऐं इसमें शुरू हुईं थी। देवदार के सघन वृक्षों से अटी लोहाघाट घाटी बहुत ठंडी और सुरम्य स्थली आज भी है, जिसे अंग्रेजों ने मुख्यतः सैनिक केन्टोनमेंट (खाम) के रूप में अधिग्रहित कर नगर की स्थापना की थी। इस नगर का पी0डब्ल्यू0डी0 रेस्ट हाउस (डाक बंगला) आज भी शांत प्रकृति से परिपूर्ण रहने लायक स्थान है जो स्वयं में अंग्रेजों की जीवन–शैली का दर्शन कराता है।

आज नगर बाहर से शांत और सुन्दर है परन्तु बाजार क्षेत्र के अधिकांश लोग एक छुपी हुई शंका से भयभीत रहते हैं। यह दोनों अमीर एवं गरीब लोगों के चेहरों में गाहे–बगाहे देखने को नजर भी आता है। कैसी विडम्बना है कि निवास काल लगभग सौ वर्षों का पूर्ण होने के उपरान्त भी इन्हें मालिकाना हक प्राप्त नहीं है। स्वयं करोड़पति–अरबपति होते हुए भी यदि इन्हें सम्पत्ति प्रमाण–पत्र की जरूरत होती है, तो ये अपने मूल गाँवों का मुँह करते हैं। यही टीस कभी–कभी वेदना लिए इन्हें हृदय विदारक महसूस होती है।

विडम्बना ही तो है कि सुंदर से नगर के सुदंर, आलौकिक रूप से बसे नागरिक कानूनन् इसके निवासी नहीं हैं, ऐसा जैसे की नगर ही तदर्थ हो। सत्य यह है कि लोहाघाट नगर में तीन प्रकार की भूमि है – खाम, लीज (वर्ग 5) और रजिस्ट्री–शुदा। संप्रति, पूर्ण रूप से खाम और वर्ग 5। पूर्ण नगर क्षेत्र की जमीन इन्हीं दो वर्गों में विभक्त है। हर संभ्रात नागरिक कोशिश करता है कि जमीन को फ्री–होल्ड कर सके और करा भी लेते हैं। हर राज–नेता भी अवश्यमेव वादा करता है कि वह समस्त जमीन को फ्री–होल्ड करा देगा। परन्तु न जमीन फ्री–होल्ड हुई और न ही मालिकाना हक मिला। स्वयं मैंने भी 2 नाली जमीन फ्री–होल्ड करने हेतु रू0 50 हजार जमा कराया था। किन्तु, फ्री–होल्ड का न अता न पता। शासनादेश के बाबजूद जमीन फ्री–होल्ड नहीं हो सकती। प्रदेश सरकार को यह अधिकार प्राप्त हो तो वह फ्री–होल्ड करे। जब अधिकार ही नहीं तो फ्री–होल्ड कहाँ से करे। मालिकाना हक तो बहुत दूर की बात है।

परन्तु क्यों? इसका कारण जानने से पहले यह समझना आवश्यक है कि 'खाम' क्या है? 'खाम' शब्द की उत्पत्ति मूल रूप से चीन से शुरू हुई। इसका अर्थ होता है एक ऐसी जमीन का टुकड़ा जो चारों तरफ से पाँच प्रकार की भूमि से घिरा हुआ हो। जैसे, मालिकाना हक वाली जमीन, सरकारी पट्टे वाली जमीन, वन भूमि, पंचायती जमीन आदि। वन भूमि, जो स्वयं में सरकारी जमीन होती है, के अतिरिक्त केन्द्र सरकार द्वारा अधिग्रहित कराई गई भूमि अथवा राज्य सरकार द्वारा केन्द्र सरकार को अधिग्रहित कराई गई भूमि, जिसका प्रयोग अंग्रेजी सरकार द्वारा किया गया था, 'खाम' कहलाती है। 'खाम' वह जमीन है जो केन्द्र सरकार, या कहें कि भारत सरकार सैनिक छावनी, रेलवे, पोस्ट–आफिस, सी0पी0डब्लू0डी0, बी0आर0ओ0, केन्द्रीय संगठन, संस्थान आदि उद्देश्यों के लिए राज्य सरकार से अधिग्रहण कर केन्द्रीय स्वामित्व स्थापित करती है। इसका अर्थ यह हुआ कि खाम की जमीन केन्द्र सरकार की सम्पत्ति हुई। अब लोहाघाट समेत उत्तरखण्ड में कई खाम हैं। रानीखेत, काठगोदाम–हल्द्वानी का क्षेत्र, खटीमा, कैंट–बोर्ड देहरादून, चकराता आदि। यदि लोहाघाट खाम को राज्य सरकार फ्री–होल्ड करेगी तो और खामों का क्या होगा? यदि राज्य सरकार फ्री–होल्ड करना चाहे तो उसे केन्द्र सरकार से पहले इन जमीनों को छुड़ा कर स्वामित्व लेना होगा। बात सिर्फ लोहाघाट की नहीं होगी। प्रदेश के

अन्य खाम ज्यादा संवेदनशील हैं, जिनके लिए केन्द्र सरकार को इन्हें खाम मुक्त करना आसान नहीं होगा। एक उदाहरण लीजिए, लोहाघाट का डाक बंगला, राज्य सरकार के अधीन है, किन्तु मालिकाना हक खाम का अर्थात् केन्द्र सरकार का हुआ न। तो इतनी बड़ी जनता के मालिकाना हक का क्या होगा? क्या आजीवन पीढ़ियां अबोध और निर्बोध होकर रह जायेंगी?

समस्या हो तो समाधान भी जरूर होता है। हमारे जन प्रतिनिधि इतना तो केन्द्र सरकार से करवा ही सकते हैं कि जहाँ खाम में आज कि तिथि में सेना या कैंट काबिज नहीं है,वहाँ खाम की भूमि राज्य सरकार के माध्यम से काबिज लोगों को फ्री–होल्ड करा कर उपलब्ध कराई जा सकती है। लीज की भूमि तब तक फ्री–होल्ड नहीं हो सकती जब तक खाम व वर्ग 5 की सरकारी जमीन का कानूनन् विभक्तिकरण न हो। यह समस्या पिथौरागढ़ नगर में भी 'बारा पत्थर' के नाम से जानी जाती है, किन्तु समाधान हेतु किसी ने भी अब तक रास्ता नहीं निकाला। खाम में जहाँ कैंट काबिज है, कैंट प्रशासन एक पत्थर भी बिना अनुमति के नहीं लगाने देता। लोहाघाट जैसे खाम में अवैध रूप से सब कुछ हो रहा है। एक दिन अतिक्रमण तोड़ो नाम की कोई कार्यवाही हुई तो मन कोसने के अलावा कुछ भी नहीं बचेगा। यह समस्या इतनी आसान भी नहीं, क्योंकि यह राष्ट्रीय स्तर पर व्याप्त है और केन्द्र सरकार ही इसके समाधान में कारगर साबित हो सकती है। उससे भी बड़ी समस्या यह आयेगी कि खाम के चारों ओर की भूमि का वर्गीकरण या पैमाईश कर भूमि का निर्धारण करने में कितना समय लगेगा और यह संभव होगा भी कैसे?

परगना काली कुमाऊँ का ऐतिहासिक रूप से संस्कृति का केन्द्र यदि चम्पावत नगर और चाराल में फैली घाटी है, तो व्यावसायिक एवं आर्थिक केन्द्र बिन्दु लोहाघाट नगर ही माना जाता है। नगर लोहाघाट का व्यापारिक महत्व इसकी चारों ओर की घाटियों एवं नगरों को जोड़ने वाली सड़कों से और बढ़ जाता है। पूर्व की ओर चौड़ी, ईडाकोट, भुमलाई, डैंसली, कोयाटी, चौमेल, मड़लक आदि क्षेत्रों को भारत–नेपाल सीमा के बीच काली नदी से जोड़ने वाली सड़क, उत्तर में राईकोट, पाटन और घाट क्षेत्रों को रामगंगा के ऊपर पुल पर गुरना पिथौरागढ़ को जोड़ती सड़क, पश्चिम में बिशुंग, खेतीखान, देवीधुरा, शहर–फाटक, एक ओर भीमताल तो दूसरी ओर अल्मोड़ा को जाने वाली रोड़, हल्द्वानी

भाबर को जोड़ने वाली हाईवे तथा दक्षिण में चम्पावत, चल्थी एवं सूखी ढांग क्षेत्रों को टनकपुर तक ले जाकर आगे देश के शीर्ष केन्द्रों को जोड़ता राज–मार्ग इसकी महत्ता को और बढ़ाता ही नहीं, अपितु चारों ओर सघन आबादी के घनत्व के चलते इसे समृद्ध भी बनाता है। वैसे नगर के चारों ओर फैली घाटियों में ईडाकोट वैली, बलाई–फोर्ती वैली, राईकोट–रेगडू–बाराकोट वैली, पाटन–सुई वैली और बिशुंग वैली प्रमुख हैं। इनकी अपनी–अपनी सुन्दरता और अपने–अपने जीने का अंदाज है। खेती, संस्कृति, तीज–त्योहार में सब एक और परस्पर अद्‌भुत सहयोग, एकता एवं भाईचारा। लोहाघाट नगर की बसासत्‌ में इनकी सभी घाटियों के लोगों का अनुपात ही अधिक है। जहाँ आज के समय में सभी नजदीक के क्षेत्रों के भूतपूर्व कार्यरत कर्मचारी, भू0पू0 सैनिक यहाँ आकर बसें हैं, वहीं इसका सामाजिक इतिहास और भूगोल आज भी अभीष्ट रूप से कहीं बदला नहीं है।

स्टेशन लोहाघाट में अगर आप विशुंग का नाम सुनेंगे तो समझ लो आप वह सब अर्थ नहीं लगा रहे हैं जो इस शब्द के आगाज का लगाना चाहिए। फिर बिशुंग के साथ सुईं, तो मान लो एक मसालेदार खाने के बाद जैसे एक अच्छी सी, मीठी सी खीर का सा स्वाद। सुईं–बिशुंग एक सिक्के के दो पहलू–एक ओर सुईं, जैसे शुद्ध, स्वप्निल, सफेद–बासंती रंग के कपड़ों में त्रिपुंड धारी, लम्बी चोटी, सफेद टोपी से ढ़की और हल्की सी मुस्कान ओठों पर। दूसरी ओर, बिशुंग–एक मूंछ धारी, लम्बा, गठीला बदन, चौड़े कंधे, सिर से पैर तक अकड़, भारी जूते, चाल जैसे हाथी पहाड़ में आ गया हो– एक ऐसा व्यक्ति जिसके माथे में गुस्सा, होंठों में दबी हंसी की झलक, कपड़े सादे पर स्वच्छ, मार्शल जैसी प्रवृति, एक ऐसा व्यक्तित्व जिसे इतिहास का बोझ जैसे सही–सलामत आज ही अंजाम तक पहुंचाने की जल्दी हो।

जी हां, बिशुंग क्षेत्र, एक विशिष्ट पहचान का क्षेत्र, जहाँ इतिहास और संस्कृति के अनूठे मेल ने इंसान को जैसे जीवंत वर्तमान के गोद में बैठा दिया हो। यह महिमा–मण्डन नहीं हैं, अपितु, इतिहास को समझने और बताने का एक सत्यपूर्ण इशारा है। और भी कई घाटियां हैं। बिशुंग भी एक सुरम्य घाटी है। सभी घाटियों के इंसान एक जैसे हैं। भिन्न हैं तो अतीत की इनकी विधायें और उनके जुड़े साक्ष्यपूर्ण तथ्य जो इसे कहीं से भी अन्य में

अनुपम, और ऐतिहासिक रूप से अद्वितीय बनाते हैं। यद्यपि वर्तमान की दृष्टि से इनका व्यवहार बहुत दिखावे का न हो, परन्तु किसी न किसी रूप में रहस्मयी अवश्य है, जिसका अनुमान लगाना, बहुत कुछ जाने बगैर, सही–गलत के पैमाने से कोसों दूर भी आसान नहीं है।

रोचक, रोमांचक एवं इसकी मिट्टी के इतिहास से जुड़ा अगर कोई सबसे महत्वपूर्ण एवं अर्थपूर्ण वृतांत है तो वह है पुराणों द्वारा बाणासुर एवं उसकी कथा से स्थापित इसका सीधा संबंध। बिशुंग को अगर पारखी नजर से देखा जाये तो यह एक स्थान ही नहीं वरन् अपने आप में एक चरित्र है। एक अनूठा व्यक्तित्व है, जिसमें बल, बुद्धि, पराक्रम, न्याय प्रियता, गुस्सैल–बिगडैल मिजाज, दोस्ती एवं दुश्मनी निभाने में अदम्य साहसपूर्ण जोश एवं जज्बा कूट–कूट कर भरा हो। इन सबसे परे, इसमें अगर अधिकता है तो उद्देश्य एवं इसकी परिपूर्णता में, कहीं–कहीं, नकारात्मक सोच एवं प्रयोग की। सुईं एवं फोर्ती के धार्मिक एवं आध्यात्मिक ब्राह्मण एवं क्षेत्र के चौबे, मुरारी, पाण्डे, उपाध्याय, उप्रेती एवं बगौलियों की सदियों से साधना एवं संदेशों का लेप शांत करने में इस व्यक्तिव में न लगता तो आज भी कई बाणासुर नाचते, थिरकते सड़कों में मिल जाते। वर्तमान की बिशुंग अपनी प्रगति की डगर की ओर है; अच्छे लोग; अच्छे सिद्धान्त। विकास के पथ पर अग्रसर सभ्य, सम्पन्न एवं मधुर, उत्कृष्ट रूप से व्यावहारिक। किन्तु, अब से 40–50 वर्ष पूर्व इसकी छवि अलग थी। जिसका कोई नहीं, उसका बिशुंग वाला होगा; जिसको कोई परेशान नहीं करेगा, उसको बिशुंग वाला परेशान करेगा। यह आज एक पुराना इतिहास है। सम्यता का अक्षांतर एवं देशान्तर आज सूर्य की ओर घूमा है।

असुर राज बाणासुर कौन था और काली कुमांऊँ के मध्य सुईं–बिशुंग से उसके इतिहास का आपसी संबंध क्या था? यद्यपि विगत वर्षों में भारतवर्ष की कुछ मीडिया चैनलों ने बाणासुर व उसके किले के ऊपर एक सूक्ष्म सीरियल प्रदर्शित किया, परन्तु यह सीरियल उसके किले एवं सुईं–बिशुंग के परस्पर इतिहास के अध्ययन को गहराई से प्रस्तुत नहीं कर सका। बाणासुर के इतिहास व उसके चारित्रिक महत्व के बारे में स्वयं उसका किला एक जीवंत प्रमाण है।

प्रथमदृष्या, एक छोटी सी पहाड़ी की चोटी में स्थित बाणासुर का किला आदिकाल से मजबूत नींव में जीर्ण–क्षीर्ण रूप से खड़ा है, जिसके सिरे का विभिन्न सरकारों द्वारा जीर्णोद्वार किया तो गया, किन्तु, किले की नींव तेज ढाल वाली पहाड़ी में होने के कारण इसके जड़ वाले हिस्से में सुधार नहीं किया जा सकता। किला मजबूत है और इसके अंदर से पहाड़ी की उत्तर की तलहटी तक सीढ़ियां हैं, जिनके द्वारा महल के लिए पानी लाया जाता होगा। आज सीढ़ियां काफी ढ़क गई हैं। महल के कमरे टूट–फूट गये हैं। किले की वास्तु–कला अपने आप में इसकी पौराणिक पृष्ठभूमि के होने का प्रमाण देती है। पहाड़ी के मध्य में माता कड़ाई का प्राचीन मंदिर स्थापित है, जिसकी मान्यता दूर–दूर तक देश भर में है। किले के पूर्वी बुर्ज के नीचे, प्रवेश द्वार से सटी पहाड़ी के छोर में माँ कालिका का मंदिर है, जिसे बाणासुर ने आदि काल से ही ईष्ट के रूप में स्थापित किया माना जाता है। आजकल भक्तों ने इसमें एक सुंदर मंदिर स्थापित किया है। इसके सामने ही इसी शक्ति का पूर्व की ओर छोटा सा मंदिर स्थापित है। पहाड़ी की तलहटी में लोहाघाट से देवीधुरा–हल्द्वानी और अल्मोड़ा को जाने वाला शिमला–लोहाघाट हाईवे है, जहाँ से टीलेनुमा किले की पहाड़ी की दूरी लगभग एक कि0मी0 होगी। 'कड़ाई माँ का मंदिर' घनी देवदार की झुरमुट के बीच, पठारनुमा चढ़ाई में बहुत रमणीक एवं शांति प्रदायक दर्शन देता है। साधना एवं संस्कृति का यह स्थल मनोरम तो है ही, मन को शांति और मनोकामना की पूर्ति हेतु जग प्रसिद्व है। किले का बाणासुर का ही होने का प्रमाण स्वयं पुरातत्व विभाग के सर्वे, शोध अध्ययन एवं देव–पुराणों के आधार पर विगत के शासकों एवं सरकारों द्वारा स्वीकार एवं स्थापित किया गया है। इसके एतिहासिक एक नहीं, अनेकों प्रमाण हैं। अंग्रेजों ने इसे ही 'हेस्टिंग्स का दरबार' नाम दिया था। यहीं पर इसके अदालतें एवं दरबार लगते थे।

महाभारत खिलभाग हरिवंश, श्री हरिवंश पुराण (विष्णुपर्व) एवं *स्कंदपुराण* में बाणासुर का विस्तृत वृतांत उपलब्ध है। बाणासुर भक्त प्रह्लाद के प्रपौत्र एवं राजा बलि तथा दिति के सौ पुत्रों में सबसे ज्येष्ठ था। महा बलवान, वह ''सैकड़ों दिव्यास्त्र धारण करने वाली सहस्त्र भुजाओं से युक्त था:

बलेर्बलवतः पुत्रोज्येष्ठो भ्रातृशतस्य यः।

वृतो बाहुसहस्त्रेण दिव्यास्त्रशतधारिणा।।''[1]

एक बार बाणासुर ने स्कंद (कुमार कार्तिकेय) को क्रीड़ा करते हुए देखा और उनके सुंदर, बलवान एवं शक्तिशाली शरीर को देखकर उसे बड़ा विस्मय हुआ। उसे भी किसी भी प्रकार से शिव पुत्र होने की ईच्छा जागृत हुई। उसने महारूद्र की हजारों वर्षों तक तपस्या की और महादेव ने प्रसन्न होकर बाणासुर से वर मांगने का कहा। वैशम्पायन जी जन्मेजय को बताते हैं कि बाणासुर ने शिव जी से कहा, ''त्रिलोचन में आपका दिया हुआ देवी पार्वती का पुत्रत्व चाहता हूँ:

अथ बाणोऽब्रवीद्वाक्यं देवदेवं महेश्वरम्।

देव्याः पुत्रत्वमिच्छामि त्वया दत्तं त्रिलोचन।।''[2]

तब भगवान शंकर ने 'तथास्तु' कहकर देवी रूद्राणी से बाण को पुत्र के रूप में स्वीकार करने को कहा, और बताया कि वह कार्तिकेय का छोटा भाई होगा। भगवान महादेव ने माँ पार्वती से पुनः कहा कि, ''जहाँ रूधिरपुर में अग्नि कुमार महासेन का प्रादुर्भाव हुआ था, उस स्थान पर इसकी राजधानी होगी, इसमें संशय नहीं है :

यत्रोत्थियो महासेनः सोऽग्निजो रुधिरे पुरे।

तत्राद्देशे पुरं चास्य भविष्यति न संशयः।।''[3]

भगवान शिव ने यह भी कहा कि ''वह उत्तम नगर शोणितपुर के नाम से विख्यात होगा :

नाम्रा तच्छोणितपुरं भविष्यति पुरोत्तमम्।

मयाभिगुप्तं श्रीमन्तं न कश्चित् प्रसहिष्यति।''[4]

यह **रूधिरपुर**–शोणित नगर (स्योंतापुरी) और कोई नहीं वरन् बिशुंग–सुईं है। इतिहासकार बी0डी0 पाण्डे ने माना है कि कुमाऊँ का ''सबसे पुराना किला कौटोलगढ़ है जिसको कहते हैं कि बाणासुर दैत्य ने अपने लिए बनवाया था। सुईं को शोणितपुर भी कहते हैं।।'' यद्यपि कौटोलगढ़ का सही वर्णन अन्यत्र किया गया है, यह सत्य है कि ''बाणासुर का किला सुईं–बिशुंग (शोणितपुर) में है।''[5] स्थान और स्थापना चिर काल से स्वयं विद्यमान है, भले ही भूगोल व सामाजिक ताना–बाना समय की धार में अवश्य बह गया होगा। **स्कंदपुराण** में भी इस तथ्य का प्रमाण मिलता है। भगवान भोले शंकर ने जब बाणासुर से वर मांगने को कहा तो वह बोला, ''प्रभो! मेरा नगर दिव्य एवं सम्पूर्ण हो। देवताओं के लिए अजेय हो। आपको छोड़कर दूसरे किसी दूसरे देवता के लिए वहाँ प्रवेश पाना अत्यंत कठिन हो। मेरा यह नगर मेरे स्थिर होने पर स्थिर रहे और चलने पर वह साथ–साथ चले। सर्वथा मेरे मन के अनुकूल बना रहे।''[6] भगवान शिव ने तथास्तु कहकर बाण को यह भी आदेश दिया कि उनके एक शोणितपुर देने के बाद वह भगवान विष्णु व भगवान ब्रह्मा से भी एक–एक पुर प्राप्त करे। बाणासुर ने ऐसा ही किया और उसे त्रिपुर प्राप्त हुआ। वह 'त्रिपुर' को अपनी इच्छानुसार साथ–साथ लाता रहा। उसकी पुत्री इसीलिए बाणासुर किले में 'त्रिपुर संदरी' भी कही गई है।

बाणासुर को भगवान शिव का वरदान पाकर अपने बल का बहुत घमंड में हो गया था। इन्द्र की राजधानी अमरावती को कब्जे में कर देवताओं के ऊपर भी अनेक अनर्थ करने लगा। उसे अपने बलवान और हसस्त्र भुजावान होने का बड़ा गर्व था और हमेशा मद में चूर हो उत्फुल्ल रहता था। असुर कंस और जरासंघ के हर युद्ध में उसने अपनी उपस्थिति दी थी। बाणासुर को बिना लड़े चैन नहीं पड़ता था। कहाँ, कैसे, कब लड़ूं, मौका ढूंढ़ता रहता था। उसका बल उफान मारता था और उसकी भुजायें युद्ध के लिए खुजलाती रहती थीं।

एक दिन वह प्रभु महादेव के पास गया और उसने विनती कर कहा कि, ''हे प्रभो मेरा लगातार लड़ने को मन करता है।'' मैं युद्ध लड़ूं, तभी मुझे चैन मिलेगा। भगवान शिव ने कहा, ''वीर! उठो! तुम अपनी इन भुजाओं तथा कुलके अनुरूप ऐसा महान युद्ध प्राप्त करोगे, जिसकी कहीं तुलना नहीं हैः

उत्तिष्ठोत्तिष्ठ बाहूनामात्मनः स्वकुलस्य तु।

सदृशं प्राप्स्यसे वीर युद्धमप्रतियं महत्।।"[7]

शिवधाम से प्रफुल्लित होकर हंसते–हंसते वह अपने महल में आया और खुशी–खुशी अपने मंत्री सेनापति, कुम्भाण्ड को बताया कि भगवान शिव ने आज उसे इतना बड़ा बचन दिया है कि वह बहुत आल्हादित है। कुम्भाण्ड ने समझा शायद आज भगवान महारूद्र ने ऐसा आश्वासन दिया है कि संसार के जो असुर पाताल लोक थे, भगवान कृष्ण ने अपने पराक्रम से बांध रखे हैं, या उसके पर–पिता भक्त प्रह्लाद समाधि से वापस आ जायेंगे। या सभी असुर स्वर्ग लोक में निवास करेंगे। परन्तु, बाणासुर के कथनानुसार वह बहुत निराश हुआ। उसकी युद्ध की ललकार और इच्छा सुनकर कुम्भाण्ड ने कहा कि ऐसा युद्ध असुरों के हित में नहीं होगा। शिव–पावर्ती के पुत्रत्व को प्राप्त बाणासुर स्वयं को अजेय एवं परम् शक्तिशाली समझने लगा था। दिन–रात युद्ध होने का इंतजार कर वह अट्टाहास करता रहता था। भगवान शिव ने बाण को कहा था कि जिस दिन तुम्हारे ध्वजा स्थल से तुम्हारी ध्वजा टूट कर गिर जायेगी तो समझ लेना तुम्हारा युद्ध लड़ने का समय आ गया है। और एक दिन इन्द्र के बज्र से उसकी ध्वजा टूट कर गिर गई। इसे देख बाणासुर बहुत आंनदित हो, अल्हाद कर नाचने–उछलने लगा। खुशी से मद मस्त हाथी की तरह इधर–उधर दौड़ने–हंसने लगा कि अब जल्दी ही युद्ध होगा।

शिव बचनानुसार, बाणासुर के होने वाले विकट युद्ध का बीज अंकुरित होने लगा था। त्रिपुर संदरी, बाणासुर की पुत्री, भामिनि उषा ने एक दिन माँ पार्वती को शिवजी के साथ सुदंर फूलों एवं सुगंधों से परिपूर्ण बाग में क्रीड़ा करते देखा। बाणासुर के मंत्री, कुम्भाण्ड की पुत्री, अप्सरा रमा का अंश, चित्रलेखा उसकी सहेली थी और वह भी ऊषा के साथ ही थी। भगवान शिव व माँ पार्वती को क्रीड़ा करते देख उषा भी कामना–लोलुप हो गई। जल क्रीड़ा व विहार में उसका मन भी रमणीक एवं कामोत्जेक वासना से भर गया। उसकी मनोदशा संतुलित नहीं थी और वह किंकर्तव्यविमूढ़, ढगी–ढगी सी, निश्चेत खड़ी की खड़ी रह गई। माँ पार्वती को उसकी परिस्थिति एवं मनोभावना का भान हो गया।

उन्होंने उषा को नजदीक लाकर कहा ''उषे! मेरी बात सुनो, तुम्हें पति का संयोग कब प्राप्त होगा, यह बताती हूँः

तदा हैमवती वाक्यं सम्प्रहस्येदमब्रवीत्।

उषे श्रृणुष्व वाक्यं मे यदा संयोगमेष्यसि।।''[8]

माता ने बताया, ''बैसाख मास की द्वादशी तिथि को प्रदोषकाल में अट्टालिका पर सोयी हुई तुम्हारे साथ जो पुरुष स्वप्न में आकर रमण करेगा, वही तुम्हारा पति होगाः

वैशाखे मासि हर्म्यस्थां द्वादश्यां त्वां दिनक्षये।

रमयिष्यति यः स्वप्ने सते भर्ता भविष्यति।।''[9]

उषामाँ पार्वती के बचनों को सुनकर तथा याद कर 'काम जनित मोह के वशीभूत हो गई।' न दिन चैन था न रात को नींद। पूरा राजमहल उषा के स्वास्थ्य व बेचैनी को देखकर हतप्रभ था। उषा का मन न बोलने को लगता न खाने को। उसकी स्थिति देखकर अन्य स्त्रियाँ यह समझ गईं कि उषा का यौवन आ चुका है और पति समागम की आवश्यकता है। उसके लिए 'सुयोग्य वर की शीघ्र खोज करी जाये।'

''ठीक वैशाखमास के शुक्लपक्ष की द्वादशी तिथि को, जब सखियों से घिरी हुई भामिनी उषा अपनी अट्टालिका में सो रही थी, उसी समय स्पप्नावस्था में पार्वती के बताये अनुसार एक पुरुष ने आकर उस शुभलक्षणा असुरराज कुमारी के साथ रमण किया :

द्वादश्यां शुक्लपक्षस्य सखीगणवृतां तदा।

यथोक्तः पुरुषः स्वप्ने रमयामासतां शुभाम्।।''[10]

उषा इस कृत्य से भयभीत और लज्जित थी। चित्रलेखा उस दुःखी भामिनी को शान्तुना देती रही और समझाती रही कि वह वीर, बलशाली,बाणासुर की पुत्री है, जिसके साथ

सदा भगवान का वास रहता है। उषा को चिंता थी कि उसका सतीत्व नष्ट हो चुका था और उसे जीने का कोई अधिकार नहीं था। उषा ने बार–बार यही कहा कि उसने कुल को कलंकित किया है। चित्रलेखा के कहने पर उसने बताया कि वह पुरुष ही उसके लिए अमीष्ट था, परन्तु वह तो उसका अता–पता कुछ नहीं जानती। चित्रलेखा के बार–बार समझाने पर ही उषा उस पुरुष के लिए आसक्त और परेशान थी।

चित्रलेखा अप्सरा थी, उसने उषा को बताया कि उसके कहानुसार जो चित्रपट बनाया गया उसमें उस पुरुष को पहचानों। तदन्तर, उसके बारे में जानकारी प्राप्त हो जायेगी। उषा ने देखते ही देखते उस पुरुष को पहचान लिया। चित्रलेखा ने बताया कि वह व्यक्ति, जो तुम्हारा पति है, कोई और नहीं अपितु 'त्रिलोकीनाथ बुद्धिमान भगवान कृष्ण के पोते हैं और प्रद्युम्न के पुत्र हैं। पराक्रम में इनकी समानता करने वाला कोई नहीं है। तुम भाग्यशाली हो कि पति के रूप में, माँ पार्वती के आशीर्वाद से, तुन्हें श्रेष्ठ परम–योग्य, यदुकुल तिलक, अनिरूद्ध मिले हैं।' बाणकुमारी इतना सुनते ही चित्रलेखा की शिष्या बन गई। चित्रलेखा ने सम्पूर्ण द्वारिका, द्वारिकाधीश और परिजनों का परिचय उषा को बताया और कहा कि वह कहीं भी अदृश्य हो सकती है और आकाश मार्ग से हिमालय के ऋषि–मुनियों का पूजन करते हुए द्वारिका जाकर अनिरुद्ध का अपहरण कर उन्हें उषा को सौंप देगी।

ठीक ऐसा ही हुआ। चित्रलेखा द्वारिका पहुँची तो उनका सामना नारद मुनि से हुआ। नारद जी की मदद से उषा अनिरुद्व का अपहरण कर शोणितपुर, रूधिरनगर (बिशुंग) ले आई। द्वारिका में सभी परेशान थे। द्वारिकाधीश ने प्रद्युम्न, बलराम और सभी सामंतों एवं पार्षदों को चित्रलेखा द्वारा अनिरुद्ध के अपहरण के बारे में बताया। वास्तव में अनिरुद्ध ने भी उषा को सपने में देखा था और चित्रलेखा से स्वयं ही उनको वहाँ से शोणितपुर ले जाने को कहा। गुप्तरूप से बिना बाणासुर या किसी अन्य को बताये उषा और अनिरुद्ध ने एक महल में ही गांधर्व विवाह के नियम से परस्पर दाम्पत्यभाव स्वीकार करते हुए रमण किया।

बाणासुर को कुछ ज्ञात नहीं था, किन्तु उसके गुप्तचरों ने जैसा देखा था वैसा सब उसे बता दिया। किंकरों की सेना इकठ्ठा कर बाणासुर ने अनिरुद्ध का वध करने का आदेश दिया। अनिरुद्ध ने उसकी सम्पूर्ण सेना का संहार कर उसे हरा दिया और स्वयं वह युद्ध के लिए उपस्थित हो घनघोर युद्ध करने लगा। अनिरुद्ध ने उसके बाणों और प्रहारों को निष्फल कर बाणासुर को भी हरा दिया। वह अनिरुद्ध का वध करने को तत्पर था, किन्तु कुम्भाण्ड ने उसे ऐसा करने से रोका। उसने सलाह दी कि अनिरुद्ध से सीधे युद्ध में वह हार जायेगा। अतः, उसे मायावी युद्ध करना चाहिए। लम्बे अंतराल के बाद बाणासुर अनिरुद्ध को सर्पों के पास में बांध सका। अनिरुद्ध को जहरीले सर्पों का दंश बहुत आघात पहुंचा रहा था। फिर भी असहनीय पीड़ा एवं जलन के बावजूद उन्होंने युद्ध लड़ते हुए राज–पुरुष की तरह अपना क्रोध एवं क्षोभ प्रकट किया। अपनी रक्षा के लिए वह 'कोटवती देवी' (कड़ाई माता) के शरण में गये। वह श्री जगदीश्वर नारायणदेव को नमस्कार करके बोले, ''विश्ववन्दित वरदायिनी चण्डी कात्यायनी आर्यादेवी का मैं श्री हरि के द्वारा प्रशंसित नामों से कीर्तन करूंगा :

चण्डीं कात्यायनीं देवीमार्यां लोकनमस्कृताम्।

वरदां कीर्तयिष्यामि नामभिर्हरिसंस्तुतैः।।''[11]

उन्होंने हाथ जोड़कर देवी के सम्मुख प्रार्थना कर कहा, ''समस्त देवता जिनको चरणों में शीश झुकाते हैं, जो काली, कात्यायनी देवी, भयदामिनी तथा भयनाशिनी हैं, उनको मैं नमस्कार करता हूँ :

सेव्यां देवैः सर्षिगणैः सर्वदेवनमस्कृताम्।

कालींकात्यायिनीं देवींभयदां भयनाशिनीम्।।''[12]

नवदुर्गा की प्रार्थना करते हुए उन्होंने विनती की कि माँ भगवती वह आप की कृपा से बंधन मुक्त हो जाये। उस शरणागतवत्सला देवी ने अनिरुद्ध को दर्शन दिये और यातना के बंधन से मुक्त कर दिया ताकि उनकी सर्पों द्वारा दी गई जहरीली उष्मा शांत हो सके।

माता ने कहा कि श्री हरि विष्णु अपने धाम से आकर शीघ्र उन्हें पूर्ण रूप से बंधनमुक्त करेंगे और बाणासुर की समस्त भुजाओं को काट कर अपने साथ ले जायेंगे।

उधर भगवान मधुसूदन को सब ज्ञात हो गया। गरूड़ देव के आसन में उड़ते हुए वे स्वयं बलराम, प्रद्युम्न, उग्रसेन, अक्रूर जी एवं समस्त महारथियों को लेकर शोणितपुर को प्रस्थान करे! बाणासुर के किले के बाह्य क्षेत्र में श्रीकृष्ण एवं उनकी सेना का घनघोर युद्ध बाण की सेना से हुआ, जिसमें नाना प्रकार के बाणों एवं आयुधों का प्रयोग हुआ। श्रीकृष्ण स्वयं एवं हलधर अपने–अपने बाणों एवं अस्त्र–शस्त्रों से बाणासुर की विशाल सेना का संहार करने में लगे थे। बाण की सेना भाग खड़ी हुई तो युद्ध क्षेत्र में त्रिशिरा ज्वर उपस्थित हुआ। उसके तीन पैर, तीन सिर, छः बाहें और नौ आंखें थी और वह टेढ़ा, तिरछा, सर्पिला खड़ा होता या चलता था। उसका मुख्य अस्त्र भस्म था। एक बार उसने वीरभद्र को अचेत कर दिया, तो स्वयं भगवान श्रीकृष्ण ने सहारा देकर उन्हें ढाढ़स बंधाया। उसके बाद वह ज्वर श्री हरि के शरीर के अंदर प्रविष्ट हो गया और प्रभु को अकड़न, दौड़–भाग से थकान प्रदान करने लगा। बहुत चिंतन के उपरान्त कृष्ण भगवान ने एक नया ज्वर अपने अंदर उत्पन्न किया और उसके द्वारा त्रिशिरा ज्वर को बाहर निकाला। वह ज्वर भय के कारण प्रभु के चरणों में गिर गया और क्षमा याचना करने लगा। प्रभु ने कहा कि वह उसे मारने के स्थान पर तीन टुकड़ों में काट देंगे। एक टुकड़ा कीट पतंगों के रूप में पेड़–पौधों और स्थावर वस्तुओं में रहेगा। दूसरा सिरा चौपायों में खुरपा आदि रोगों में रहेगा। तीसरा सिरा मनुष्यों में रहेगा। इन ज्वरों की कई प्रकार होंगी। तीसरे हिस्से का चौथाई भाग अदृश्य रोगों के रूप में विद्यमान होगा। भगवान ने शर्त रखी कि वह उनकी सेना में किसी भी प्रकार का संक्रमण नहीं करेगा। वह रण क्षेत्र से भाग गया और बिमारी के समस्त तत्वों को अपने साथ ले गया।

भगवान कृष्ण, बलराम और प्रद्युम्न ने भीषण युद्ध किया और कवच, खड्ग, गदा, पास, ढ़ाल, तलवार और फरसे आदि अस्त्र–शस्त्र फेंक–फेंक कर बाणासुर की सेना को भगा दिया। उसकी सेना के भाग जाने पर स्वयं भगवान शिव एवं कार्तिकेय भगवान श्री कृष्ण के साथ युद्ध में उतरे। दोनों सेनाओं के बीच भयंकर युद्ध हुआ। जहाँ भगवान कृष्ण ने रूद्रदेव पर पार्जन्यास्त्र का प्रयोग किया तो शिवजी ने आग्नेयास्त्र चलाया। दोनों ओर से

शक्तिशाली बाण एवं अस्त्र चले। इस युद्ध में वारूणास्त्र, पैशाच, रौद्र, आङ्गिरस, वायव्यास्त्र, सावित्रास्त्र, ऐन्द्रास्त्र तथा मोहनास्त्र जैसे भयंकर एवं विशालकारी अस्त्रों का प्रयोग हुआ। दोनों महात्माओं के बीच युद्ध के कारण पृथ्वी डोल गई। वह ब्रह्मा जी के पास गई। उन्होंने भगवान शिव को समझाया कि उनका श्री कृष्ण से युद्ध ठीक नहीं है। ब्रह्मा जी ने शिवजी को समझाया कि कृष्ण एवं शिव एक ही आत्मा के दो अंग हैं। शिव जी युद्ध से अलग हो गये और सस्नेह श्री कृष्ण से मिले।

सुई–बिशुंग ही समस्त धरती में ऐसा क्षेत्र है जहाँ भगवान श्रीकृष्ण एवं देवाधिदेव महादेव परस्पर युद्ध करते हुए रण क्षेत्र में उतरे हों। भगवान रूद्र के युद्ध से अलग होने पर मात्र कार्तिकेय अपनी सेना के साथ रण क्षेत्र में डटे रहे। घनघोर युद्ध हुआ और अंततः प्रतापी कृष्ण ज्यों ही स्कन्द के ऊपर सुदर्शन चक्र चलाने लगे, ''महाभागा कोटवी देवी, जो देवी पार्वती का आठवां भाग थी, सुंदर शरीर धारण किये श्री कृष्ण और कुमार के बीच आकर नंगी खड़ी हो गईः

व्याविध्यमाने चक्रे तुकृष्णेनाप्रतिमौजसा।

कुमाररक्षणार्थाय बिभ्रती सुतनुं तदा।।''[13]

कल्याणकारी माँ का यह स्वरूप पुत्र कार्तिकेय की रक्षा के लिए था, चूँकि श्री कृष्ण के चक्र से किसी का भी बचना मुश्किल होता। भगवान वासुदेव नंदन ने अपना मुँह फेर लिया और माता पुत्र को लेकर भगवान शंकर के पास चली गईं। रणभूमि में अकेला बाणासुर कुम्भाण्ड और अपनी सेना के साथ खड़ा था। वह बार–बार प्रभु को धमकी देता कि 'सहस्त्रबाहु के सामने सिर्फ आठ भुजाओं से युद्ध कर शोणितपुर में मारे जाओगे।' लम्बे अंतराल के बाद जब युद्ध चरम पर था और बाणासुर परास्त हो मृत्यु के कगार पर था, माँ उमा–पार्वती ''अपने वस्त्र का परित्याग करके बाणासुर की रक्षा के लिए विजयाधिष्ठित हो कोटनी या लम्बा के रूप में वासुदेवनंदन श्रीकृष्ण के समक्ष नंगी खड़ी हो गईः

परित्राणाय बाणस्य विजयाधिष्ठिता ततः।

प्रमुखे वासुदेवस्य दिग्वासाः कोटवी स्थिता।।"[14]

श्रीकृष्ण बचन बद्ध थे, अतः उन्होंने बाणासुर की समस्त भुजायें काट डाली और सिर्फ दो भुजायें शेष रखी। माता ने परमेश्वर से बाणासुर को अभय दान दिलाते हुए उस असुर राज को जीवित छुड़वा दिया। बाणासुर ने भगवान रूद्र की प्रार्थना की और अपनी ख्याति बनाये रखने का आशीर्वाद मांगा। शिवजी ने उसे चिरकाल तक महाकाल बने रहने का वरदान दिया। मां पार्वती अपने पुत्रों या भक्तों की रक्षा हेतु किस सीमा तक जा सकती हैं, यह बाणासुर की गाथा से प्रमाणित होता है। भगवान कृष्ण, अनिरुद्ध और उषा आदि को लेकर द्वारिका की ओर चल दिये और वहाँ पहुचने पर उनका विधिवत विवाह किया गया।

कहते हैं कि बाणासुर की 'त्रिपुर' में सुईं–बिशुंग एवं चमोली (गढ़वाल) का ऊखीमठ सम्मिलित था। पुराणों की टीका–टिप्पणी में संत–जन व्याख्या देते हैं कि द्वारिका से चित्रलेखा अनिरुद्ध को महल के गुप्त हिस्से में ले गई थी, जो उषा का महल था और उसे ऊखाकोट अथवा ऊखीमठ कहा गया। ऊखीमठ में खंडहर महल की बनावट इतिहासकार बाणासुर के किले 'शोणितपुर' (कोट का किला) से मिलाते हैं और हर रूप में एक समान पाये जाने का वृतांत देते हैं। चूँकि भगवान शिव एवं माँ पार्वती ने बाणासुर को स्कंद की तरह अपना पुत्र माना था, वे उसे हर आशीर्वाद से आच्छादित रखते थे। सुईं के प्रसिद्ध आदित्य महादेव मन्दिर का इतिहास भी इसी परिप्रेक्ष में उसी से जोड़ा जाता है। चिरकाल से यह कथा विदित एवं प्रचलित है कि बाणासुर प्रातः उठ कर आकाश मार्ग से कैलाश जाता था और प्रतिदिन महादेव की पूजा अर्चना करता था। भोलेनाथ पुत्र के कष्टों को देख कर विचलित थे और उन्होंने उसकी सुविधा हेतु एक नई व्यवस्था दी। सूर्य के रथ से एक प्रातः उन्होंने तांबे के 'शिव यंत्र' को आज के प्रसिद्ध आदित्य महादेव के स्थल पर गिरा दिया और बाण से दूसरे दिन से कैलाश न जाकर वहीं पूजा–अर्चना करने को कहा। वह सूर्य यंत्र आज भी यहाँ विद्यमान है। तत्काल से यह मन्दिर 'आदित्य महादेव' के नाम से प्रसिद्ध हुआ और इसके चमत्कार दिनोंदिन लोगों को प्राप्त होते रहे। कहा जाता है कि रमक मैं एक कन्या का विवाह सुईं क्षेत्र से हुआ। उसे दूर, घाटियों, घने

जंगलों एवं पगडंडियों को पार कर ससुराल में वीरानी से कुछ डर सा लगने लगा। दूसरी बार वह 'आदित्य महादेव' से स्वयं की रक्षा एवं कल्याण की भावना से शिला का टुकड़ा ले गई। उसी स्थान पर आज प्राचीन सूर्य मंदिर स्थापित है, जो कतिपय अन्य सूर्य मंदिरों की तरह मिलता–जुलता एवं शैली में भव्य है। माँ कड़ाई (कोटकी देवी) व सुईं में स्थापित भगवती देवी आपस में बहनें हैं और इसीलिए रक्षा बंधन के दिन सुईं से बड़ी बहन माँ पार्वती के अंश को मिलने डोले के साथ कड़ाई में जाती हैं, जिसे एक विशाल एवं भव्य मेले का रूप दिया जाता है।

यद्यपि भगवान शिव ने बाणासुर को वरदान स्वरूप 'महाकाल' बना कर अमरत्व प्रदान कर दिया था, उसका भी उसी नकारात्मक व्यवहार के कारण अन्त हुआ था। **स्कन्द पुराण** में स्पष्ट रूप से वर्णित है कि बाणासुर ने ब्रह्मा, बिष्णु एवं महेश से त्रिपुर प्राप्त कर शक्तिशाली हो जाने के उपरान्त ''इन्द्र की अमरावती पुरी को उजाड़ दिया और यक्ष, विद्याधर, देव, दानव, गंधर्व एवं राक्षसों के निवास स्थानों को नष्ट कर वहाँ की वेदिकायें तोड़–फोड़ दी।''[15] देवताओं ने भगवान महादेव से उसके विध्वंस का वृतांत सुनाया और रक्षा की प्रार्थना की। देवाधिदेव ने ''पिनाक नामक धनुष उठाया और एक पैर से पाताल और दूसरे से ब्राह्माण्ड को दबाया तथा त्रिपुरासुर की ओर बांध कर अघोर नामक बाण का प्रहार किया।''[16] उस अस्त्र से 'त्रिपुर' के तीन टुकड़े हुए जहाँ से वह नर्मदा के जल में गिर कर 'सात पातालों' को भेदन कर रसातल में चला गया।' इससे ही आज का प्रमुख तीर्थ, 'जलेश्वर' प्रकट हुआ, जिसके पूजन से मनुष्य ब्रह्म–हत्या के दोष से मुक्त हो जाता है। इस सबके उपरांत भी, भगवान शिव ने बाणासुर को सपरिवार परमधाम को पहुँचा दिया।

परमेश्वर बाणासुर को हराने और उसके राज्य को छिन्न–भिन्न करने के उपरान्त उषा, अनिरूद्ध, प्रद्युम्न आदि समेत द्वारिका को चले गये। ऐसा कैसे हो सकता है कि एक विजयी राजा का अस्तित्व, किसी न किसी रूप में, सुईं–बिशुंग क्षेत्र में स्थापित न हुआ हो? पूरा कुमाऊँ शैव क्षेत्र है। एक के बाद एक प्राचीन शिव–शक्ति के मंदिर व देवस्थान आज भी इतिहास की धरोहर के रूप में विद्यमान हैं। आधुनिक युग में भले ही राधा–कृष्ण, लक्ष्मी–नारायण मंदिर तथा इसी प्रकार के अन्य देवालय भक्तों ने स्थापित किये हों, परन्तु

प्राचीन काल से स्थापित मंदिर या स्थान मात्र कूर्मपर्वत का कुमाऊँ का स्रोत होने के विवरण के अतिरिक्त, जो श्रीकृष्ण या भगवान विष्णु से संबंधित हों, ज्ञात नहीं हैं। वास्तव में ऐसा कतई नहीं है कि जहाँ नारद जी जैसे ज्ञानी मुनि युद्ध की पल–पल विवेचना एवं मार्ग दर्शन कर रहे हों, वहाँ विजयोपरांत श्रीकृष्ण की अंश रूप में स्थापना न हुई हो। कई अज्ञात मंदिर या शक्तियां हैं, जिनका सिर्फ भान नहीं है कि कौन सी शक्ति क्या और कैसे है। यदि अज्ञात देवता या शक्ति के रूप में देव स्थापनाओं का सूक्ष्म अध्ययन किया जाये तो अवश्य ही इस संबंध में नई दिशा प्राप्त की जा सकती है।

सुईं–गलचौड़ा का 'मोष्ठा मंदिर' एक शक्ति पुंज के रूप में विख्यात दिव्य स्थल है, जिसकी पूजा अर्चना तो शक्तिपीठ के रूप में लगातार की जाती है, परन्तु निश्चित रूप से कोई भी यह बताने की स्थिति में नहीं होता कि मोष्ठा आखिर कौन सी शक्ति है और इसका स्रोत क्या है? मोष्ठा मंडली के पुजारी पहले सुईं पव्वा के जोशी लोग होते थे। 19वीं सदी के अकाल की एक त्रासदी के दौरान वे लोग नौमाना गाँव चले गये और पव्वा के चनकनियाल लोगों को इस मंदिर की पूजा–अर्चना की जिम्मेदारी हस्तांतरित कर गये। तब से लेकर अब तक वे लोग ही इसकी पूजा अर्चना करते हैं। 'मोष्ठा' के साथ ही थोड़ी दूर में 'कालचक्र' पव्वा गाँव के रास्ते में एक गोल पत्थर में उभारा गया था। जोशी लोग कालचक्र को अपने साथ ले गये और नौमाना गाँव में स्थापित कर लिया। यह मंदिर कितना पुराना है, इसका किसी को पता नहीं है, परन्तु अंग्रेजी शासन काल में रखी गई मूर्तियों को मंदिर के अंदर किया गया, इसका उल्लेख लोग करते जरूर हैं। 'मांडली' 'मोष्ठा' का ही अंश है, परन्तु मुख्य मंदिर के अंदर न होकर कुछ दूरी पर है। इसमें सिर्फ हथियार, जैसे चिमटा, त्रिशूल तथा दण्ड आदि हैं। इसका भी यह स्पष्ट रूप से पता नहीं है कि यह किस शक्ति का स्थल है। वास्तव में 'मोष्ठा' के साथ 'कालचक्र' और 'मांडली' शक्ति का एक समूह है जिसके बारे में जानने की अभी काफी आवश्यकता है।

'मोष्ठा' के वर्तमान में कार्यरत पुजारी श्रीकेशवदत्त चनकनियाल जी ने पूछने पर बताया कि मंदिर के अंदर आज से सात–आठ महीने पूर्व तक युगों से कोई भी पुजारी सिर्फ बंद आख ही पूजा कर सकता था। केवल पुजारी को ही अंदर जाने का आदेश था। किन्तु अब पुजारी खुली आँख पूजा करते हैं। उन्होंने बताया कि मंदिर के अंदर वाले भाग में

दीवार पर दो छोटे–छोटे कमरे नुमा स्थान बनाये गये हैं, जिनमें से एक में दो पत्थर की काले रंग की मूर्तियां हैं और दूसरे में खाली स्थान है। 'इन्ही दो छोटे स्थान में देवता एवं शक्ति की स्थापना मानी जाती है।' इसी खाली स्थान में ''शक्ति की स्थापना है जो अब गुप्त है''। इस की लिपाई–पुताई कर पूजा–अर्चना की जाती है। बाहर वाले भाग में इस क्षेत्र के सभी देवी–देवताओं के प्रमुख हथियार (गाजे–बाजे) रखे हैं, जो इस बात का प्रमाण हैं कि 'मोष्ठा' एवं उनके समूह के अन्तर्गत की शक्ति ही सबसे श्रेष्ठ शक्ति है। एक सत्य, जो लोग दबी जुबान से अवश्य बताते हैं, यह है कि जिस भी पुजारी या व्यक्ति ने आँख खोल कर मोष्ठा की पूजा की उसका हमेशा नुकसानही हुआ। वर्तमान में हजारों वर्षों की पूजा परम्परा को तोड़कर अपने विवेक से मूर्ति की पूजा एवं दर्शन करना खतरनाक ही सही, पर हिम्मत का कार्य है। पुजारी श्री चनकनियाल ने यह भी बताया है कि उपरोक्त वर्णित काले रंग की ''मूर्तियाँ राम–लक्ष्मण जैसी लगती हैं।''

वास्तव में 'मोष्ठा' मंदिर श्री हरि विष्णु का ही सिद्ध–पीठ है। इसकी स्थापना श्री कृष्ण की विजयोपरांत की गई हो और शैव होने एवं बाणासुर के स्थानीय होने के कारण इसका सही प्रचार न हो पाया हो। इस बात की अपार सम्भावना है। श्री हरि विष्णु के सहस्त्रनामों में से एक नाम 'निष्ठा' भी है। प्रचलन एवं समय की दूरी की समस्या के चलते बोली–भाषा के कारण लोगों ने 'निष्ठा' को 'मोष्ठा' जैसा अपभ्रंश उच्चारण कर लिया हो, और इस कारण प्रचलन का ही नहीं, इसके श्री हरि विष्णु का स्थान होने के कई अन्य तथ्य भी हो सकते हैं। काली मूर्तियाँ राम–लक्ष्मण की न हो कर श्री कृष्ण और बलराम की हों एवं रिक्त पूजे जाने वाले स्थान में श्री कृष्ण की योग माया, मोहिनी रूप हो। अन्य 'मांड़ली' एवं उसके अस्त्र भंडारों के स्थल पर प्रद्युम्न, अनिरुद्ध एवं अक्रूर आदि का शक्ति परेक्षण हो। कुल मिलाकर यह कहा जा सकता है कि पूरा 'मोष्ठा मांडली' कोट के किले में आक्रमण के समय द्वारिका से श्री कृष्ण एवं उनके साथ आये महावीरों की शक्ति की स्थापना है। जहाँ भी देखा जाये, श्री हरि विष्णु की काली मूतियाँ ही कृष्ण अवतार में अधिक देखी गई हैं।

गुजराती भाषा में एक मनमोहक भजन है, जिसे श्री नटवत चौहान ने 'मांडली भजन' के रूप में गाया है। यह यू–ट्यूब में पूरे गुजरात में आज भी प्रमुख रूप से रुचि–पूर्वक गाया

जाता है। इसका वर्णन भी कृष्ण के लिए किये गये भजन–शब्दों में किया गया है। ''राम–राम, बैकुंठ, नटवर, आत्मा''[17] एवं शांति आदि शब्द परमात्मा के लिए जंगल में गायी गई एक प्रार्थना है, जिसे 'मांडली भजन' कहा गया है। द्वारिका से आकर श्रीकृष्ण द्वारा सुईं–बिशुंग क्षेत्र में बाणासुर से युद्ध हेतु कैंप या छावनी की तरह टिकने का वर्णन श्री हरिवंश पुराण में उपलब्ध है। निश्चित ही, देवदारों के जंगल में श्री आदित्य महादेव व माँ भवानी के पीठ के आस–पास श्री कृष्ण सेना एवं सम्पूर्ण योद्धाओं समेत टिके हैं। सभी वीर योद्धा एवं अन्य शक्तियों के श्रीकृष्ण 'निष्ठा' या मोष्ठा के आस–पास व्यवस्थित होकर श्री हरि की पूजा अर्चना में लगे रहने के कारण 'माण्डली' का नाम दिया गया, जैसा कि आज भी गुजराती लोक गीतों में प्रचलित है। अवश्य ही यह गाजे–बाजे 'माण्डली' की शक्तियाँ ही हैं जो श्रीकृष्ण–देवाधिदेव महादेव की सेनाओं के बीच युद्ध में श्री कृष्ण की ओर से लड़े थे। प्रमुख इनमें श्री प्रद्युम्न एवं अक्रूर आदि कई योद्धा थे। जहाँ ''बारह आदित्य, आठ वसु, ग्यारह रूद्र और दोनों महाबली अश्विनी कुमार भी शोणितपुर में प्रवेश नहीं कर सके,''[18] वहीं श्री हरि के साथ ही शोणितपुर में प्रविष्ट करने वाले योद्धा इस 'मांडली' में सम्मिलित हुए होंगें। इनके हथियारों एवं अस्त्र–शस्त्रों की स्वरूप की परख करने के बाद और भी गइराई से इनकी विभिन्नता प्रमाणित की जा सकती है।

'मोष्ठा' की विविधता तथा 'माण्डली' की आध्यात्मिक एवं ऐतिहासिक पराकाष्ठा के साथ–साथ 'कालचक्र' का इस 'मोष्ठा–मांडली' का अंग होना इसका श्री कृष्ण के साथ सीधा संबंध स्थापित करता है। एक तो 'कालचक्र' श्री हरि विष्णु के आठवें अवतार, श्री कृष्ण की गीतोपदेश का प्रमुख अंश है और, दूसरा, अविरल ब्रह्माण्ड के स्थायित्व का गूढ़तम रहस्य, दोनों ही परिस्थितियों में, प्रभु के दर्शन एवं समय की संरचना का ज्ञान ही कराता है। यदि 'कालचक्र' प्रभु ही हैं तो उनकी माया रूप में भी कालचक्र ही है। गीता के एक संदेश में भगवान श्री कृष्ण कहते हैं ''अहंब्रह्मास्मि'', या मैं ही सब कुछ हूँ। यही दर्शन उनके गीता में दिये ज्ञान का सार्वभौमिक यथार्थ है। भगवद् गीता के अध्याय सात, श्लोक संख्या 26 में, मधुसूदन अर्जुन को कहते हैं:

''वेदांह समतीतानि वर्तमानानि चार्जुन

भविष्याणि च भूतानि मां तु वेद न कश्चन।।''[19]

(हे! अर्जुन भूतकाल, वर्तमान एवं भविष्यकाल के हर प्राणी को मैं जानता हूँ, किन्तु मुझे कोई नहीं जानता।)

अर्थात, मैं भूतकाल, वर्तमान एवं भविष्य के परे हूँ। और मैं तीनों कालों में हूँ। भगवान का तात्पर्य यह है कि समय एवं इसका चक्र, जिसे हम आम तौर पर 'कालचक्र' कहते हैं, वह स्वयं उन्हीं के अधीन है। समय–चक्र एवं काल चक्र एक होते हुए भी प्रभु के लिए एक नहीं हैं। 'जो हो गया है', 'जो हो रहा है' और 'जो होने वाला है', यह मात्र एक घटना है। 'कालचक्र' उन घटनाओं को घटित करने में जो शक्तियाँ लगी हैं, उनके प्रभाव का मात्र एक लेखा–जोखा है। इसका अर्थ यह है कि भगवान शंकर विनाश करें तो वह भूतकाल दर्शाते हैं, ब्रह्मा सृजन करते हैं तो वे वर्तमान हैं,और भविष्यकाल पालनहार परमेश्वर श्री हरि के अधीन शक्ति में निहित है। पव्वा अथवा नौमाना के 'कालचक्र' का विवेकशील वर्णन करने से पहले कहना तर्कपूर्ण होगा कि कालचक्र अपने साथ स्थापित करने का श्री हरि विष्णु का उद्देश्य सर्व–प्रथम यह बताना था कि प्राणी को बाणासुर के प्रभाव से बाहर आकर किस प्रकार सुखी जीवन प्राप्त हो सकता है। इसका अर्थ यह है कि पालनहार की सेवा पूजा से आंनद ही आंनद होगा, विनाश नहीं। जब श्रीकृष्ण उषा, अनिरुद्ध आदि को लेकर द्वारिका को चले थे, बाणासुर जिंदा था। यद्यपि वह छिन्न–भिन्न हो चुका था, तथापि जन समूह को वह फिर प्रताड़ित न करें, अतः स्वयं एवं अपने वीर योद्धा को समय से भी ऊपर, अर्थात संहार एवं सृजन की सीमा से परे, लालन–पालन के दायरे में सुरक्षित कर 'कालचक्र' को रहस्य एवं एक संदेश के रूप स्थापित कर गये होंगे। 'मोष्ठा माण्डली' का प्रादुर्भाव सुरक्षा एवं सहायता के रूप में हुआ सा साफ दिखता है।

वैसे यह तथ्य सम्पूर्ण रूप से 'समय' एवं 'कालचक्र' को और स्पष्ट कर समझा जा सकता है। प्रश्न है, 'समय' क्या है? और 'कालचक्र' क्या है? मेरे विचार में 'कालचक्र' उस विद्या की एक विधा है जो समय की गति के साथ नवग्रहों के प्रभाव को प्रदर्शित करती है। इसमें 'समय' तो है, पर 'घटना' से प्रेरित नहीं है। इसमें 'काल' है, अतः त्राहिमाम हेतु

पालनहार की चाह भी है। 'समय' एक घटना है, जो घटित होती रहती है। 'समय' में अगर कारक हो—तो वह कालकारी होगा, अतः वह घातक भी होगा।

समय की परिभाषा एवं वर्गीकरण हम दो प्रकार से कर सकते हैं। एक तो वह समय जिसे हम 'भौतिक समय' कहते हैं और दूसरा 'आंतरिक्षिक', जो अंतरिक्ष से संबंधित है। भौतिक समय एक मानव समझौता सा है, जिसे मनुष्य ने अपने ज्ञान से स्वयं की सुविधा हेतु बनाया है। घड़ी, कैलेण्डर, मास, दिवस, वर्ष एवं युग आदि सब भौतिक समय को दर्शाते है और स्थान एवं समाज के अनुसार बदलते रहे हैं। इसी 'समय' से वैज्ञानिक संसार की दिनचर्या चलती है, जिसे विकिपीडिया ने इस प्रकार परिभाषित किया है :

''समय अस्तित्व—जनित घटनाओं की वह अनंत प्रगति है जो बिना लौटे निरंतर भूतकाल से वर्तमान और वर्तमान से भविष्य में घटित होती रहती है (अनुवादित)।''[20] यदि भौतिक समय की बात करें तो यह भूमण्डल में होती रहती घटनाओं के सापेक्ष है, जैसा कि एलबर्ट आईंस्टिन ने प्रमाणित किया है। सारे नक्षत्र, पृथ्वी, सूर्य, चन्द्रमा आदि सभी चलते रहते हैं। सबके चलते रहने से घटनायें होते रहती हैं, क्योंकि चलते रहना भी एक घटना है। जीवन हो या प्रकृति, हर क्षण कुछ न कुछ होता रहता है। इसी क्रम को हम 'समय—चक्र' कहते हैं। चूँकि कुछ न कुछ होता रहता है, इसलिए निरंतर परिवर्तन होता रहता है। सारी सृष्टि का सार परिवर्तन है, जिसे हम अपने हिसाब से कल, आज और कल कह कर आगे बढ़ते रहते हैं। ॠतु, जीवन एवं मृत्यु—सब घटना के रूप में प्रकाट्य होते हैं। पृथ्वी, चन्द्रमा एवं सूर्य चलते रहते हैं। क्यों चलते रहते हैं, यह एक गूढ़ विषय है जिसे अंयत्र वर्णित किया जायेगा। किन्तु, इतना निश्चित है कि इन तीनों के चलते रहने से नवग्रह अपने परिवर्तनशील कोणों और अंशों से मनुष्य जीवन को प्रभावित करते हैं। परमेश्वर से भी अधिक ध्यान मनुष्य द्वारा नवग्रहों के प्रभाव व उपाय में दिया जाता है।

'कालचक्र' को परिभाषित करते हुए हमें 'आंतरिक्षिक समय' के अस्तित्व एवं प्रभाव की व्याख्या और अधिक सर्तकता से समझनी एवं करनी होगी। हमें पहले जानना चाहिए कि 'आंतरिक्षिक' समय क्या होता है। सत्य तो यह है कि 'भौतिक समय' मात्र एक और दूसरे 'समय' को समझने का समझौता है। समय तो होता ही आंतरिक्षिक है। समय में न

भूतकाल होता है, न वर्तमान होता है और न भविष्य काल होता है। ये तीनों एक साथ ही होते हैं, और नहीं भी होते हैं। ब्रह्माण्ड में सब कुछ निरन्तर गतिमान है। ठहरता तो कभी भी, कुछ भी नहीं। यहाँ कहने तक वहाँ और वहाँ कहने तक तहाँ हो जाती है। अगर पृथ्वी या चन्द्रमा चलती रहती हैं तो उसके किस स्थान को वर्तमान कहेंगे? कहने तक तो भूतकाल हो जायेगा। कल, आज और कल, कुछ भी नहीं होता। सब चलायमान है। अंतरिक्ष में सब कुछ चलता रहता है और इसी की परिक्रमा व गति की चाल को 'आंतरिक्षिक समय' या 'अनंत काल' (co-eternity) कहते हैं, जिसमें कल, आज और कल एक साथ समाहित रहते हैं।

'कालचक्र' को दूसरे रूप में इस प्रकार समझा जा सकता है। भूमण्डल में कुछ न कुछ होता रहता हैं जिसे एक ईकाई रूप में हम 'घटना' कहते हैं। हर 'घटना' का एक 'कारण' होता है। फिर 'कारण' से पुनः 'घटना' घटित होती है और यह क्रम निरंतर चलता रहता है। इसी चक्र में पृथ्वी, भूमण्डल और अंतरिक्ष में सब कुछ घूमता रहता है। यदि यह घूमते रहना ही एक 'चक्र' है, तो घटना का 'कारण' 'काल' है। एक उदाहरण लें। आसमान में उड़ते–उड़ते एक हवाई जहाज आग का गोला हो गया। उस घटना का भी एक कारण होगा। यह 'कारण' ग्रहों के प्रभाव से बना और यही 'कारण' काल बन कर घातक सिद्ध हुआ। 'काल–चक्र' इस प्रकार नकारात्मक सिद्ध होता है, जब कि 'समय' और उसका 'चक्र' एक सकारात्मक प्रक्रिया है। समय की गति या चक्र से ग्रहों का प्रभाव मिल कर 'काल–चक्र' बनाता है, जो प्राणी एवं जीव मात्र को आगे की ओर धकेलता है और, फलतः, बचपन को युवा और युवा को वृद्धावस्था प्रदान कर मृत्यु तक पहुंचता है। इसी मृत्यु को प्रभु श्री हरि मोक्ष का द्वार बताकर सार्थक जीवन का संदेश देते हैं। समय मात्र किसी घटना या घटनाओं का निरंतर होना दर्शाता है, जहाँ जीवात्मा के अंत या विनाश का इससे कोई संबंध नहीं बताया जा सकता। 'काल–चक्र' विनाश के साथ–साथ उसके समय एवं अंत की गणना का आकलन अपने में सन्निहित ज्योतिष सिद्धान्तों के आधार पर करता है। नंद गोपाल ने 'काल–चक्र' का एक अभिन्न अंश अंगीकार करते हुए, इसे एक हथियार के रूप में प्रयुक्त कर युतिमुक्त मोक्ष का रास्ता दर्शाया है, जिसमें जन्म या मृत्यु निर्धारित कर्मों के फल के रूप में आहरित होती है।

श्री विष्णु सहस्त्रनाम में विष्णु को 'काल', जो काल स्वरूप हैं, और ''परमेष्ठी'', जो सर्वोत्तम स्थान में रहने वाला है, कहा गया है। ये दोनों ही नाम श्री कृष्ण के पव्वा, सुई में 'मोष्ठा' एवं 'काल–चक्र' से संबंध प्रमाणित करते हैं। सुई–बिशुंग में ही नहीं, इसके चारों ओर से प्रभु की सेना ने बाणसुर की सेना को घेरा होगा और इसीलिए गलचौड़ा के पास के सुंदर जंगल के अतिरिक्त पाटी, बाराकोट–रेगडू आदि के बीच 'मोष्ठा' की स्थापना सबसे सुंदर स्थलों में पाई जाती है। समय की परिभाषा करते हुए अन्य विद्वानों की परिभाषा के साथ–साथ हमें 'काल–चक्र' से आच्छादित 'संवत्सर' शब्द को भी समझना होगा। ''संवत्सर''[21] का अर्थ होता है, जो समस्त कार्य में 'कालरूप' से अच्छी तरह रहता है, अर्थात जो किसी चीज या प्राणी के प्रारम्भ से अंत तक में समाहित होगा। 'काल–चक्र के द्वारा 'संवत्सर' की रूपरेखा और समय की गणना करने के उद्‌देश्य से जीव का प्रारम्भ एवं अंत को फलीभूत करना ही प्रभु श्री कृष्ण का उद्‌देश्य है। युद्ध के लिए आये थे और युद्ध जीत कर वापस चले गये। संहार के उपरांत मोक्ष का बोध कराना ही प्रभु का 'कालचक्र' को स्थापित करने का उद्‌देश्य रहा होगा। यद्यपि श्री हरि विष्णु ही शिव हैं और शिव ही प्रभु में सम्मिलित हैं, तथापि श्रीकृष्ण और महादेव की सेनायें श्रीकृष्ण एवं शिव के रूप में नहीं वरन् दो शक्तियों के रूप में युद्ध लड़े थे। इसीलिए तो श्री हरि को ही 'उग्र' अर्थात् ''जो समस्त उत्कृष्ट वस्तु को निगलने वाला सदाशिव है,''[22] कहा गया है। यही शिव रूप 'कालचक्र' के माध्यम से श्री हरि का युद्ध जीतने के बाद विजयनाद के स्थान पर धर्म के द्वारा दर्शन स्पष्ट करना था, जिसमें बाणासुर व उसकी सेना का विनाश नहीं अपितु जन्म–मृत्यु के चक्र की स्वाभाविकता को दर्शाना था। बाणासुर का विप्लव एक हिंसा नहीं वरन् एक मुक्ति है। प्रभु का उद्‌देश्य 'काल–चक्र' के द्वारा यह तथ्य स्पष्ट करना है कि किसी भी चीज का अंत समय जनित एवं मोक्ष जनित होता है, जिसे प्रतिशोध नहीं बल्कि काल एवं कर्म की गणना से समझा एवं पाया जा सकता है। ''काल–चक्र'' की स्थापना में 'काल', 'गणना' एवं 'मोक्ष'– तीनों का समावेश है। युधिष्ठर के प्रश्नों का उत्तर देते हुए, भीष्म पितामह बताते हैं कि प्रभु श्री कृष्ण ''भूतभव्य भवत्प्रभुः''[23] एवं ''भूतभव्यभवन्नाथः''[24] हैं। यदि संक्षेप में हम जानना चाहें तो कालचक्र का अर्थ होता है 'काल (परिवर्तन) एवं 'चक्र' (गतिमान) जिसको प्रभु ने अपने अधीन कर भूमण्डल को चलाने के लिए एक नियोजन के रूप में प्रयोग किया है और जिसके द्वारा

प्रभु का ही संप्रभुत्व समझा जा सकता है। जहाँ प्रभु हैं, वहाँ उनके साथ कालचक्र भी है। 'काल' और 'चक्र'– दोनों के स्वामी स्वयं श्री कृष्ण हैं, जो उन्हीं के निर्देश, संदेश और सापेक्ष कार्य करता है। यह स्वामी और सेवक का ही अर्थ रखता है।

कुछ प्रबुद्ध लोगों ने देर से ही सही 'मोष्ठा–मांडली' का महात्म्य समझा और इसे सुई–बिशुंग के प्रसिद्ध 'चार–द्योली' देवस्थान समागम में सम्मिलित किया। पूर्व में यह 'चार द्योली से अलग था और शायद चली आ रही परम्परा के अनुसार ही भगवती का रथ आज भी 'मोष्ठा' के मुख्य स्थल तक नहीं लाया जाता। द्विज–प्रमुखों एवं प्रवीण जनमानस तथा प्रबुद्ध देव–डांगरों को इस तथ्य में पुनः विचार करना चाहिए कि 'मोष्ठा' को किस शक्ति के रूप में 'चार–द्योली' में सम्मिलित किया गया है और एक बार सम्मिलित करने के उपरांत उसे विधिवत् पूर्ण रूप से अंगीकृत क्यों नहीं किया जाता? मैं बार–बार सोचता हूँ और भावना एवं श्रद्धावश गलती होने पर बार–बार क्षमा याचना सहित अवश्य निवेदन करूँगा कि 'मोष्ठा–मण्डली' की पूजा अर्चना एवं मान्यता भगवान श्रीकृष्ण की स्थापना स्वरूप ही किया जाना चाहिए। यदि यह परम्परा अपनाई जाती है तो इसका विधि–विधान ज्ञानी आचार्य एवं देव–डांगरों द्वारा विचारोपरांत निर्धारित किया जाना चाहिए, जिसमें अखण्ड–रामायण पाठ तथा श्रीमद्भागवत् महापुराण भी अवश्यमेव सम्मिलित हों। इसके साथ–साथ इसकी पूजा अर्चना के नियम भी पुजारी की सहमति के पश्चात् ही निर्धारित किये जाने चाहिए।

वैसे तो 'मोष्ठा' मंदिर के बारे में भिन्न–भिन्न विद्वान विभिन्न–विभिन्न मत व्यक्त करते हैं, जिनमें कड़ाई माँ के पुजारी, पं0 मदन पुजारी ने भी अपनीराय व्यक्त की है। पं0 मदन पुजारी माँ भगवती कात्यायनी, कड़ाई माँ की पूजा अर्चना एवं संध्या आरती करते हुए दिन मास व्यस्त रहते हैं। किन्तु, उनका मत काफी अर्थपूर्ण है कि ''क्षेत्र एवं सभी देवताओं के हथियार जहाँ रखे जाते हों, वह सर्वश्रेष्ठ देवता ही होगा।'' ''वे मानते हैं कि इसकी खोज–खबर पुजारी के माध्यम से पूरी कर उचित व्यवस्था होनी चाहिए।'' एक अन्य आचार्य जी बताते हैं कि 'मोष्ठा–मांडली' स्कंद माता का शक्ति स्थल है जहाँ इसके बेताल के रूप में स्वयं मोष्ठा विराजमान हैं। मैं व्यक्तिगत रूप से यह मानता हूँ कि यदि यहाँ भगवती अथवा बेताल की स्थापना होती तो बंद आँख पूजा करने की परम्परा नहीं

होती, जैसे कि सुईं–बिशुंग एवं अन्य मंदिरों में है। और दूसरा, माँ भगवती का डोला 'द्योला–गढ़' से अवश्य इसके प्रांगण में लाने की परम्परा होती। जो भी हो, एक प्रश्न और भी उठता है कि जागर के रूप में पूजा देने पर क्या कभी भी 'मोष्ठा' का प्राकाट्य संतोषप्रद् या सफलता पूर्वक हुआ है? यदि सचमुच में यहाँ भगवान कृष्ण या श्री हरि विष्णु के मोहनी रूप में 'मांडली' की स्थापना हुई है, तो 'जागर' किस महत्व का होगा? ये कई चीजें हैं, जिनमें प्रबुद्ध, संबंधित पक्षों को अवश्य ध्यान देना चाहिए।

मेरा उद्देश्य बाणासुर की गाथा एवं 'मोष्ठा–मांडली' को परिभाषित करने का कतई नहीं है। सुईं–बिशुंग ऐतिहासिक पट्टी रही है और मेरी जन्म भूमि है, जिसमें मौसमों के रंगों एवं प्राकृतिक, उन्मादी घाटियों में इतिहास की अविस्मरणीय तारीखें एवं घटनायें कण–कण से उछल–उछल कर इस मिट्टी के कुछ अलग होने का आभास कराते हैं। बाणासुर के प्रभाव एवं श्री कृष्ण एवं महारुद्र की रणस्थली होने के प्रमाणित चारित्रिक गुणों के अतिरिक्त कुछ ऐसा भी है, जो बिशुंग एवं सुईं को स्वतंत्रता संग्राम आंदोलन में देशभक्ति, वीरता एवं लाभ–हानि की चिंता किये बिना आमजन के विकट संघर्ष को दर्शाता है। अंग्रेजी शासन में लोहाघाट से अल्मोड़ा तक अंग्रेज साहिबानों को ड़ोली में ले जाया जाता था। हर पट्टी के अनुसार नौजवान नियुक्त रहते थे। पट्टी सुईं–बिशुंग के बाद पट्टी फड़का पड़ती थी। एक बार अचानक सुईं–बिशुंग पट्टी के लोगों ने अंग्रेजों के विरुद्ध विद्रोह कर दिया और एक अनूठी एकता का प्रमाण देते हुए अंग्रेजों की डोली उठाने से मना कर दिया। यह इतिहास का पहला प्रकरण था, जहाँ बिना किसी एक व्यक्ति के नेतृत्व के सम्पूर्ण जन–मानस अंग्रजों के विरुद्ध संगठित विद्रोह कर गया। अंग्रेज साहब–बहादुर घोड़े में गये और भिन–भिनाते हुए भविष्य में दुर्दांत कार्रवाई की खुली चेतावनी दे गये। बात फैली तो पट्टी फड़का, रेगडू आदि ने भी अंग्रेजों का विरोध शुरू कर उनकी डोली उठाने से मना कर दिया। अंततः, पूरे कुमाऊँ (पूर्व में घाट की रामगंगा नदी, बस्तिया और टनकपुर, पश्चिम में देवी–धुरा और दक्षिण में पंचेश्वर, काली नदी के बीच का क्षेत्र) में अंग्रेजों का पूर्ण विरोध हुआ, जिसे उन्होंने दुर्भावना वश 'काली–कुमाऊँ' के नाम से प्रचारित कर दिया। उसी दिन से इस क्षेत्र को 'काली कुमाऊँ' कहा गया। अंग्रेज सरकार ने दण्ड के रूप में सुईं–बिशुंग, रेगडू समेत समस्त पट्टियों के युवाओं को

फौज में भर्ती करने से प्रतिबंधित कर दिया और कुछ आवश्यक परिस्थितियों में की गई नौकरियों के अतिरिक्त सारी सरकारी नौकरियों में इनका प्रवेश बंद हो गया। काली कुमाऊँ क्षेत्र के लोगों ने छुपकर दिन व्यतीत करना पसंद करा, किन्तु अंग्रेज सरकार से माफी मांगना स्वीकार नहीं किया।

विशेषकर सुईं–बिशुंग क्षेत्र के लोगों के प्रति अंग्रेजों की नीति अधिक कठोर और भयंकर रही। श्री कालू सिंह माहरा इसी घाटी से सशस्त्र आंदोलनकारी रहे और कुछ इतिहासकारों के कथनानुसार अल्मोड़ा (धारानौला) में उन्हें मुठभेड़ में अंग्रेज फौज द्वारा मार गिराया गया। अंग्रेजों ने 1815 ई0 में अल्मोड़ा को राजधानी बनाया था। एक समय कालू सिंह माहरा मैदानी क्षेत्र में आ चुकी सेना से भी अंग्रेजों के विरुद्ध हाथ मिला चुके थे, किन्तु यह युक्ति काम नहीं कर पाई। वह सुभाष चन्द्र बोस की तरह उग्र एवं घातक आक्रमण के पक्षधारी थे और लड़ते–लड़ते मारे गये। जनता–जनार्दन ने उन्हें स्वत्रंता सैनानी माना। किन्तु, अंग्रेज बिशुंग शब्द के आवेश एवं उनके सशस्त्र विद्रोह के कारण उनके विरुद्ध विभिन्न धारायें लगाकर राजस्व विभाग में आपराधिक श्रेणी के कागजात बना गये, जिसके कारण सरकार मजबूरन आज भी उन्हें स्वतंत्रता सैनानी घोषित नहीं कर पाई। सत्य यही है कि वे एक शूरवीर, स्वतंत्रता सैनानी थे। अंग्रेज सरकार नहीं चाहती थी कि भविष्य में भी उन्हें कोई सम्मान मिले। उनके समकक्ष श्री हर्षदेव ओली जी ने आंदोलन को गाँधीवादी रूप में आजादी के एक जागरण की तरह त्याग एवं तपस्या से सम्पन्न किया और उन्हें वह सम्मान भी मिला जिसके वे हकदार थे। अंग्रेजों को 'बिशुंग' शब्द से चिढ़ थी और इसने इस तथ्य का विभिन्न तरीकों एवं रूपों से नुकसान भी उठाया।

अंग्रेज समझ गये थे कि 'काली–कुमाऊँ' की नेतृत्व–विहीन बगावत का केन्द्र बिन्दु बिशुंग ही है। इसका प्रमाण इस बात से भी सिद्ध हुआ कि सरकारी कार्यों के निर्माण आदि में भी सुईं–बिशुंग के लोगों को मजदूर के रूप में कार्य नहीं करने दिया गया। बिशुंग का अपना जज्बा था और अपनी स्वाभिमानी अकड़ तथा परिस्थति से लड़ने की हिम्मत। अंग्रेज चाहते थे कि बिशुंग समेत ऐसे पूरे क्षेत्र की आर्थिकी इतनी खराब कर दी जाय कि वे सब उनके सामने घुटने टेक दें और 'जी हुजूरी' को तैयार हो जायें। लोगों ने भी अपना रास्ता

निकाल लिया। बिशुंग के सभी सामाजिक वर्गों ने जाड़ों में तीन महीने टनकपुर तराई भाबर में पशुधन को ले प्रवास में जाने का निर्णय किया और घोड़ों में थड़वान (भाबर के कृषि क्षेत्र) से धान या चावल टनकपुर मण्डी में ले जा कर शीतकालीन व्यापार करने लगे। वहाँ से वे अपने जाड़ों की गुजर–बसर के अतिरिक्त 5–6 महीने का राशन और कपड़ा लत्ता लेकर वापस आने लगे। बिशुंग के बाद और पट्टियों के लोग भी भाबर जाने लगे। इस प्रकार जाड़ों के बेकार ठंडे मौसम में लघु प्रवास को कमाई का उत्तम जरिया बना लिया। लोग इतनी बड़ी संख्या में 'सुईं–बिशुंग' से भाबर जाने लगे कि कुल 25 गाँवों में जाड़े के दिनों में देख–रेख के लिए मात्र 2–3 लोग ही रहने लगे। लौटने पर सब उन परिवारों को चावल, गुड़, तेल, कपड़े आदि मिल कर देते थे। छोटे से अंतराल में आज के विकासखण्ड लोहाघाट, बाराकोट, पाटी और चम्पावत के लोग इतनी अधिक संख्या में टनकपुर–भाबर जाने लगे कि वह प्रवास लगभग एक संस्कृति का अंग बन गया और परम्परा के रूप में विकसित होकर एक नये प्रकार की सामाजिक संरचना को जन्म मिला, जिसमें लोग आपसी संबंधों से भी ज्यादा मित्रता तथा भाई–चारे को महसूस करने लगे। न किसी को अंग्रेजी सरकार की मद्द की आवश्यकता रही और न ही उनकी जी हुजूरी की। शुरु–शुरु में कुछ लोगों ने, जो अंग्रेजों को भविष्यदाता मानते थे, इसे बिशुंग वालों का भेड़िया धसान करार दिया। किन्तु, जब यही 'शीतकालीन प्रवास–संस्कृति' आर्थिकी का बेजोड़ उदाहरण प्रमाणित हुई, इन्हीं लोगों ने स्वयं आगे आकर अन्य मित्रों के सहयोग से स्वयं 'धान–घोड़ा–चावल' आर्थिकी का संबल उठाकर स्वयं एवं अपने परिवारों की स्थिति को मजबूत किया।

सुईं–बिशुंग क्षेत्र की 'होली' बहुत रसीली, सुंदर, रंग–रंगीली, वेदांती एवं पूरे सप्ताह खड़े हो गीत गाकर चलने वाली 'होली', बहुत प्रसिद्ध इसलिए भी हो पाई कि इतने लम्बे समय तक परिवार एवं मेहमानों की खातिरदारी के लिए क्षेत्रवासियों के भाबर–प्रवास के द्वारा अपने लिए एक ऐसा समृद्ध आर्थिक तंत्र खड़ा कर लिया था, जिसमें भाबर से फरवरी–मार्च में पहाड़ लौटने पर कोई गरीब नहीं दिखता था। होली का वर्णन अगले पृष्ठों एवं संदर्भ में किया जायेगा, किन्तु यहीं कुछ ऐसी चीज भी बतानी है जिसे तोड़ने की कोशिश में अंग्रेजों ने ऐड़ी–चोटी का जोर लगा दिया था। पर क्या कर सकते थे, बड़े

दिल वालों का! सन् 1840 से कुमाऊँ के लोग भाबर जाने लगे थे। वहाँ फारेस्ट के बीच जमीनें दी गई थीं। इन्हीं जमीनों पर पर्वतीय क्षेत्र से शीतकालीन प्रवास में आये लोग रहते थे, जिन्हें आज भी 'गोठ' कहते हैं। अंग्रेजों ने अन्य क्षेत्रों से आये प्रवासियों को, जो तराई में काबिज थे, लीज का पट्टा दिया, जिसे उत्तर–प्रदेश सरकार ने स्वतंत्रता के बाद के वर्षों में वर्ग 4 में भूमिधरी प्रदान की। उनकी शर्तें थीं कि अंग्रेजों के नुमाईंदों को ऐसे गोठों में स्वागत एवं रात्रि विश्राम का इंतजाम एवं आवाभगत वे गोठ वाले जिन्हें भूमिधरी प्रदान की गई थी, स्वयं करेंगे। उन्होंने अंग्रेजों की सेवा की ओर उनको इनाम मिला। टनकपुर भाबर में काली–कुमाऊँ के 'पहाड़' से आये लोगों ने अंग्रेजों की सेवा सुश्रुषा करने से मना कर दिया। अंग्रेजों ने काली–कुमाऊँ से आये लोगों को गोठ में पट्टा नहीं दिया और रकम के रूप में रसीद यदि दी भी तो पशुओं के चरान के रूप में। देश के स्वतंत्र होने के बाद की सरकारों में भी खेती अथवा कच्ची आवासीय झोपड़ियों को पट्टा या भूमिधरी नहीं मिल पाई। शायद उचित कागजात हीं नहीं थे। फिर अंग्रेजों की क्रूर दृष्टि के प्रभाव से काली–कुमाऊँ के प्रतिनिधियों की राजनीति टनकपुर क्षेत्र में मदद की जगह एक काँटा ही बनी।

अंग्रेजों ने तो पूरे क्षेत्र, प्रमुखतया बिशुंग की छवि खराब कर जितना उत्पीड़न किया, वह किया। किन्तु इसकी माटी, जिसमें बाणासुर की सेना का इतना रक्तपात हुआ हो कि खून की दरिया ने इसके बीच बहती नदी को ही रक्त–रंजित कर 'लोहावती', यानी खून की नदी, का नाम दे दिया हो; वह माटी जिसके चारों ओर से श्रीकृष्ण की सेना ने प्रचंड प्रहार और राक्षसों की सेना का वीभत्स विनाश कर पूर्ण रूप से रंग दिया हो, किन्हीं दो रूपों में आज भी नकारात्मकता एवं सकारात्मकता परिलक्षित करती है। जरा सोचें, जो घाटी खेत–खलिहानों तक खून से भीग गई हो और रक्त की बूंदें मिलकर एक दरिया में बदल गई हों, उनका प्रभाव कहीं तो अवश्य होगा। माटी और धरती का प्रभाव होता है। समुद्र मंथन के समय धन्वतरी के हाथ से राक्षसों द्वारा जब अमृत का घड़ा छीन लिया था, तो छीना–झपटी में कुछ बूंदे हरिद्वार में भी गिर गई थीं। यह स्थान 'हरकी पैड़ी' बना जो अविरल गंगा के प्रवाह में पूरे देश एवं विश्व को आज भी अमृत जल का आभास कराती आ रही है। यह भगवान विष्णु के दूसरे अवतार की कथा है। द्वारिका से आकर शोणितपुर

(सुईं) या रुधिरपुर (बिशुंग) में श्रीकृष्ण द्वारा बाणासुर का विप्लव भगवान श्री हरि के आठवें अवतार का वृतांत है। अमृत की बूंद लगभग चालीस हजार वर्ष पूर्व गिरी हो तो उसका प्रभाव हरिद्वार में आज और अधिक जाज्वल्यमान् है, जो धरती में प्रति बारहवें वर्ष कुंभ की आस्था के रूप में दिखता है। इसी प्रकार यह भी निश्चित है कि लगभग पाँच हजार वर्ष पूर्व बाणासुर और उसकी सेना का रक्त–पात एवं उसके प्रवाह से गिरी बूंदों का प्रभाव भी इस माटी में अवश्य होगा, और यह दिखता भी है अनेकानेक रूपों में। इसमें सकारात्मकता भी है, जो भगवान श्रीकृष्ण द्वारा संपादित कार्यों एवं स्वयं प्रभु की इस भूमि के स्पर्श मात्र से प्रभावशील एवं कार्यशील है।

बिशुंग के भी दो जीवंत रूप हैं। एक–पुरानी बिशुंग, लगभग 40–50 वर्ष पूर्व की बिशुंग, और दूसरी, आज की बिशुंग। इसका विशिष्टीकरण आगे करेंगे। कुछ यहाँ के लोग भ्रम पाले हुए हैं कि हम बिशुंग वाले बाणासुर के वंशज हैं। ऐसा कहना अपराध है। मैं कह रहा हूँ कि इस माटी में बाणासुर की नकरात्मकता है, न कि यहाँ के मनुष्यों में। बिशुंग, या सुईं, या किसी अन्य स्थान के लोगों का बाणासुर या उसकी खानदान से किसी का कोई भी संबंध नहीं हैं, क्योंकि बिशुंग की जितनी जातियाँ या लोग हैं, वे सब के सब बाहर से आये हैं। पाँच या दस हजार वर्ष पूर्व बिशुंग या काली कुमाऊँ क्षेत्र में रहे होंगे भील, कोल, किरात, यज्ञ, गंधर्व, नाग, पर बिशुंग के मानव नहीं। उस काल में पूरे पर्वतीय क्षेत्रों में तपस्वी एवं आदिवासियों का निवास पवर्त–शिलाओं में होने का प्रमाण दिया गया है। इन आदिवासियों को ही दलित कहा गया है। आज के दलित भी बाहर से आये हैं, जिनका आना आर्यकाल से होना बताया गया है। बिशुंग के प्रमुख जाति एवं वर्गों में देव, फर्त्याल, माहरा, करायत एवं ढ़ेक हैं। ब्राह्मण शिरोमणियों में मुरारी एवं उपाध्याय हैं। ये सभी आजन्म बिशुंग के मूल निवासी नहीं हैं।

सभी वर्ग के मनुष्य इस घाटी में वीर, निडर, न्याय प्रिय एवं मार्शल जाति के हैं, जो विशेषकर लड़ने–भिड़ने एवं फौज में रुचि रखते हैं। इन सबका मूल भी अन्यत्र है, जहाँ का इनका इतिहास भी वीर पुरुषों का रहा है। देव कत्यूरी राजवंशी हैं और इनका वर्णन आगे आने वाले पृष्ठों में किया गया है। फर्त्याल, माहरा, करायत, ढ़ेक, मुरारी एवं उपाध्याय का अपना–अपना इतिहास है। फर्त्याल एवं माहरा सबसे पहले बिशुंग में आये।

फर्त्याल सूर्यवंशी राजपूत थे और इतिहासकारों ने इनका मूल राजपूताना (राजस्थान) बताया है। ''मारा, महरा या माहरा'' एक ही जाति के पंवार वंश के राजपूत हैं, जिन्हें मैनपुरी उत्तर प्रदेश से आया बताया गया है। इनका गोत्र क्रमशः भारद्वाज और कश्यप है। भारद्वाज गोत्री कहते हैं कि उनके पूर्वज ''मैनपुरी के चौहान थे जो काली कुमाऊँ में आकर सिरमोली गाँव में रहे।''[25] ''कश्यप गोत्र वाले अपने को झूसी पंवार वंश का कहते हैं जो राजा सोमचंद के साथ आये।''[26] इनमें से एक भाई के ''वंशज महरा और दूसरे के फर्त्याल कहलाये''। माहरा को मारा इनकी युद्धवाणी ''मारो–मारो'' के कारण उच्चारित किया गया। सिरमोली एवं बिशुंग के माहरा एक नहीं, अपितु वंश, गोत्र तथा मूल में भिन्न–भिन्न हैं। भले ही राजा सोमचदं के काली कुमाऊँ आने के बावत दो अलग–अलग मत हैं, किन्तु फर्त्याल और माहरा के बारे में इतना तो निश्चित है कि वे राजा सोमचंद के साथ आये थे और राज्य की बागडोर लगभग उन्हीं के हाथों में रही। वे इतिहास में काफी प्रभावशाली रहे। चंदों के पहले राजा थोरचंद झूसी से आये थे। श्री जयदेव (कत्यूरीवंश) उनके साथ थे और दोनों ने मिलकर 'कबीरपुर' राज्य को मिटाकर खुद ''चम्पावती व कुर्मांचल राज्य स्थापित किया।''[27] पं0 रामदत्त त्रिपाठी एटकिंसन के साथ मिलकर लिखते हैं, ''राजकुमार सोमचंद कालींजर निवासी राजा खड्गसिंह के वंश से थे। सुधानिधि चौबे सरदार और बुद्धिसेन तड़ागी दीवान (कायस्थ) आदि 24 मनुष्य लेकर प्रतिष्ठानपुर से इस देश को आये।''[28] दूसरी किंवदंती यह है कि बोरा लोग देव (कत्यूरी) वंश से अधिकार छिनने के कारण त्रस्त थे, अतः वे ''सोमचंद को झूसी से लिवा लाये थे।'' कत्यूर वंश के ही अधिकारी गंभीर देव की लड़की से इनकी शादी करा दी और सोमचंद को 1200 आय की भूमि दहेज (भौतुका) में दी गई। एटकिंसन सोमचंद का चम्पावत आना 953 संवत् 896 ई में बाताता है, जबकि काशीपुर के पुश्तनामें के अनुसार ''राजा सोमचंद की गद्‌दी में बैठने की तिथि संवत् 757 विक्रमी तथा 622 शालिनवाहन, तद्‌नुसार 700 सन् है।''[29] इसी ईसवी के आसपास माहरा–फर्त्याल बिशुंग (चम्पावत) में आये। एक मत यह है कि अपनी ही कमजोरियों के कारण कत्यूरी वंशी राजा ढीले पड़ गये और उनके राज्य की इति श्री हो गई। कुछ लोग कन्नौज के राजा से सोमचंद को मांग कर लाये। दूसरा मत यह है कि ''शहाबुद्‌दीन गौरी द्वारा जयचंद के मारे जाने के बाद चंदेल कुमाऊँ को आये, जो राजा मांडा जयचंद के खानदान के हैं।''

राजा सोमचंद ने जहाँ कार्की, बोरा, तड़ागी और चौधरी को 'राजबुंगा' महल में ''सरदार (फौजदार या किलेदार)''[30] बनाया, महर (माहरा) फर्त्याल दलों को अपने अधीन कर उनकी सहायता से, ''चंदों का पंचायती राज्य'' में जैसा मिलता है, नियमों को चरणबद्ध करने में सहयोग लिया। 'फर्त्याल' और 'माहरा' राजा सोमचंद के असली धड़े थे, जिनमें अन्य लोगों को संबद्ध किया गया था। कह सकते हैं कि राज्य की बागडोर के असली सामंत वही थे। दो धड़े बनाये गये। 'मल्ली धड़ा' माहरा का तथा 'तल्ला धड़ा' फर्त्याल का बनाया गया। राजकुवँर महर (माहरा) के धड़े में थे और स्वयं राजा 'फर्त्याल के धड़े में सम्मिलित हुए।' 'मल्ला धड़ा, यानि कि 'माहरा का धड़ा के नेता कोट माहरा और 'तल्ला धड़ा', यानि फर्त्याल के धड़े के नेता डुंगरी फर्त्याल नियुक्त किये गये। सारी कुमाऊँ की जनता की जिम्मेदारी इन दो धड़ों के पास थी। इसिलिए दोनों धड़े राजा के बराबर ही रसूखदार माने गये। यद्यपि उस समय राजा सोमचंद स्वयं नेपाल के कत्यूरी वंशी ''राजा को कर देते थे, और एक जमींदार की हैसियत रखते थे,''[31] तथापि फर्त्याल एवं माहरा का कद राज्य प्रशासन की रणनीति एवं सुरक्षा में अत्यधिक महत्वपूर्ण था। इतिहासकार बी0डी0 पाण्डे की तरह एटकिंसन लिखता है कि ''राजा सोमचंद उस समय एक छोटे से मांडलिक राजा थे''। फर्त्यालों एवं माहराओं ने भी राजबुंगा की तर्ज पर छोटी–छोटी 'गढ़ियाँ' अपने–अपने गावों में बनाई जिसे 'बुंगा' कहा गया। ये बुंगा अभी भी इसी नाम से प्रचलित हैं। माहरा–फर्त्यालों की वह बुंगा वाली खनक और पकड़ आज भी जीवंत है। उनकी प्रशासनिक सोच और व्यवस्था का इल्म आज भी पारंपरिक रूप से जिंदा है। दोनों उच्चकोटि के राजपूत हैं ओर इनके रहन–सहन, बात–चीत, व्यवहार एवं कार्यकुशलता में दिखता भी है। यद्यपि समय एवं परिस्थितिवश वे छगाता, रानीखेत, गंगोलीहाट, नैनीताल आदि कई क्षेत्रों में रच–बस गये हों, वे हैं थोकदार ही। मूल उनका एक ही है। चाहे फल्दाकोट की चढ़ाई हो या फिर शिवदत्त जोशी के प्रकरण का गदर, फर्त्यालों का बुद्धि–कौशल, मर–मिटने और रण विजय की व्यग्रता हर रूप में स्पष्ट झलकती है।

जैसा एटकिंसन व अन्य इतिहासकारों ने लिखा है, अंग्रेजों से पूर्व ही सुई एक राज्य था, जिसका बिशुंग अभिन्न अंग था और कौठालगढ़ इसकी राजधानी थी। रावत खसिया ठाकुर इसका राजा था और कत्यूरी वंश के राजा बिर सिंह देव ने उसे हरा कर अपना

अधिपत्य स्थापित किया था। यह चंद राजाओं से पूर्व की बात है। आजकल इस किलें में जी0आई0सी0 स्थापित है। ''माराओं (माहरा) का मुख्य गाँव कोट था और फर्त्याल लोग सुईं के नजदीक डुंगरी में थे।''[32] फर्त्याल और माहरा लगभग राजा सोमचंद के साथ–साथ आये और बिशुंग में बसे। यह प्रचलित एवं इतिहास के पन्नों में दर्ज कहानी है कि दो वीर भाई बिशुंग में आये। उसी समय कौठालगढ़ में रानी का प्रसव सारे प्रयत्नों के उपरान्त भी न हो सका। पंडितों ने बताया कि मोटा–किमोटा में बड़ी शिला के नीचे के सर्प का दोष है। सर्प को यदि मार दिया जाय तो सकुशल बच्चा पैदा हो सकता है। राजा के कहने पर दोनों भई तैयार हो गये। एक भाई ने शिला को तोड़ा और उसके नीचे से सर्प बाहर आया, जिसे दूसरे भाई ने मार डाला। शिला फोड़ने वाला वीर भाई फर्त्याल कहलाया और सर्प को मारने वाला 'मारा–मारा' से माहरा बना। परन्तु दोनों भाईयों में बैर इस बात का हो गया कि बड़ा कौन है? फर्त्याल ने कहा मैंने शिला तोड़ी तब सांप बाहर आया। माहरा ने कहा, 'मैंने मारा और नहीं मारता तो तुम्हें डस लेता'। इसी दिन से 'मारा–मारा' किसने मारा' फर्त्याल माहरा में चिरकाल तक हंसी मजाक में चलने वाली कहावत पैदा हुई। राजा सोमचंद ने दोनों धड़ों की वीरता की कहानी सुन उन्हें दो धड़ों का प्रमुख बना दिया, जिनके बिना राज–काज चलाना असंभव सा था।

माहराओं एवं अन्य कि बात करने से पहले यह भी जानना–समझना आवश्यक है कि चंदों के 'पंचायती राज' की जड़, जिसे पूरी काली कुमाऊँ में लागू किया गया, बिशुंग ही थी। राजा ने बिशुंग के थोकदारों –फर्त्याल, माहरा, ढ़ेक, करायत और देव को धड़ों में बांध कर कुमाऊँ में राज्य करना चाहा। देव, बंदेला ढ़ेक व करायत फर्त्याल के धड़े (पार्टी) में चले गये और मेधी ढ़ेक व मल्ला ढ़ेक माहरा के धड़े में चले गये। यह विशुद्ध राजनीतिक प्रक्रिया थी और आज की तरह ही धड़े एक–दूसरे में आते–जाते रहे। इसी से बिशुंग का खून एवं स्वाभिमान से जुड़ा प्रकरण है 'चारों बूढ़ों का सिर काट कर गढ़्ढे में डालना'। इतिहासकारों ने भी इसको मान लिया है कि राजा के चार 'बूढ़े'–कार्की, तड़ागी, बोरा और चौधरी आये और बिशुंग के पाँचों थोकदारों को यह जताना चाहा कि वे उनके ऊपर हैं और सभी बिशुंगवासी तत्कारण उनके अधीन। राजा की धौंस देकर वे आधीनता का हुक्म सुना रहे थे। पाँचों थोकदारों ने उन चार बूढ़ों (राजा के प्रतिनिधि) का सिर काट दिया

और एक गढ्ढे में एक स्थान पर दबा दिया, जिसे आज भी 'बुड़ चौंड़ा' यानि 'बूढ़ों के सिरों का चबूतरा' का नाम दिया गया है। एक बूढ़ा भाग निकला और उसे पकड़ कर जंगल के नजदीक 'मुड़काट्टा' (सिरकटा) में,थुवा माहरा के नजदीक उसके सिर को धड़ से अलग कर दिया। यह वृतांत इतिहासकार बी0डी0 पाण्डे द्वारा अपनी पुस्तक में पृष्ठ सं0 376 ''चंदों का पंचायती राज'' में वर्णित किया गया है।

मैं व्यक्तिगत रूप से इसे प्रमाणित नहीं मानता हूँ, चूंकि प्रकरण को बताने वाला स्वयं सच में चंदों और बिशुंग के थोकदारों का इतिहास जानता होगा या नहीं, इसमें मुझे शंका है। क्या जिस व्यक्ति ने यह किंवदंती इतिहासकार को बताई है, वह वास्तव में बिशुंग क्षेत्र में रहता आया था? यह प्रश्न इसलिए भी उठता है कि कथित तथ्य का कोई भी ऐतिहासिक या अन्य प्रमाण उपलब्ध नहीं है। मौखिक कहानी में ही किंवदंती का कुतर्क गढ़ा गया प्रतीत होता है। इस कथन के आधार पर ही बिशुंग के थोकदारों, चारों बूढ़ों तथा चंद राजाओं की छवि खराब होती है। चूंकि इसकी सत्यता कहीं से भी प्रमाणित नहीं होती है, इसलिए इसे गंभीरता या सत्य घटना के रूप में नहीं लिया जा सकता है। जो भी सुनता होगा वह जरूर सोचता होगा कि क्या बिशुंग के थोकदार इतने उदण्ड और निर्दयी थे? चार बूढ़ों की छवि खराब होने का मामला इस प्रकार उठता है कि राजा के मुख्य अधिकारी और आलों के मालिक इतने कमजोर थे कि उन्हें काट कर मार डालने तक कोई उनके साथ नहीं था। और राजा की छवि इसलिए खराब होती है कि उसके मुख्य आलों के मालिकों को कोई इतना निर्भीक एवं निडर होकर कैसे समाप्त कर सकता है? उस समय की दण्ड प्रक्रिया और अधिक कठोर थी। यदि ऐसा हुआ होता तो राजा द्वारा फर्त्याल–माहरा के धड़ों को स्वीकृति देकर प्रथम स्थान प्रदान करने की जगह सजा या मृत्युदण्ड दिया गया होता। किन्तु, ऐसा प्रकरण किसी भी अन्य इतिहासकार ने वर्णित नहीं किया है। चाहे एटकिंसन हो या बैटन, पाँच थोकदारों द्वारा चार बूढ़ों का कत्ल करने का कोई भी उद्धरण किसी ने भी प्रस्तुत नहीं किया है।

इतिहासकार भी मानव होता है और वह भी भावनाओं की जंजीर में बंध सकता है। बिशुंग, 'चार बूढ़ों' एवं राजा की छवि खराब करने का प्रयत्न एक चूक है। अंग्रेजों या अन्य किसी ने भी एक तो इस किंवदंती से यह समझा होगा कि बिशुंग सुई राज्य का एक खतरनाक

स्थान है, जैसा कि एटकिंसन ने भी इसे इसका नाम 'बिशुंग' न देकर इसके बारे में लिखा है कि ''लोहुघाट से यह पश्चिम की ओर घाटी के छोर तक तीन से चार मील तक फैला है।''[33] (अनुवादित) एटकिंसन ने ''सुई, 'लोहुघाट' (लोहाघाट) रेगडू एवं गुमदेश का खुला नाम लेकर''[34] वर्णन किया है, किन्तु 'बिशुंग' की घाटी का नाम तक नहीं लिया है। यहाँ तक कि अपने गजिटियर में उसने छोटे से छोटे पौधे और जाति का उल्लेख तसल्ली से किया है, परन्तु बाणासुर के किले की ऐतिहासिक व्याख्या तो क्या उसके वर्णन का रिवाज तक नहीं निभाया। पाण्डे जी को भी बिशुंग व 'चार बूढ़ो' की रोंगटे खड़े करने वाली किंवदंती का ख्याल तो रहा, पर इसका वृतांत बखान करने वाले से बाणासुर या 'कोट के किले' से संबंधित सूचना लेने का उनके पास समय नहीं था! उन्हें इस ऐतिहासिक धरोहर के बारे में बताने वाले ने बताया ही नहीं। जो कुछ भी हो, विश्व स्तर पर बिशुंग व चार बूढ़ों की कहानी ने दो उच्च वर्गीय लोगों के बीच जन्म जन्मान्तर तक एक खाई तो पैदा कर ही दी, जिसे पाटना सिर्फ सही तथ्य लिखने से ही संभव हो सकता है।

एटकिंसन विदेशी था और संस्कृति, सभ्यता, भाषा एवं लौकिक बाधाओं के चलते वह उतना ही समझ पाया होगा जितना लोगों ने उसे समझाने की कोशिश की होगी। वैसे भी, उसकी आत्मा एक इतिहासकसार की नहीं, अपितु एक कीट विज्ञानी की थी। फर्त्यालों से दूसरे धड़े 'माहराओं' या 'माराओं' के बारे में वर्णन करते–करते वह ऐसी जगह की ओर भटक गया है जिसे चंद राजाओं के ऐतिहासिक प्रमाणों के चलते स्वीकार नहीं किया जा सकता और उसकी अबूझ टिप्पणी के लिए उसके गजिटियर को शत–प्रतिशत सत्यता का आंकड़ा नहीं माना जा सकता। एटकिंसन लिखता है कि ''काली कुमाऊँ के/(से) 'मारा' मुहुराज कहे जाते हैं, किन्तु सुई राज्य के बाद वाले (मारा) राजा की डांडी (मुहुर) या पालकी ढ़ोने वाले कहे जाते हैं। मुहुरा शब्द को एक नहीं वरन् एक वर्ग विशेष माना जा सकता है; 'मारा' काली कुमाऊँ के लिए विचित्र (शब्द) है (अनुवादित)।''[35] एटकिंसन 'मारा' या 'माहरा' की असलियत समझ नहीं पाया है। उसने एक शोध पत्र में छपे विवरण को आधार बनाया है, जो कि गलत है। शोध पत्र की मूल भावना एवं तथ्य यह बताने का एक प्रयास है कि सुई राज्य के बाद वाले मारा, 'मारा' या 'माहरा' नहीं, वरन् राजा की डोली उठाने वाले मनिहार (कहार) थे, जो अलग जाति के और अलग समय में आये हुए लोग

थे। वे बिशुंग या सुई के माहरा नहीं थे। किन्तु, एटकिंसन इसे समझने या समझाने में दो चीजों को एक में मिलाकर प्रस्तुत कर गया है। ऐसी ही एक चूक उसने और हुई है। वह लिखता है कि ''रानीखेत के नजदीक रयूनी के लोग, जिन्हें बाद में इस कार्य हेतु नियुक्त किया गया, 'मुहुरा' जाति के मैदानी क्षेत्रों के कहारों के समान थे (अनुवादित)।''

पहली बात, सुई के माराओं को लेकर यह ऐतिहासिक प्रमाण है कि वे चंद राजाओं से फर्त्यालों के समकक्ष लगातार राज–काज से जुड़े रहे और उन्हें या उनके नाम से किसी और को 'मनुहार' कहना नितांत अपमान जनक और अस्वीकार्य है। यदि वह 'मारा' को काली कुमाऊँ का 'विचित्र शब्द' कहता है, तो यह सत्य है कि उसने न तो काली कुमाऊँ का इतिहास पढ़ा था और नहीं ही विद्वतजनों से ही उसका ऐसा सम्पर्क रहा था। वास्तव में 'विचित्र शब्द' उसकी क्षेत्रीय अज्ञानता का परिचारक है। दूसरी बात, रयूनी रानीखेत के लोग चौहान वंशी राजपूत हैं और उच्चवर्गीय हैं। उनका मूल बिशुंग के पास सिरमोली गाँव माना जाता है, जहाँ के 'मारा' या 'माहरा' भी उच्च कुलीन और उच्च वर्गीय राजपूत हैं। अनजाने में ही किसी को जातिगत मकड़जाल में उलझाकर आघात करना सूचना अथवा ज्ञान नहीं, बल्कि नादानी और नासमझी ही कहा जा सकता है। यह सत्य है कि कुछ लोगों ने कुलीन 'मारा' राजपूत की नकल कर खुद को भी 'मारा' कहना शुरु किया था, परन्तु दोनों के बीच सीमा रेखा तो आज भी निर्धारित है। किन्तु, ऐसे मारा जिन्होंने भी मान के लिए 'मारा' शब्द अपनाया, मनिहार (कहार) नहीं हुआ करते। अवश्वमेव 'मनिहार' काली कुमाऊँ में हैं और उनका मुगल सम्राटों से संबंध रहा है। पर वे 'मारा' या माहराओं के इतिहास से संबंध नहीं रखते। हो सकता है कि एटकिंसन ने भ्रमवश इन्हीं मनिहारों को 'सुई राज्य के बाद वाले मारा' समझ लिया हो और, संभवतः, भाषा की मजबूरी के कारण इस विषय में आम जन मानस से विचार विमर्श न कर सका हो।

यदि किंवदंतियों की न मान कर इतिहासकारों की मानें तो पता चलता है कि 'मारा' (माहरा) लोगों का मुख्य गाँव कौठालगढ़ किले के पास कोट माहरा था।यही माहराओं की जड़ था और इसका ''मुखिया ही माहरा धड़े का प्रधान और चंद राजाओं के राज–पाठ का हिस्सा था।'' काली कुमाऊँ में कोट माहरा के ''दो लड़के थे जिनका नाम चांदा और समर था।''[36] पंवार वंश के कोट माहरा का गोत्र कश्यप है और इनका ''मूल पुरुष जगदेव

था।''[37] समर के लड़कों में से एक बुंगा में, तीन कोद्याल में, दो कांडद्यो में बसे''। समयांतर में इनमें से कुछ की बसासत् बदलती गई। आज इनके निवास स्थान का प्रारूप कोट माहरा, बुंगा माहरा, कांडादेव, रौंस माहरा (रौंतली माहरा), बनतोली और कुंडी माहरा–ईजड़ा (कुछ भाग) के गाँवों में बंटा है। चांदा के लड़के घाटी के बीचों–बीच गाड़ की दूसरी ओर दक्षिण दिशा में जाकर बसे। इस गाँव में पहले ''थ्वाल ब्राह्मण रहते थे।''[38] थ्वाल ब्राह्मणों के नाम पर ही इस गाँव का नाम थुवा माहरा पड़ा, जो वर्तमान में भी इसी नाम से प्रचलित है। कौठालगढ़ (सुईं) किले के कोट माहरा और डुंगरी फर्त्याल, दो प्रमुख गाँव थे। यद्यपि ये दोनों ही राजवंशी नहीं थे, परन्तु, बिना किलों में विजय पाये, दोनों गढ़ी (बुंगा) के निवासी के रूप में लड़ते रहते थे। न फर्त्यालों ने माहराओं के बुंगा को फतह किया और न माहराओं ने फर्त्यालों के बुंगे को। किन्तु, आपस में, सिद्धान्ततः, लगातार लड़ना इनके खून की खासियत थी। 'बग्वाल' भी इनकी इसी लड़ाई लड़ने की परम्परा का हिस्सा थी। सोमचंद की सत्ता संभालने के बाद 'बान्जखला' में, जहाँ बंजर मैदान था, ये आपस में 'बग्वाल' (पत्थर–युद्ध) करते थे और जो पक्ष एक वर्ष में इसमें हार गया, वह दूसरे वर्ष मजबूत तैयारी के साथ जीत के लिए मैदान में उतरता था। यह बाद में एक पर्व का रूप ले चुका था जो हर वर्ष भैयादूज के दिन आयोजित होता था। ऐसा नहीं कि यह सिर्फ हाथ से पत्थर फेंककर मनाया जाता था। यहाँ 'घ्योंतार' (रस्सी से बना पत्थर फेंकने का जुगाड़) का प्रयोग होता था, जिससे दूर–दूर तक पत्थर जाते थे और यह एक औजार के रूप में प्रयुक्त होता था। यदि इसका पत्थर लग गया तो समझ लो गोली लग गई। मरता कोई नहीं था, पर लहु–लुहान खूब होते थे। खून बहाकर और लहूलुहान होकर ही चैन लेते थे। यह प्रथा भी चंद राजाओं के आने के बाद ही शुरु हुई। दोनों धड़े राजा की शक्ति के प्रवाह में थे और इनके लिए लड़ना–मरना कोई बड़ी बात नहीं थी। उससे पहले देव (कत्यूरी) राज में इसी 'बान्जखला' की अलग कहानी है, जिसका उल्लेख अंयत्र आयेगा।

बिशुंग के करायत भी, अन्य की तरह ही एक मजबूत और 'साहसी इतिहास' से भरपूर उच्चवर्गीय कौम है, जिसने संघर्षों से गुजर कर कभी पीछे लौटना नहीं सीखा। ये बिशुंग में नवीं शताब्दी या सन् 870 के आस–पास से काबिज थे। इतिहासकार बताते हैं कि इस

क्षेत्र में निवास करते हुए वे सूर्य की उपासना करते थे, जो दर्शाता है कि वे सूर्यवंशी थे। करायत भी राजवंशी थे, जैसा कि लिखित इतिहास बताता है। यह राजा विक्रम चंद (1424 ई0) का राज्य काल था। राजा भोग विलास में लग गया और उसके ही घर से भतीजे ने ''खस जाति के लोगों को अपनी ओर कर राज–विद्रोह का झंडा खड़ा किया।''[39] ''शौड़ करायत ने विक्रम चंद को मार भगाया और मलास गाँव जागीर में पाया।''[40] इतिहास की एक प्रसिद्ध कहानी है। लिखा गया है कि ''शौड़ करायत को मेलो थर्प की भीड़ी डाली मारो (शौड़ करायत के लड़के को राजा विक्रम चंद ने महल के भीतर डालकर मार डाला)।'' तब कहा गया है कि शौड़ करायत असली बलवान, गठीला नौजवान और हिम्मती था। राजा विक्रम चंद से बदला लेने के लिए ''शौड़ करायत ने बिशुंग के सब कुमय्यों को मिलाया और राजा के ऊपर चढ़ाई कर उसे भगा दिया।''[41] करायत को खस जाति का राजपूत कहा गया है। चंदों से बिशुंग अथवा काली कुमाऊँ में ऐसा कोई दूसरा नहीं था, जिसने, शौड़ करायत के अतिरिक्त, लड़ने की हिम्मत दिखा कर राजा को ही भगा दिया हो। चौदह वर्षों तक बिशुंग के खस करायतों ने शौड़ के नेतृत्व में 'राजबुंगा' को राजा–विहिन रखा। करायतों का इस बीच राज्य एवं राजधानी में पूर्व नियंत्रण रहा। इतिहासकार मानते हैं कि करायत खस ठाकुर थे और असली ठाकुर वही थे। खस मूलतः कश्मीर से नेपाल और नेपाल से चम्पावत, काली कुमाऊँ आये थे। काली कुमाऊँ में उन्होंने हर लड़ाई में भाग लिया और वीरता का कार्य किया। राजा कीर्तिचद (1488–1523 ई0) ने फल्दाकोट की लड़ाई में बिशुंग के ही राजपूतों, ''करायत, माहरा तथा ढ़ेक आदि को कमीन, सयाना, तथा जागीरदार बना कर बसाया''[42], चूंकि उन्हीं के युद्ध कौशल से विजय प्राप्त कर राजा ध्यानीरौ से होते हुए ही चम्पावत आये। कहने का तात्पर्य यह है कि बिशुंग की करायत जाति भी अन्यों की तरह ही युद्ध वीरता के लिए प्रख्यात है।

खसों ने इससे पूर्व भी 'राजबुंगा' राजधानी चम्पावत में लगभग 193 वर्ष तक राज्य किया। यद्यपि खस राजपूत एवं करायतों ने बाद के चंद राजाओं के समय उनकी सेना में भर्ती होना शुरु किया, किन्तु, सन् 869 के आस–पास राजा बीणा चंद की बागडोर को अस्थिर एवं अशक्त देखकर खस राजपूतों ने उसके विरुद्ध विद्रोह कर दिया। सभी जातियों एवं

वर्गों को एक कर खसों ने कहा ''कन्नौज व झूसी से आये हुये विदेशी राजा व कर्मचारियों को मार–भगाओ।''[43] देव (कत्यूरी) लोगों से भी कहा कि ''अपने पूर्व के राज्य को अपने अधीन करें।''[44] किन्तु, कत्यूर वंशी देव लोग आपसी झगड़े एवं भोग विलास में ही लगे रहे और उन्होंने खसों के साथ आने से मना कर दिया। एटकिंसन भी लिखता है कि कत्यूरी वंश के लोगों ने कहा, ''(अनुवादित) उन्होंने काली कुमाऊँ का राज्य दानस्वरूप चंदों को दिया है और वे उसे वापस नहीं लेंगे।''[45] बी0डी0 पाण्डे के अनुसार भी कत्यूरियों ने कहा कि ''काली कुमाऊँ का राज्य हमने अपनी कन्या व जमाता को कन्यादान में दिया है, उसे धर्मशास्त्र के अनुसार ले नहीं सकते। यह राज्य चंदों का है और वे फिर से इसे अपने बाहुबल से जीतें।''[46] खस लगभग पूरे 200 वर्ष तक कुमाऊँ में राज्य करते रहे, जब तक श्री सौन खड़ायत ने इन्हें हराकर राजा वीरचंद को पुनः गद्दी में नहीं बैठा दिया। भयंकर लड़ाई में खस राजा सौपाल मारा गया और राजा वीरचंद (1065–1080 ई0) 'राजबुंगा' में सत्तासीन हुए। पन्द्रह पुस्तों तक राज्य करने वाले खस राजाओं में से ही उनकी प्रजा बिशुंग के करायतों में रही होगी। गंगा दत्त उप्रेती जी ने अपनी पुस्तक ''कुमाऊँ की फौजी जातियाँ'' में करायत को राजपूताना से आये राजपूत बताये हैं।

पश्चिम के लेखक एवं इतिहासकार मानते हैं कि खस जहाँ से भी आये, उच्च कोटि के राजपूत थे। वास्तव में इन लेखकों ने ''विष्णु पुराण के यक्षों को खस माना है।'' वे कहते है कि ''यक्षों के राजा कुबेर यक्ष थे। वह कैलाश में रहता था।''[47] तब कुबेर उच्च कुलीन ब्राह्मण था। दीपवंश को उद्वरित करते हुए एटकिंसन लिखता है कि ''यक्ष लोग हिमतन में हिन्दू धर्म में दीक्षित हो गये थे''[48] और उनके कार्य–कलाप उच्च कुलीन राजपूतों के रहे। खसों के बारे में **हरिवं□ा पुराण** में लिखा है कि ''जब परशुराम ने क्षत्रियों के विनाश की ठानी तो खस लोग, जो मैदानों में रहते थे, भागकर पर्वतों में चले गये। संभव है कि काली कुमाऊँ में आये खस क्षत्रिय भी उसी युग के थे। इतिहास कुछ भी कह कर एक ओर चला जाता है। उसका प्रभाव अथवा कुप्रभाव युगों तक रहता है। करायतों की सत्यता उनके मजबूत, कर्मठ और आक्रामक छवि में साफ झलकती है। आज करायत मुख्य रूप से कर्णकरायत के निवासी हैं और कुछ यत्र–तत्र बस गये हैं। कर्णकरायत लोहाघाट से अल्मोड़ा–हल्द्वानी को जाने वाली सड़क का यह सबसे पुराना स्टेशन है।

मुख्य सड़क में होने के कारण यह अतीतकाल से ही बिशुंग का व्यापारिक केन्द्र रहा है। काली कुमाऊँ की प्रसिद्व होली भी इसके प्रांगण में सम्पन्न होती थी। इसी स्थल में ही इस पूरे क्षेत्र की पहली प्राईमरी पाठशाला थी, जिसमें मैंने भी अपनी प्रारंभिक शिक्षा प्राप्त की। जबसे यहाँ उच्चीकृत माध्यमिक पाठशाला को यह जगह आबंटित हुई, बिशुंग की प्रसिद्ध खड़ी होली का आयोजन भी अलग–अलग टुकड़ों एवं स्थानों में विभक्त हो गया है, जो कदापि अपने मूल स्वरूप में कभी लौट सके?

बिशुंग के पूर्वी कोने में बसे ढ़ेक एक सनातन, शांतिप्रिय एवं सद्भाव प्रिय राजपूत वंशीय झांसी से आये लोग बताये गये हैं। पोत्री ढ़ेक, मल्लाढ़ेक, मेधी ढ़ेक, चौड़ा ढ़ेक एवं बंदेला ढ़ेक के समस्त राजपूत निवासी 'ढ़ेक' हैं, जो अपने आपको बुंदेला वंश का मानते हैं। कोली ढ़ेक भी इन्हीं का विस्तार है। ये स्वयं भी बताते हैं कि उनका मूल बुंदेलखण्ड, पूर्ववत् झांसी जिसका एक खण्ड था, और वे 13वीं शताब्दी में काली–कुमाऊँ आये। उनके विस्तृत विवरण का कोई भी उल्लेख उपलब्ध नहीं है। किन्तु, उनके सदाचार, कुशल व्यवहार, सादगी एवं विचारों की उत्कृष्टता से साफ झलकता है कि वे किसी सभ्य राज्य के उच्च कुलीन राजपूत वंशी लोग हैं। इनका काली–कुमाऊँ में मूल गाँव बंदेला ढ़ेक रहा होगा, जहाँ से वे अन्य गाँवों की ओर बढ़े होंगे। बिशुंग के वीर राजपूत होने एवं फल्दाकोट की लड़ाई के बाद राजा कीर्तिचंद (1503 ई0) की फौज के वफादार होने के कारण ही उन्हें कमीन अथवा जागीरदार बना कर उसी क्षेत्र में बसाया गया। यद्यपि आज उस जाति वर्ग से वे वहाँ उपलब्ध नहीं हैं, फिर भी चंद राजा का इतिहास उनके साथ अवश्य जुड़ा है, जो पं0 गंगादत उप्रेती की ''कुमाऊँ की फौजी जातियाँ'' में भी प्रथम श्रेणी के राजपूतों में ही बताया गया है।

राजवंशी देव (द्यौ) काली कुमाऊँ के वर्तमान बिशुंग क्षेत्र की ही नहीं, अपितु देश की प्रमुख कुलीन जातियों में अग्रणी है। जहाँ ढ़ेक, करायत एवं कुछ माहरा बाणासुर के किले की तलहटी में पूर्व से पश्चिम की ओर घनी आबादी में बसे हैं, देव, कुछ माहराओं सहित, पूर्व की ओर एक हल्की सी धार में बसे हैं, जिसके दोनों ओर सीढ़ीनुमा खेतों की घाटियां हैं तथा दूसरी व तीसरी पहाड़ी में, कम ऊंचाई पर, हरे घने बांज के जंगल हैं। देव एवं माहराओं की इस बसासत् में खेती तो बिशुंग के अन्य गाँवों की तरह ही अच्छी है, किन्तु,

यहाँ पर्यावरण एवं पानी की अधिकता भी है। जानवरों के लिए चारा और घर–गृहस्थी के ईंधन में प्रयुक्त होने वाली लकड़ी भी प्रचुर मात्रा में मिलती है। यदि इतिहास एवं खानदान की बात करें, तो दुनिया भर के इतिहासकार सप्रमाण मानते हैं कि ''देव कत्यूर वंश के **'गिरिराज चक्र चूड़ामणि'** की उपाधि से अलंकृत थे''[49], एक राजा की पदवी जो चंदवंशों अथवा खस राजाओं में किसी को भी प्राप्त नहीं थी। कुलदेव, कलादेव (कालादेव), झलानदेव एवं मजगाँव–देव लोगों की पूरे उत्तराखण्ड में मात्र चार तोकों के बिरादरों को यह समझना चाहिए कि वे जिस कुल और वंश में जन्में हैं, वह हमारे ऊपर परमेश्वर का एक अतिविशिष्ट आशीर्वाद है और यह भी अन्तर्मन से मानना चाहिए कि हमारा कर्म एक धर्म है, जिसमें सद्‌चरित्र, उपकार, मानवता, दया, न्याय–प्रियता एवं वीरता होनी चाहिए, न कि दुष्कर्म एवं अनैतिकता से भरी जीवन शैली।

मै समझता हूँ कि हम सभी को यह जानना चाहिए कि देव (द्यौ) काली कुमाऊँ में कहाँ से आये और हमारे पूर्वज कब, कहाँ, और किस इतिहास से प्रसिद्ध हुए? हमारा धर्म एवं व्यवसाय तथा हमारी संस्कृति का इस प्रकार मूल स्रोत क्या था? चाहे पुरातत्ववेत्ता कनिंघम हों, या इतिहासकार फिरिश्ता, या एटकिंसन अथवा कमिश्नर शेरिंग, या बद्रीदत्त पाण्डे अथवा रामदत्त, आदि सभी इस तथ्य को मानते हैं कि कत्यूरी (देव) शासनकाल 2500 ई0 पूर्व से 700 ई0 तक रहा था। पहला मत यह है कि शालिन–वाहन देव ''राजा रामचंद्र के कुशवंश से अलग होकर कत्यूर (लखनपुर) पाली पछाँऊ में आये थे।''[50] दूसरा मत, अंग्रेज लेखकों, जैसे एटकिंसन का है कि ''कत्यूरी वंश राजा सर्वप्रथम जोशीमठ में आये थे।''[51] कई ताम्रपत्र, जैसे भागलपुर एवं मुंगेर की बातों से भी ऐसा ही तर्क निकल कर सामने आता है। डोटी की वंशावली में शालिनवाहन देव से राजा जय सिंह देव तक सभी को सम्मिलित करते हुए,धामदेव एवं अन्तिम सम्राट, ब्रह्मदेव (बिर सिंह देव) हुए। सम्राट त्रिलोकपाल देव से राजा मान्धाता साही तक, सभी डोटी वंशावली में आते हैं, किन्तु मूलतः सभी कत्यूरवंशी देव ही हैं। पाल, मनुराल, शाही, काला–कोटी आदि सभी देव हैं,जो समय एवं परिस्थितियों के अधीन अलग–अलग, अपने–अपने रास्तों में चलते गये। यद्यपि भिन्न–भिन्न इतिहासकारों का अपना–अपना मत है कि कत्यूरी राजाओं की राजधानी लखनपुर (पाली–पछाँऊ), कार्तिकेयपुर (गरुड़–बैजनाथ) अथवा ज्योर्तिधाम

(जोशीमठ) थी, परन्तु यह सत्य है कि कत्यूरी सम्राट मात्र यहीं तक सीमित नहीं थे। चीनी यात्री ह्वेन्सांग भारत में सातवीं शताब्दी में आया था और उसने भी लिखा है कि ''ब्रह्मपुर (लखनपुर) और गोविषाण, दोनों जगह बौद्ध लोग रहते थे''। लखनपुर 6वीं शताब्दी में बसा था। कहीं न कहीं इतिहासकारों ने यह भी लिखा है कि कत्यूर वंशी पहले बौद्ध थे। पुरातत्ववेत्ता कनिंघम भी मानता है कि ''कत्यूरियों की राजधानी लखनपुर में थी, जो रामगंगा के किनारे है।''[52]

कुछ अन्य अंग्रेज लेखकों एवं इतिहासकारों का यह मत है कि कत्यूर राजा जोशीमठ में रहते थे और ''कत्यूर जाड़ों में ढिकुली में रहने को आये।''[53] एटकिंसन का मत अधिक तर्क संगत लगता है कि ''कत्यूर खानदान वाले काबुल कश्मीर के नृपति तुरुक्ष खानदान से थे''। इसी ''खानदान के पुत्र सम्राट वासुदेव थे''[54], जिन्होंने जोशीमठ (गढ़वाल) को अपना धाम बनाया। यह सत्य है कि कत्यूरी राजाओं का राज्य ''सिक्किम से काबुल तथा दक्षिण में बिजनौर, दिल्ली, रोहिलखण्ड आदि प्रांतों में था'' और कार्तिकेयपुर (बैजनाथ–गरूड़) इनकी राजधानी थी। सम्राट वासुदेव सबसे प्रथम राजा थे जो जोशीमठ में आये और उनके वंशजों ने कार्तिकेयपुर आदि स्थानों से राज्य किया। सम्राट वासुदेव के पुत्र, सम्राट कनकदेव का काबुल में मारे जाने का प्रकरण भी इतिहास में आया है, जिन्हें खुद उनके मंत्री ने मरवा दिया था। कत्यूरियों की राजधानी कार्तिकेयपुर (बैजनाथ के पास) थी, इसके प्रमाण आधिक मिलते हैं। गढ़वाल (जोशीमठ) से आकर ''कत्यूरी राजाओं ने गोमती नदी के किनारे''[55] ''बैजनाथ गाँव के पास महादेव के पुत्र स्वामी कार्तिकेय के नाम से कार्तिकेयपुर बसाया।'' संवत् 25 के ताम्रपत्र में ''पद्‌मटदेव पुत्र देशटदेव, राजधानी कार्तिकेयपुर लिखी है।''[56] इसके पूर्व संवत् 4 के ताम्रपत्र में सुभिक्षराज देव प्रभु पद्‌मटदेव लिखा है। ''इसका अर्थ यह होता है कि दादा की राजधानी ही पोते की राजधानी रही होगी,जो कार्तिकेयपुर थी।'' इसी प्रकार संवत् 22 के दूसरे ताम्रपत्र में राजा निम्वर्तदेव, उनका पुत्र इड्‌ग देव, उनका पुत्र ललितदेव लिखा है'', जो कार्तिकेयपुर का होना दर्शाता है। उसी तरह, ''विजयेश्वर महादेव ताम्रपत्र में गाँव चढ़ाने की सनद है।''[57] इस में तीन पुश्त के राजाओं के नाम ''सलौणादित्य, उनके बेटे इच्छट देव, उनके पुत्र राजा देशटदेव

हैं। राज्य स्थान इनका कार्तिकेयपुर लिखा है।''[58] सारे के सारे ताम्रपत्र कार्तिकेयपुर की मुहर से जारी किये गये हैं।

यह प्रमाणित माना जाता है कि जोशीमठ से आने के बाद कत्यूरियों की राजधानी कार्तिकेयपुर थी, जो बैजनाथ के नजदीक है। कार्तिकेयपुर आने से पूर्व देव सम्राट की एक रोचक कथा भी जानी जाती है। जोशीमठ में आज भी वासुदेव का मंदिर है, जो कहा जाता है कि ''कत्यूरियों के मूल पुरुष वासुदेव ने बनावाया है'', जिसमें **''श्री वासुदेव गिरिराज चक्र चूड़ामणि''** खुदा है। इस मंदिर के साथ संकर्षण, प्रद्युम्न, अनिरुद्ध आदि अन्य मंदिर भी बनाये गये हैं। हुआ यों कि सम्राट वासुदेव शिकार को गये थे, और उन्होंने आकर देखा कि कोई उनके शयन कक्ष की चारपाई में बड़े आराम से सो रहा है। रानी ने बताया कि वह कोई देवता है, जो आराम कर रहे हैं। राजा ने गुस्से से तलवार से वार किया और उनसे दूध की धारा बहने लगी। वह बोले कि ''हे राजन् मैं तेरे राज्य से बहुत खुश था। मैं नृसिंह हूँ। तूने मेरे शरीर में घाव कर दिया है। यह घाव मेरी मूर्ति में भी रहेगा। तेरी सजा यह है कि तू यहाँ से चला जा और कत्यूर में तेरी राजधानी होगी। जिस दिन मेरी मूर्ति खंडित हो जायेगी, तेरे वंश का अंत हो जायेगा।'' शालिनवाहिन वंशी राजा कत्यूर आये और इस प्रकार नृसिंह के श्राप से कत्यूर वंश के शासन काल का कत्यूर से प्रारंभ और अंत भी हुआ।

कत्यूर वंशी देव सम्राट पूरे इतिहास में विजय, दान, ताम्रपत्र, निर्माण एवं धार्मिक संरक्षण के प्रकरणों से परिपूर्ण हैं। कई पुश्तों के शासनकाल के बाद सन् 700 के लगभग इनके अवसान व राज्य विप्लव की शुरूआत हुई। श्रीनृसिंह के श्राप अथवा इनके स्वयं के दुराचारी एवं अन्यायपूर्ण शासन अथवा लंबे समय तक शासन करने के बाद थकान, अनिच्छा एवं ऐशो—आराम की आदत के चलते कत्यूर वंशीय राजा छोटे—छोटे टुकुड़ों में बंटते गये और मांडलिक रूप में विभक्त होते गये। एक समय के चक्रवर्ती सम्राटों के वंशज लगभग छः हिस्सों या मांडलिक राजाओं के रूप में आपस में ही कट—फट गये। कहा जाता है कि अन्तिम दौर के कत्यूरी राजा अत्यधिक लूट—खसोट प्रवृत्ति के हो चले थे। अंतिम राजा धामदेव एवं उसके बाद राजा बिर सिंह देव (ब्रह्मदेव) हुए। तैलीहाट (कौसानी) में आज भी ''आटा नापने का पत्थर उपलब्ध है। इसी के नजदीक राजा का

पानी पीने का नौला है, जिसे ''धामदेव–ब्रह्मदेव का नौला कहते हैं।'' कहा जाता है कि जिला बिजनौर का धामपुर नगर भी राजा धामदेव ने ही बसाया था।

राजा ब्रह्मदेव या बिरदेव सूर्यवंशी आखिरी कत्यूरी महाराजा थे। राजा सोमचंद से वह बहुत खुश थे और अपनी इकलौती लड़की को उन्हें ब्याह कर ''चम्पावत एवं भाबर में 15 बीघा जमीन दी।''[59] राजा ब्रह्मदेव ने टनकपुर की मंडी, जो अब नेपाल में है, ब्रह्मदेव नाम से बसाई। इसे आजकल 'बरम द्यौ' मंडी के नामसे जाना जाता है। राज्य की निरंतर बर्बादी का मुख्य कारण राजा बिरसिंह देव (ब्रह्मदेव) का अपना व्यवहार एवं अमर्यादित चरित्र भी रहा, जिससे राज्य–वासी बहुत असंतुष्ट थे और स्वयं राज घराने में भी फूट गई हो चली थी, जिससे कत्यूरी वंश छः भागों में अलग–अलग विभक्त होकर अपना–अपना स्थान मजबूत करने में लग गये। ये छः खंड इस प्रकार विभक्त हुए : 1. सूई (बिशुंग), 2. डोटी, 3. अस्कोट, 4. कत्यूर दानपुर, 5. पाली–द्वाराहाट और 6. बारामण्डल। अत्याचार जो किया वह किया, यहाँ तक कि राजा ''बिरसिंह देव ने स्वयं अपनी मामी के साथ जबरदस्ती ब्याह रचा लिया।''[60] उस मामी का नाम ''तिला उर्फ तिलोत्तमा''[61] था। ''मामी तिले धार बोला'' की धुन, जिसे कुमाऊँ–गढ़वाल के अनगिनत लोक–गीतों में प्रयोग किया गया है, उसी मामी की कहानी में आधारित एवं प्रचलित है। ''तिले धार् बोला'', मूल ग्रामीण धुन में कुछ दुःख और कटाक्ष को संजोये हुए है, परन्तु आज इसे इसके सही रूप में प्रयोग न करते हुए इसकी लय के आधार पर प्रयुक्त किया गया है। सम्राट बिरसिंह देव इतने क्रूर थे कि डोली ढ़ोने वालों के कंधों में छेद कर देते थे और इन छेदों में लोहे की जंजीर डालकर बांध देते थे, ताकि वे उन्हें पहाड़ों में चलते हुए गिरा न सकें। उनके अन्याय से तंग आकर डोली ढ़ोने वाले कहारों ने एक दिन ऊंची चोटी से कूद लगा दी। न रहा बांस, न रही बांसुरी। चोटी से गिरने से उनकी मृत्यु हो गई और इस तरह राजा एवं उनके अन्याय, दोनों का ही अंत हो गया।

इस तरह के अन्यायपूर्ण दुर्व्यवहार एवं राजा के अत्याचार के उपरांत राज घराने में अविश्वास बढ़ा और राज्य टूट गया। इससे पूर्व राजा ब्रह्मदेव (बिरदेव) ने ब्रह्मपुर मंडी बसाने से पूर्व ''काली–कुमाऊँ में अपना राज्य स्थापित कर लिया था। डुमकोट का राजा रावत इनके अधीन था।''[62] ''इनका किला सुई में था।'' हम लोग ''डोटी वंशावली'' के हैं

और इस प्रकार के प्रमाण हैं कि हम पहले से ही काली कुमाऊँ में थे और रजवारों आदि से पहले कत्यूर से आ गये थे। रजवार, शाही, एवं पाल ''रजवार अस्कोट वंशावली'' के हैं, जो राजा अभयपाल के सन् 1279 में अस्कोट आने के बाद जाने गये। राज्य विघटन के बाद, जबसे 'देव' के आगे 'पाल' जोड़ा गया, ''तब से वे राजवर गिने गये।''[63] यानि, बतौर मांडलिक राजा के जो बड़े राजा के मातहती में हों''। ''राजवर का पद भी कत्यूरी साम्राज्य के समय राजवंश के छोटे कुटुम्बों का था।''[64] राजवरों ने ''अपनी पदवी 'देव' से 'पाल' में बदली, क्योंकि 'देव' की पदवी छत्रधारी कत्यूरी सम्राट की है।''[65] इसी के साथ अभयपाल देव के पूर्ववर्ती राजा त्रिलोकपाल के ''दूसरे पुत्र, निरंजनमल्ल देव, के वंशज मल्ल कहलाये।'' इन्हीं के वंशजों में से ''बड़े पुत्र, शमशेर मल्ल, के वंशज मल्ल और छोटे पुत्र, अर्जुन शाही के वंशज शाही कहलाये।'' नाम, स्थान एवं उपनाम भले ही बदल गये हों, कत्यूरवंशी सभी 'देव' हैं।

कत्यूरी देव सूर्यवंशी हैं और इनकी मुहर व सिक्कों में सूर्यदेव की प्रतिमा अंकित थी। इनकी भाषा संस्कृत थी, किन्तु राज्य के अंत होने के बाद यह बदल गई। सब अपनी–अपनी दिशाओं को गये, परन्तु काली कुमाऊँ के 'देव', राजा ब्रह्मदेव (बिरदेव) काली–कुमाऊँ एवं भाबर के तराई क्षेत्र में रहे। राजा धामपुर भी गये और बिजनौर भी, परन्तु जनता काली–कुमाऊँ में ही रही। राजा तो सेना के साथ थे। यहाँ के देवों ने न नाम बदला और न पदवी। राजा के साथ हर संघर्ष में शामिल रहे। बिशुंग के देव उस समय से भी पूर्व से हैं, जब राजा ब्रह्मदेव (बिरदेव) ने 8वीं शताब्दी में अपनी लड़की राजा सोमचंद को ब्याही थी। 'देव कुल' 8वीं शताब्दी से काली कुमाऊँ में था। इसके प्रमाण भी हैं। खसों ने राजा वीरचंद से पूर्व 869 ई0 से लगभग 1064 ई0तक काली–कुमाऊँ में राज्य किया। चंद राजा टनकपुर को भाग गया और लगभग 194–96 वर्षों बाद सत्ता वापस प्राप्त की। बिशुंग के देव लगभग मध्य आठवीं शताब्दी में फोर्ती में आकर बसे, वह भी राजा के भाग जाने के बाद। यह मायावती से मिला सघन जंगल था। इतना निश्चित है कि देव नेपाल से आने वाले कुछ परिवार ही थे, जिनमें कुछ राजा के साथ पढ़ने–लिखने का कार्य करते थे, कुछ किसान थे और कुछ अन्य कार्य करते थे। परिवार छोटा था और लोग भी सशक्त थे। खसों ने कत्यूर वंशी काली–कुमाऊँ के देवों को

लालच भी दिया, किन्तु, ये अपने वंश व निष्कासित राजा की आस्था के साथ जुड़े रहे। देव वंश में एक भाई चंद राजा के समय के पढ़े लिखे एवं राजा के काफी करीब थे। शेष दो भाई एवं उनके परिवार कृषि कार्यों एवं राज्य के कार्यों में मेहनत–मजदूरी करते थे। यह तब का वाकया है जब चंद राजा के भागने के बाद खस राजा गद्दी में काबिज हो गये थे।

मेरे दादा जी के बक्से में नेपाली में लिखे खतों का अंबार था और उनमें से स्वयं मैंने नेपाली भाषा में लिखी गई नजीरें 10वीं शताब्दी की पढ़ी थीं। वहीं फोर्ती में देव वंश का होने का स्वाभाविक प्रमाण एक अन्य रूप में मिलता है। फोर्ती 'त्यौनर मंदिर' मूल रूप में नेपाल सम्राट का मंदिर हुआ करता था और 'बैजनाथ' व माता 'कोकिला' (कोटगाड़ी) कत्यूर वंश के ईष्ट थे। 'त्यौनर' नेपाल से ही देव वंश के ईष्ट थे, जो तब से लेकर अब तक इनके काली–कुमाऊँ में भी ईष्ट हुए। इसी मंदिर से जुड़ा साक्ष्य बताता है कि देव सन् 700–800 में भी इसी मंदिर में पूजा–पाठ करते थे और ईष्टदेव का मंदिर उस समय भी जागृत रूप से विद्यमान था। तत्कालीन इतिहास के अनुसार, जैसा कि 'ब्यान–धुरा' के संबंध में कई लोगों ने लिखा है, ''त्यौंदर'' का अर्थ होता है, ''सबसे बड़ी शक्ति का घर''। इसके बारे में लिखने की व्यग्रता होते हुए भी उस इतिहास को यहाँ व्यक्त नहीं किया जा रहा है, क्योंकि उसके बारे में लगभग सभी को मालूम है। आज 'त्यौंदर' को बदला हुआ नाम 'त्यौंनर' से पुकारा जाता है, और अर्थ दोनों के एक ही होते हैं। त्यौनर का अर्थ होता है, ''सबसे बड़ी शक्ति का नर (व्यक्ति)''। हमारे ईष्टदेव का घर बाईस सदस्यों का माना गया है और 'नर' वह, जैसा कि पाँच पाण्डवों में 'भीम'। मुख्य बात यह प्रमाणित करने की है कि देवों ने 8वीं शताब्दी में भी फोर्ती त्यौंदर (त्यौनर) मंदिर में ईष्ट के रूप में पूजा–अर्चना की थी?

वास्तव में फोर्ती मंदिर के अस्तित्व एवं इसकी पहचान का ज्ञान मात्र शक्ति पीठ के देवदारों की झुरमुट से ही नहीं होता है। इसकी बाईस नाली भूमि के क्षेत्रफल में तब देवदार का घना जंगल रहा होगा। आज भी इन वृक्षों से इनकी उत्पत्ति एवं स्थायित्व का अंदाजा लगाया जा सकता है। इस मंदिर की धार्मिक एवं ऐतिहासिक पृष्ठभूमि वास्तव में इसके अंदर के शहतूत (किमी) के पेड़ से प्रमाणित होती है। देवदार का जंगल तो चारों

ओर रहा होगा और मंदिर को ''विशिष्ट करने के लिए शहतूत के वृक्ष (तब तक भारत वर्ष में इसका उपयोग अपरिचित) को पूर्वजों ने मंदिर के साथ लगाया था।''[66] हिमालय जैसे पवित्र देश के शासक के होने से ये (कत्यूरी) राजा ''कठेड़ (रोहिलखण्ड) के राजाओं से उच्च गिने जाते हैं।'' अपनी इसी सार्वभौमिक उच्चता की भावना से ही देववंशी पूर्वजों ने इस मंदिर की स्थापना में विशुद्ध रेशम प्रदान करने वाले शहतूत (किमी) का वृक्ष, एक ऐसा वृक्ष जिसे देवलोक के पारिजात के बराबर मूल्यवान समझ, लगाया था। शहतूत (किमी) का प्रयोग हमारे देश में न लोग जानते थे और नही इसकी उपज होती थी। यह भी ज्ञान नहीं था कि किसी कीड़े के इसको खाने से रेशम उत्पन्न होगा। रेशमी वस्त्र तो तब देवताओं और राजाओं का गहना होता था, जिसे राजाओं के लिए कुछ देशों से मुश्किल से मंगाया जाता था। ''सातवीं सदी में तिब्बत राज्य की रानी स्त्रोंगजांग गांपो रेशम के कीड़े लेकर आई।''[67] नेपाल की रानी ने इसका प्रचार नेपाल में किया और राजा सोमचंद की राजधानी चंम्पावत (काली कुमाऊँ) में भी इसका प्रचार–प्रसार 7वीं सदी में ही हुआ। राजा के मातहतों को आदेश दिया गया कि अधिक से अधिक रेशम उत्पादन हेतु शहतूत के पेड़ लगाये जायें एव पटुवों को रेशम बुनने हेतु मैदानी भागों से लाया गया। इन पटुवों ने बड़े–बड़े मकानों के अंदर कीड़ों के बुने जालों से रेशम बनाई और धागों को रंगने का काम किया। पटुवे रंगरेज थे और रंगचढ़ाने के लिए कई प्रकार की अफवाह (पटुवरंग्याली) चलाते थे और कहा जाता था कि ऐसा करने से रंग तेज चढ़ता है। पूरा शहतूत संबंधी कार्यकलाप राजा के विश्वास पात्रों की निगरानी में किया जाता था और कोई खास ही इसका वृक्ष को रोपने हेतु पा सकता था। देव कुल की मर्यादा एवं साख से ही फोर्ती त्यौनर मंदिर में शहतूत (किमी) उस युग में लगाने हेतु किसी सिद्ध पूर्वज को प्राप्त हुआ होगा, जो आज भी मंदिर के अनुपम विशिष्ट होने की गाथा का स्वयं में बखान करता है। यह भी निश्चित है कि जिस पूर्वज ने मंदिर की शोभा अद्वितीय एवं अनूठी बनाने का सपना साकार करा होगा वह अवश्यय ही राज्य कार्य के उत्कृष्ट पद पर सुशोभित रहा होगा। किमी (शहतूत) में कपड़ा बिनने वाले कीड़े न हो भले ही, परन्तु रेशम का भंडार तो इसके अंदर है ही! मेरा मन्तव्य किमी, रेशम अथवा इसके कीड़ों का वर्णन करना नहीं है। यहाँ सिर्फ यह कहने का प्रयास मात्र किया गया है कि किस प्रकार कत्यूरी देवकुल का 7वीं अथवा 8वीं सदी के प्रारम्भ में शहतूत (किमी) के वृक्ष से फोर्ती में

होना प्रमाणित होता है। फोर्ती के इस मंदिर के अतिरिक्त उस पूरे क्षेत्र में कहीं भी उतना पुराना किमी (शहतूत) के वृक्ष का होना नहीं पाया जाता है।

एक किमी का वृक्ष देव लोगों के आवास फोर्ती में भी लगाया गया था। पूर्वजों की बताई गई बातों के अनुसार एक वृक्ष किसी अन्य पवित्र स्थल में भी लगाया गया था, जिसका अब कोई उल्लेख नहीं मिलता है। फोर्ती के 83 वर्षीय, सबसे उम्र–दराज पंडित श्री भूधर दत्त बगौली ने बताया कि ''त्यौनर मंदिर फोर्ती का किमी का वृक्ष उन्होंने बचपन में भी ऐसा ही देखा था, जैसा कि यह आज है। इसकी उम्र का अन्दाजा पहले भी कोई नहीं लगा सका। यह अत्यधिक प्राचीन वृक्ष है। हां, फोर्ती के गांव में किमी का एक प्राचीन विशालकाय वृक्ष था जो बाद के वर्षों में टूट कर गिर गया।'' यह पलता रहा और टूटता रहा, पर इसकी जड़ें सदा मजबूत रहीं। इतने महत्व के वृक्ष के संबंध में यह सावधानी अवश्य बरती जानी चाहिए कि यदि मंदिर की गब्यूरी को पूर्व की ओर विस्तारित किया जाता है तो उसकी पूर्वमुखी जड़ें, जैसा कि शहतूत में होता है, न कटें। द्यौ (देव) जहाँ भी हैं या रहे, उनका संबंध हमेशा शिलिंग के पेड़ और महारूद्र से गहरा संबंध रहा है।

देव (द्यौ) कत्यूरियों के नेपाल में भट्ट कुल पुरोहित थे और जब फोर्ती में आये तो पांडे इनके पुरोहित बने। फोर्ती में त्यौनर मंदिर के उत्तर की पठारनुमा उभार में महारूद्र की अत्यधिक प्राचीन स्थापना शिवलिंग के रूप में पाण्डे और देव लोगों ने ही मिलकर की थी। फोर्ती में तब के देव परिवारों का आभास पाण्डुलिपियों एवं अन्य सनदों से होता है। कुल तीन देव परिवार जब काफी बड़े हो चले, तो 12वीं–13वीं शताब्दी में दो परिवारों का समस्त कुनबा फोर्ती के उत्तर में, लगभग आधा किलोमीटर की दूर, धरासी नदी के किनारे से दक्षिण में 'बनी त्यौंदर' तक बस गये। एक परिवार का कुनबा, जो समृद्ध भी था और पढ़े–लिखे होने के कारण राज–काज में भी दखल रखते थे, या तो राजशाही के कार्यालयों अथवा अन्यत्र कार्य करते थे। यह तीसरा परिवार भी कुछ वर्षों बाद, 15वीं सदी में, अपने अन्य भाई, सहजनों के पास धरासी घाटी के मुंध्यारी में भी बसे। जैसा कि 'त्यौदर मंदिर व 'शिव मंदिर' फोर्ती में ही था, इनका आना जाना एवं खेती, खलिहान फोर्ती में भी जारी रहा।

जैसा कि समय–समय पर हमारे बुजुर्गों ने बताया है, खस राजाओं ने पढ़े लिखे देव लोगों को परेशान करना शुरू कर दिया था। 10वीं सदी के आस–पास तीन देव परिवारों के अतिरिक्त एक परिवार पूरे कुनबे सहित डोटी वंश के अन्तर्गत नेपाल चले गये, जहाँ 13वीं सदी तक वे डंडोलधुरा जिला अन्तर्गत निवास करते रहे, और परिवार के सभ्य, पढ़े लिखे एवं जागरूक होने के नाते उन्हें राज–काज में भरपूर स्थान दिया गया। यहाँ ये काफी सफल एवं समृद्ध थे, किन्तु देवों के चंद राजाओं के साथ मधुर संबंधों के चलते खसों ने इन्हें यहाँ भी अत्यधिक परेशान करना शुरु कर दिया। बुजुर्गों की बातों एवं सनद आदि के हवाले से पता चलना बताया गया है कि देव वंशी लोग पुनः 14वीं शताब्दी के प्रारम्भ में फोर्ती आ गये थे। उनका वापस काली कुमाऊँ आने का एक कारण यह भी था कि चंद राजाओं के शासनकाल में भी देव कत्यूरी वंश माण्डलिक राजा थे और आपसी संबंधों के कारण उन्हें यहाँ किसी प्रकार की दुश्मनी अथवा दुश्मन राजा का सामना नहीं करना पड़ता था। जब राजा उद्यान चंद चंपावत में राज्य करते थे, तो ''राजा बिरसिंह देव ने बानणी देवी के पूर्व बिसौतकोट पर अधिकार जमा लिया था।''[68] इसी प्रकार, एटकिंसन लिखता है कि ''पुराने मंदिर में एक पत्थर मिला, जिसमें अर्जुन देव संवत् 1334 (सन् 1306) लिखा हुआ था।''[69] उसी तरह ''अल्मोड़ा में मंदिर के एक पत्थर से संवत् 1405 (सन् 1348) लिखा था। निर्माता का नाम निरमपाल देव था।''[70] देव कुल को काली कुमाऊँ में 13वीं – 14वीं शताब्दी में भी राजकुल का ही सम्मान प्राप्त था। बी0डी0 पाण्डे लिखते हैं कि बैजनाथ में मंदिर का ''एक पत्थर सन् 1352 ई0 का मिला था, जिसमें लिखा है कि गंगोली के राजा हमीरदेव, लिंग राजदेव, धरालदेव ने मंदिर का कलश बनाया।'' कहने का तात्पर्य यह है कि देव वंशी एवं चंद वंशी दोनों साथ–साथ खण्डों में राज्य करते थे और आपस में उनका कोई बैर नहीं था।

पन्द्रहवीं शताब्दी के मध्य में एक अप्रिय घटना घटी और फोर्ती में देव वंश को लगभग धराशायी होकर मुंध्यारी अपने दो अन्य परिवारों के मध्य विस्थापित होने को बाध्य होना पड़ा। यह भी एक प्रकार का राज्य विप्लव था, जैसा कि राजा बिरसिंह देव के शासनकाल के अंत में हुआ। पालों या रजवारों ने अपने को संगठित किया और उनका राज्य चलता गया। विघटित देवों में टूट–फूट होती रही। ठा0 श्री जयभानू सिंह देव के पिता जी चंद

राजा के अन्तर्गत पंचायती कार्यालय में सरकारी मुलाजिम थे। उनके छोटे बेटे अल्मोड़ा कक्षा पांचवी में विद्या अर्जन करते थे। उनके सहपाठी देव कुल के पुरोहित पाण्डे जी के पुत्र थे। एक दिन दोनों में किसी बात को लेकर ठन गई। राजा बिक्रमचंद (सन् 1433–1437) का शासन था। एक दिन ठा0 श्री जयभानू सिंह देव के छोटे बेटे को शरारत सूझी और उन्होंने घर छुट्टी में जा रहे पुरोहित पाण्डे जी के लिए एक डिब्बा बंद कर बांध दिया और कहा पहुंच कर उनके घर में अच्छी तरह पकड़ा दे। उन्होंने ऐसा ही किया। फोर्ती त्यौनर मंदिर और महारूद्र मंदिर के बीच में पुरोहित पाण्डे की झोपड़ी थी, जिसमें वे सपरिवार रहते थे। घर में आकर जब डिब्बा खोला गया तो उसमें उन्होंने एक नया जूता खरीदकर भेजा था। पाण्डे जी अपने सिर में उस डिब्बे को रखकर लाये थे। अपमान एवं कुंठा से उनका दिल टूट गया। वे समझ गये कि ब्राह्मण के सिर में जूता रखवा कर उनको जानबूझ कर लज्जित किया गया। बुजुर्गों ने बताया कि पाण्डे जी ने पूरे परिवार सहित अपने को आग लगा ली और गाय–भैंसों सहित स्वाहा हो गये। बहुत बड़ा पाप हो गया था। सर्वत्र त्राहि–त्राहि हो गई थी।

पश्चाताप् एवं दुःखी मन से पूरा देव कुटुम्ब बर्बाद हो फोर्ती छोड़कर अपने अन्य दो परिवारों के पास आ गया। फोर्ती की जमीन, मकान एवं अन्य सम्पत्ति वहीं कुछ छोड़ या कुछ बेच कर आ गये। मुन्ध्यारी एवं धरासी में पूर्व में आ गये परिवार भी बराबर के साथी रहे और जीवन यापन करने लगे। 16वीं शताब्दी के मध्य, पहले से धरासी घाटी में आ गये परिवार आज के झलान देव–मज गाँव तोक में आकर बस गये। सोलहवीं शताब्दी के लगभग इन दो परिवारों के कुटुम्बी भी आपस में बंट गये। एक कुलदेव में आकर बसा और दूसरा वहीं स्थायी रूप से खेती–बाड़ी करने लगा। तीसरे परिवार ने कलादेव (कालादेव) में बस कर स्थायित्व पाया। इस प्रकार से ठा0 जयभानु सिंह देव के पुत्र ठा0 रणजीत सिंह देव कालादेव के कुल पुरुष कहलाये।

यद्यपि कालांतर में पाण्डे पंडित जी की कहानी आई गई हो गई और राजकुल से संबंधित होने के कारण दबंगई में गरीब की बात दब कर रह गई। किन्तु, उस आवाज की आह की आग वस्तुतः आज भी ठंडी नहीं हुई है। ठा0 रणजीत सिंह देव पुत्र ठा0 जयभानु सिंह देव, के दो पुत्र हुए। बड़े का नाम ठा0 भ्यूंराज सिंह देव और दूसरे का नाम ठा0

उदयसिंह देव हुआ। ठा0 भ्यूंराज सिंह देव के ठा0 भवान सिंह देव, ठा0 दलीप सिह देव, ठा0 शेर सिंह देव, ठा0 हर सिंह देव, ठा0 गुलाब सिंह देव, ठा0 लक्ष्मण सिंह देव और ठा0 उमेद सिंह देव पुत्र हुए। ठा0 उदय सिंह देव के ठा0 जमन सिंह देव, ठा0 लाल सिंह देव, ठा0 प्रताप सिंह देव एवं ठा0 धर्म सिंह देव एवं एक लड़के और हुए जिनकी शादी हो चुकी थी, किन्तु बचपन में ही उनका इंतकाल हो गया था, जबकि उनकी पत्नी लगभग बारह वर्ष तक जीवित रहीं। लोगों को उनका भी श्राद्ध आदि में स्मरण करना चाहिए, जो कि नहीं किया जाता। पाण्डे पुरोहित के स्थान पर उनके भांजे, बगौली जी को देव कुल का पुरोहित निर्धारित किया गया। बगौली गौड़ वंशी उच्च कोटि के ब्राह्मण माने जाते हैं, जो झांसी से आये बताये गये हैं। यद्यपि मात्र एक तीसरे परिवार ने जाने–अनजाने पुरोहित पाण्डे के साथ अपराध किया था, पूरे चार तोक के देवों ने एक परिवार की तरह अपराध स्वीकारा और संयुक्त रूप से ब्राह्मण की आत्महत्या का पाप भुगतते रहे। बाद के दिनों में झलान एवं मजगाँव तोक के भाईयों ने पं0 उपाध्याय को अपना ब्राह्मण बनाया था, जो आज तक बगौली के साथ–साथ चलते आये हैं। उपाध्याय ब्राहमण भी ''झांसी मूल के उच्च गौड़ वंशीय कुल के बताये गये हैं।''

कालादेव के अधिकतर सभी पित्र पढ़े लिखे थे और सरकारी एवं गैर सरकारी पदों में कार्यरत रहे। झलानदेव एवं कुलदेव में लोग अधिकतर खेतीहर थे, किन्तु सभी परिवारों एवं तोकों में अत्यधिक एकता थी। विगत चार–पाँच सौ वर्षों में जो हुआ सो हुआ, किन्तु एक बात आज भी कटु सत्य है कि तरह जिंदा है कि यदि बिशुंग के कत्यूर वंशी किसी भी देव की जन्मपत्री ब्राह्मण ने सही बनाई हो तो उसमें कष्टकारी पित्र–दोष की छाया अवश्य होती है या होगी। पाण्डे ब्राह्मण के स्वःदाह का पाप बिना उपचार के कभी ठीक नहीं होगा। इसका उपाय यह है कि लोगों को मिल–जुल कर किसी बड़े आचार्य की सहायता से इसका प्रायश्चित्त पूर्ण विधि–विधान के साथ संपन्न करना चाहिए।

बिशुंग के मुरारी (मोराड़ी) अपने को गुजरात से आना बताते हैं, जिसका कोई पुष्ट प्रमाण नहीं है। पं0 गंगादत्त उप्रेती जी के अनुसार मोराड़ी भट्ट वंश के ब्राह्मण हैं, जो नेपाल से काली कुमाऊँ आये हैं। हो सकता है, वे नेपाल में भी पहले गुजरात से गये हों। जो भी हो, बिशुंग के ऐतिहासिक एवं सामाजिक विकास के वे पूर्ण कर्णधार माने जाते हैं। जितने

बिशुंग के राजपूत मजबूत हैं, उतने ही ये भी मजबूत और समर्थ हैं। क्षेत्रीय, व्यापारिक परम्पराओं एवं वाणिज्यिक ज्ञान में सिद्ध हस्त, सफल, सम्पन्न एवं नीति–कुशल हैं। कड़ाई मंदिर की नवदुर्गा, विशेषकर माँ काली की पूजा–पाठ का इनके पास पूर्ण अधिकार है और इसमें ये सम्पूर्णता के साथ तंमय होकर योगदान देते आये हैं। बिशुंग में इनकी कर्मकांड के हिसाब से सबसे बड़ी पंडिताई है। उपाध्याय भी यहाँ महारूद्र की पूजा–अर्चना के कर्मकांड में ब्राह्मण का कार्य करते हैं और फोर्ती के उपाध्यायों से उनका नजदीकी संबंध है। आचार्य दया मुरारी वेद–पुराणों के सबसे उत्कृष्ट ज्ञाता एवं विद्वान पंडित माने गये हैं।

मोराड़ी (मुरारी) के परिप्रेक्ष्य में एक तथ्य का व्याख्यान करना अतिआवश्यक है, जो इतिहास, कर्मकाण्ड एवं समाज–तीनों से जुड़ा है। एक शब्द है 'कोट', जो अपने आप में बहुत कुछ संजोये हुए है और उतना ही रोमांचकारी है इसका ऐतिहासिक प्रसंग, जितना कि आसान एवं मधुर यह बोलने में लगता है। 'कोट की देवी', 'कोट माहरा' एवं 'कोटा पय'– ये तीनों संयुक्त शब्द हैं, जिनका मूल 'कोट' है। इन तीनों ही शब्द समूह से मोराड़ी ब्राह्मणों का गहरा नाता है। जैसा कि पूर्व में वर्णन किया है, **श्री हरिवं□ा पुराण** में यह स्पष्ट रूप से बताया गया है कि 'कोट की देवी' ही साक्षात् माँ पार्वती है, जिन्होंने स्कन्द एवं बाणासुर को श्रीकृष्ण द्वारा वध किये जाने से बचाया था। यह परमेश्वरी माता काली ही हैं, जो बाणासुर के किले की प्रथम महराव की जड़ में पूर्व की ओर स्थापित हैं और इसे प्रमुखतया आज के युग में मोराड़ी ब्राह्मणों की काली के रूप में जाना जाता है। 'कोट' शब्द का अर्थ होता है 'किला', जैसा कि शब्दकोष में उपलब्ध है। 'कोट की देवी', जैसा पुराण में उल्लिखित है, बाणासुर के किले की देवी पार्वती माँ कात्यायनी या माता काली हैं। 'कोट माहरा' का तात्पर्य है किले का माहरा, अर्थात् वह माहरा जिसे चंद राजा द्वारा किले की देख–रेख का प्रभार दिया गया था।

राजा कल्याण चंद के पुत्र राजा दीपचंद सन् 1748 से 1777 तक गद्दी में रहे, किन्तु शारीरिक रूप से अपंग होने के कारण राजा द्वारा श्री शिवदत्त जोशी को उन्हें देख–रेख हेतु दिया गया, भले ही सारी शक्ति एवं जिम्मेदारी एक सर्वेसर्वा के रूप में श्री मोहन सिंह को दी गई। सन् 1790 में काली नदी की ओर से गोरखा फौज ने सोर और ''बिशुंग में चढ़ाई कर दी''। उनके बिशुंग में कब्जा करने से पूर्व राजा किले की देख–रेख के लिए

कोट के माहरा को दे गया। बाणासुर के किले के सिरे से खण्डहर हो चले महल को राजा कल्याण चंद ने 16 वीं एवं 17वी शताब्दी में सुधार करते हुए कई सुंदर कक्ष एवं सुरक्षा की दृष्टि से चाहरदीवारी बनाई, जिसमें तोपों का भी प्रावधान किया गया। शब्दकोष में 'कोट' का दूसरा अर्थ दीवार भी है। गोरखाओं ने सन् 1790 में अमर सिंह थापा के अन्तर्गत बिशुंग और कौठालगढ़ (सुईं) में अधिकार कर लिया और इसी वर्ष अल्मोड़ा को भी अपने कब्जे में लिया। अप्रैल 27,सन् 1815 को एक संधि के अन्तर्गत पूरे कुमाऊँ में अंग्रेजों ने अपना अधिपत्य जमा लिया था। संधि होने के बाद नेपाल लौटने से पूर्व तक गोरखा सुईं और बिशुंग में भी काबिज रहे। 'गोरखाली राज', जैसे इसे कहा जाता था, बिशुंग–सुईं के लोगों ने भी लूटपाट की डर से अपना धन मंदिरों के आस–पास गाड़ दिया था, अथवा मकानों की गोठ में छुपा दिया था। गोरखा दण्ड प्रक्रिया और सैनिक लूटपाट का तरीका भी बड़ा वीभत्स एवं डरावना था।

तीसरा महत्वपूर्ण शब्द 'कोटा–पय' है। पय का शाब्दिक अर्थ वह 'खंडहर' होता है जिसे 'जीर्ण–शीर्ण' कर दिया गया हो। इसका प्रयोग समय के थपेड़ों से सदियों तक संघर्ष करते–करते थक कर टूट जाने के लिए किया गया होगा, जो आज तक प्रचलित है। लोग 'कोटा–पय' देखने जाने की बात करते हैं, जिसका सीधा तात्पर्य यही होता है कि 'किले के खंडहर' को देखने जाना, जिससे कि कोई भी इसके पीछे के इतिहास में अपने नजरिये से दृष्टिपात कर सके और एक अनुमान उस समय की संस्कृति एवं बनावट का लगा सके। उक्त तीनों शब्दों के समूह में एक रूपता का आधिपत्य है। किले की काली पार्वती माँ, कात्यायनी किले की मूल में हैं, जो श्रीकृष्ण के शोणितपुर में आने से पूर्व की स्थापित हैं। कड़ाई माता माँ का बालरूप में नवदुर्गा की स्थापना है, जिसमें माता काली भी हैं। इसकी स्थापना उसके बाद हुई है। कहावत है कि 'पनसेज' में माहराओं की एक बुढ़िया का सब कुछ नष्ट हो गया था। मनुष्य, जानवर, और सगे–संबंधी सभी कुछ बर्बाद हो चुका था। सिर्फ एक बिना दूध देने वाली गाय बची थी। एक दिन एक सुंदर कन्या उसके पास आई और उसने कहा, 'मुझे दूध पिलाओ।' बुढ़िया ने सच्ची बात कह कर असमर्थता जताई। उस कन्या ने कहा, 'जाओ नीचे अपनी गाय के पास जाओ और वह दूध दे देगी'। ऐसा ही हुआ। बुढ़िया ने कन्या का पता पूछा। उसने कहा, 'कल

अमुक–अमुक स्थान पर दूध लेकर आना' और उसके पश्चात् वह चली गई। दूसरे दिन, जहाँ आज कड़ाई माता का स्थान जागृत है, वह बुढ़िया दूध लेकर गई तो उसने वहाँ उसी कन्या को सुंदर परिधान में सजी–संवरी पाया। उसने कहा, ''मैं नव–दुर्गा हूँ। यही मेरा स्थान है। जाओ तुम्हारा कल्याण होगा''। बुढ़िया का खोया हुआ लड़का वापस आ गया और घर परिवार सु–संपन्न हो दुबारा चल पड़ा। यह आज भी सत्य है कि जिसमें माँकड़ाई का आशीर्वाद होगा उसे वह छोटी कन्या रूप में दर्शन देती है और माँ काली उनके दरवाजे में विराजमान रहती है। मल्लाढ़ेक एवं वहाँ के मूल दलित वासियों की स्थापना दूसरी काली की है, जो पहाड़ी के शुरू में पड़ती है। यदि कोई व्यक्ति या भक्त सम्पूर्ण रूप से माँ कड़ाई की आराधना करता हो, तो उसे आशीर्वाद में दर्शन भी शिव शक्ति, जो गणेश के साथ हैं, के रूप में प्राप्त होते हैं।

पहले बाणासुर, फिर कत्यूरी वंशीय देव राजाओं का अधिपत्य, उसके बाद चंद राजाओं के सिपह–सालार, माहरा–फर्त्यालों का आपसी वर्चश्व का संघर्ष एवं लड़ाई, तत्पश्चात् गोरखाओं द्वारा की गई मार–काट, स्वतंत्रता के पहले अंग्रेजों की दुर्भावना आदि सभी मिलकर आज के युग के प्रगतिशील बिशुंग के दो अलग–अलग स्वरूपों में प्रादुर्भाव करते दिखते हैं। पहला स्वरूप नकारात्मकता का, जिसमें गुण–अवगुण, अच्छा–बुरा तथा आचार–सदाचार का न होकर सिर्फ लड़ाई, झगड़े एवं नुकसान पहुंचाने का, एक ऐसा व्यवहार जिसमें विरोध एवं विद्रोह की भावना परिलक्षित होती है। चूंकि इतिहास में ही इसने खून–खराबा देखा या राजाओं एवं अंग्रेजों की उपेक्षा झेली, इसका असर धरती के सात तलों से भी उभर कर आता दिखता है। कारण कैसा ही हो, लड़ने का बहाना चाहिए। इतिहास में कर्मठ होकर, लड़कर अपना हक लिया और जीवन यापन किया। किसी भी शासन या अंग्रेजी सरकार ने मदद नहीं की और अपनी रोटी, खेती या मजदूरी कर खुद कमाई। यदि मुझे किसी ने अशांत किया हो तो 'मैं महात्मा बुद्ध तो नहीं हूँ', जैसी भावना अपने आप पनपी और फिर आव देखा न ताव, एक ऐसा व्यवहार गठित कर लिया, जिसमें उत्पीड़न के बदले की आग जलती रही। नतीजन आत्मा में नकारात्मकता पैदा हुई और कुछ नहीं। ऐसा भी देखने को मिलता था कि यदि कोई अच्छा कार्य कर, नाम कमा कर देश–विदेश से घर आया हो, उसकी आलोचना करने वाले अधिक लोगहो

जायेंगे और यदि कोई संगीन किसी अपराध को अंजाम देने के बाद सजा भुगत कर घर आया हो, उसके घर सद्भावना प्रकट करने वालों की महीनों तक भीड़ का तांता आम दिख सकता था। यह सिलसिला लगभग पचास वर्ष पहले तक चला। लोंगो ने खुले मुंह भले ही न कहा हो, परन्तु अन्यत्र के लोगों के मन में बिशुंग को लेकर डर लगा रहता था। भय ऐसा बैठा लोगों के बीच की दूर–दूर क्षेत्रों तक बिशुंग की दहशत व्याप्त थी। लोहाघाट से पश्चिमी क्षेत्र को पैदल चलने वालों के लिए बिशुंग की सीमा सकुशल पार कर देना एक राहत की बात होती थी। बिशुंग में राजपूत हो या ब्राह्मण या दलित वर्ग का सदस्य, सबमें बराबर की आत्मीयता थी और बराबर की जोर–जबरदस्ती भी।

स्वतंत्रता के बाद के लगभग पचास वर्षों में बिशुंग का एक नया अवतार हुआ है, जिसमें इसने शिक्षा, व्यापार, सेना, पुलिस सेवा एवं अन्य आई0टी0 आदि क्षेत्रों में अद्वितीय मुकाम हासिल किया है। भले ही खेती–किसानी में कमी आई हो, किन्तु इस क्षेत्र ने अपेक्षाकृत कम समय में अधिक विकास किया है। शिक्षा, सेना, पुलिस सेवा एवं वाणिज्यक क्षेत्र में बिशुंग के ही अधिक लोग विशेषकर विद्वान एवं अधिकारी हुए हैं। यदि अनुपात भी निकाला जाये, तो यही क्षेत्र सबमें सर्वश्रेष्ठ होगा। एक दूसरा तथ्य यह भी है कि आज के बिशुंग में मार–काट की जगह सेना एवं अन्य बलों में लोगों का विशिष्ट स्थान होते हुए भी धार्मिक कार्य प्रचुर संख्या में आयोजित किये जाते हैं, जिसके फलस्वरूप सकारात्मकता यहाँ व्यवहार एवं सद्भावना, दोनों में ही देखने को मिलती है। यहाँ तक कि राजनैतिक प्रतिनिधित्व में भी यह क्षेत्र आज सर्वश्रेष्ठ है। यह मेरे ही परिवार के युवा की उपलब्धि रही है कि इस धरती के लाल ने राष्ट्रीय स्तर पर 'मिस्टर इंडिया' का खिताब आज के वर्षों में जीता है। यह जरूर है कि यहाँ भी पलायन हुआ है, किन्तु बहुत कम। यह भी सकारात्मक पलायन अधिकतर या तो केन्द्रीय अथवा राज्य स्तरीय सेवा में अथवा ऐसे क्षेत्रों में जहाँ घर–जमीन से जुड़ाव फिर भी लगा रहता है। गाँव से 5–6 कि0मी0 दूरी में शिक्षा एवं स्थानीय रोजगार के कारण भले ही पलायन हुआ हो, किन्तु गाँव किसी का भी खाली अथवा बंजर नहीं हुआ। सांस्कृतिक रूप से खड़ी होली इस क्षेत्र की सांस्कृतिक ही नहीं अपितु एकता का भी प्रतीक है। यद्यपि कतिपय अन्य कारणों से होली के चलन में

कमी आ गई हो, फिर भी इसकी सांस्कृतिक मिठास एवं एकता का पर्याय किसी न किसी रूप में समाज में साफ प्रकट होता दिखता है।

यहाँ होली पर्व एवं उससे जुड़ी बिशुंग की होली के परिप्रेक्ष्य में एक बात कहना जरूरी हो जाता है कि उत्तर भारत, विशेषकर कुमाऊँ क्षेत्र में इसकी ख्याति एवं प्रसार इतना अधिक क्यों और कैसे हुआ? बिशुंग–सुईं एवं इससे जुड़े समस्त क्षेत्र में खड़ी होली मात्र मनोरंजन का साधन नहीं थी। मथुरा–वृदावन के बाद वैदिक खड़ी होली का अभ्युदय उत्तर भारत के पर्वतीय क्षेत्र में होने के पीछे एक विशेष उद्‌देश्य था, जिसे ऋषियों, मुनियों, सारस्वत ब्राह्मणों एवं राजपूतों ने बड़ी श्रद्धा एवं सहयोग से आत्मसात किया था। यदि इतिहास को ढूंढ़ा जाय तो अधिकतर खड़ी होली के गीत, जो वेद, पुराण, उपनिषद एवं नीतियों से लिए गाये वृतांतों से भरपूर हैं, अकबर बादशाह से औरंगजेब के शासन–काल के बीच रचे और गाये गये थे। अक्टूबर सन् 1665 ई में औरंगजेब ने तराई क्षेत्र में कब्जा कर लिया था और पर्वतीय क्षेत्र में उसकी सेना ने आक्रमण किया, किन्तु मौसम व भूगोल की अनुभवहीनता के कारण उसे खाली हाथ लौटना पड़ा। राजा बाज बहादुर चंद को सम्राट औरंगजेब के यहाँ से माफी तो मिली लेकिन कुमाऊँ क्षेत्र से जजिया इकठ्‌ठा कर मुगल बादशाह को भेंट देने के पश्चात् ही।

कुमाऊँ में कई गाँवों को औरंगजेब ने जबरन एवं लालच देकर इस्लाम में परिवर्तित कर मुसलमान बना उन लोगों को अच्छी जमीनें दान दे दी। गाँव के गाँव उसकी सरपरस्ती में धर्म परिवर्तन कर पनपे। अधिकतर जागरूक, पढ़े–लिखे लोगों को भय हुआ कि एक दिन औरंगजेब या उसके आने वाली पुश्तें, भय अथवा लालच दे, अनगिनत हिन्दू परिवारों का धर्म परिवर्तन कर बड़ा आघात पहुंचायेंगीं। लोगों को भी बचाना था और धर्म को भी। इसका एक ही उपाय हो सकता था कि सार्वभौमिक रूप से लोगों को दूरस्थ क्षेत्रों तक जागरूक किया जाय। दरवाजे में बादशाह खड़ा था और वह भी आक्रांता के रूप में।डर था कि सीधे तौर पर जागरूकता अभियान बादशाह का सीधा–सीधा विरोध समझा जाता और वह इस अपराध के लिए कठोर से कठोर दण्ड देता। अतः, ज्ञानी लोगों ने खड़ी होली की रचना की और अपने ही लय व सुर में लोगों को मनोरंजन एवं संस्कृति की सीख के द्वारा जागरूक करते हुए वेद–पुराणों का ज्ञान उपलब्ध करा कर धर्म को बचाने

का बीड़ा उठाया। सात दिन तक चलने वाले होली उत्सव में प्रत्येक दिन वेदांती होली का गायन होता है, जो मर्म से भरपूर, ताल में लय–बद्ध एवं ईश कृत का वर्णन करते हुए स्वयं अपने आप एवं धर्म की अन्तरात्मा को बचाने के प्रयास को प्रकट करता है। यही परिपाटी चल पड़ी। लोगों ने एक तो नाच–गाने की ताल पर पर्व का सांस्कृतिक आनंद उठाया और दूसरा श्रद्धा एवं सनातन को क्षीण होने से बचाते गये। आज भी जो खड़ी होली गाता हो, या उसका श्रवण करता हो, उसका वैदिक एवं पुरातन ज्ञान अवश्य सम्पूर्ण होगा। आज तो खड़ी होली एक गायन ही नहीं, वरन् एकता एवं समागम का अनूठा उदाहरण बनकर स्वयं में संस्कृति का रूप ले चुकी है। बैठकी होली भी इसी का एक पर्याय है, परन्तु समरस एवं दर्शनीय खड़ी होली ही अधिक होती है।

उत्तराखण्ड राज्य बनने के बाद विकास भी हुआ है, और दूरस्थ क्षेत्रों तक राजकीय कार्यक्रमों से आम आदमी लाभांवित भी हो रहा है। सबसे बड़ी समझने की बात यह है कि क्या उत्तराखण्ड के विभिन्न क्षेत्रों में परस्पर सामाजिक एकता एवं भावनात्मक एक–रूपता भी स्थापित हो पाई है? मैदानी क्षेत्र, पर्वतीय क्षेत्र, और पर्वतीय क्षेत्र के अंदर भी जौनसार एवं अन्य आरक्षित क्षेत्र, राजनैतिक संगठनों के अतिरिक्त भी क्या एक हो पाये हैं? अथवा क्या एक हो पायेंगे? उत्तराखण्ड का समुचित पूर्ण विकास तब तक पटरी में नहीं आ सकता, जब तक कि ये सभी क्षेत्र भावनात्मक पहचान के रूप में भी एक न हो जाँय। ऐसा तभी सम्भव है जब सभी क्षेत्रों की संस्कृति यदि एक भी न हो जाय, कम से कम एक का दूसरे में समावेश इस प्रकार से हो कि लम्बे समय बाद सभी एक जैसी हो जायें। यह तभी संभव है जब कुमाऊँ की 'होली एवं इससे जुड़े नृत्य–गायन', गढ़वाल की 'पाण्डव लीला एवं लोक नृत्य एवं गायन' जौनसार का 'रासों एवं हारुल', और अन्य मैदानी क्षेत्रों की संस्कृति को कार्यक्रमों के द्वारा एक–दूसरे में समाहित कर एक नव संस्कृति का निर्माण कर सकें। यह भी तब सुनिश्चित हो सकेगी जब गाँव, क्षेत्रीय मुख्यालय एवं जिला स्तर पर सांस्कृतिक कार्यक्रम सम्मिलित रूप से सम्पन्न होते रहें और एक–दूसरे के कार्यकलापों में भागीदारी एक उद्देश्य की तरह भावनात्मक रूप से की जाय। उत्तराखण्ड की एकता एवं वृहद विकास के लिए विभाजन की रेखाओं को मिटाने के लिए हर स्तर पर प्रयास होना जरूरी है, ताकि भविष्य में किसी भी अप्रिय विघटन

अथवा असमानता की भावना की कोई संभावना न रहे। भाषा–बोली का परस्पर मिलाप भी ऐसी एकता के आयाम हेतु प्रभावशाली तरीके से अनूठी सिद्ध होगी।

इतिहासकार भी एक तरह का वैचारिक मनचला और भावुक इंसान होता है। उसके लिए यथार्थ भी विचार की कसौटी में कसा जाने वाला एक कलपुर्जा मात्र होता है। जो चलायमान है, वही उसके लिए जीवंत है, और इसी को परखने की उधेड़बुन में कभी–कभी वह शाखाओं और पत्तों का उल्लेख करते–करते जड़ों को समूल भूल जाता है। चंद राजा चन्द्रवंशी थे। उससे पूर्व एक हजार से भी अधिक वर्षों तक सूर्यवंशी कत्यूरी देव वंश का राज्य था। काली कुमाऊँ में तीन ही राजवंशी हैं– देव, करायत एवं चंद। बिशुंग का वर्णन अथवा इसके इतिहास को रेखांकित करते हुए, चाहे वह बी0डी0 पाण्डे हों, अथवा एटकिंसन अथवा कनिंघम, वे या तो जानबूझ कर इसकी अवहेलना करते हैं, या इसको महत्व देना उचित नहीं समझते। चाहे जो हो, बिशुंग में कत्यूरी वंशीय देव लोंगों के बारे में इतनी बड़ी ऐतिहासिक भूल कैसे की जा सकती है? मान लिया जाय कि एटकिंसन ने पास आकर भी बिशुंग के देव वंशीय परिवारों का कहीं उल्लेख नहीं किया, क्योंकि पूरे बिशुंग को अंग्रेजों ने घुर विद्रोही समझा था और वे उसे कैसे महत्व देते? बिशुंग के राजपूतों ने तो अंग्रेजो द्वारा दी गई थोकदारी भी विरोध स्वरूप लौटा दी थी। लेकिन इतिहास तो इतिहास होता है। पाली–पछाऊँ, दानपुर, बारामण्डल, अस्कोट, सौर और सीराकोट इत्यादि स्थानों का पूर्ण वर्णन किया गया, परन्तु कत्यूरवंशी देव पूरे इतिहास में उपलब्ध होते हुए भी इन सभी से वर्णन नहीं पा सके। चंद राजा 8वीं शताब्दी में आये और 18वीं शताब्दी तक शासन किया। देव वंशी कत्यूरियों का सुईं कौठालगढ़ में विजय का इतिहास तो वर्णित हैं, पर फोर्ती से देवाथें के लम्बे सफर का इशारा तक भी नहीं किया गया। सच यह है कि चंद बाद में आये और कत्यूरी तब तक समापन पर थे। दूसरा, हर इतिहासकार सड़क चलते इतिहास बना गया है, जो रोमांचक तो हो सकता है, किन्तु सत्य का भण्डार नहीं। सबसे मजबूत शंका यहाँ पैदा होती है कि कोट माहरा का वृतांत सुनाते–सुनाते इन इतिहासकारों की भावना 'कोट–किले' (बाणासुर का किला) तक क्यों नहीं गई? यह विडम्बना तो है ही, इसके साथ–साथ यहाँ इतिहासकार की रुचि का भी प्रश्न उठता है।

अब यहाँ मैं अपनी और अपने लोगों की कुछ उन अविस्मरणीय एवं महत्वपूर्ण यादों एवं उनसे जुड़ी बातों को संक्षिप्त रूप में साझा करना चाहता हूँ, जिनका कहीं न कहीं, किसी न किसी रूप में एक अर्थपूर्ण संबंध होगा, अथवा किसी रहस्यमयी आशंकाओं को दूर कर देने का समाधान होगा। मैं यह तो नहीं कहता कि ये बातें प्रेरणा–दायक होंगी, क्योंकि आज का रक्त– चरित्र अधिकतर ईर्ष्या, द्वेष, जलन, मोह, भ्रम एवं कुण्ठा से भरा पूरा है, और किसी भी समाज एवं काल में मुझ जैसे आम आदमी के लिए इतनी बाधाओं को पार कर पाना आसान नहीं होता। किन्तु, यह समझते हुए विश्वास कर सकते हैं कि इनमें सच का सामना करने की अपूर्व सामर्थ्य और शक्ति होगी और हमारे या किसी के भी परिवार एवं खानदान के लिए आज नहीं तो कल, जरूर लाभदायक सिद्ध होगी। पुरानी बातों, मुलाकातों एवं यादों से यदि मनोरंजन हो सका, तो वह अलग।

मैं बचपन से ही बहुत भावुक था और पढ़ाई–लिखाई में अधिक से अधिक समय देता था। गाँव की औरतों और मर्दों के सारे सेवा कार्य तल्लीन होकर करता था। अपने घर–परिवार के बारे में ज्यादा कुछ नहीं पूछता था। भाई लोग मेरे बड़े होने तक बाहर चले गये थे और पिताजी पहले से ही बाहर थे। मुझे लगता था कि मुझे सब प्यार करते हैं और सब मेरे शुभ चिंतक हैं। पर मुझे बाद में पता चला कि मुझसे जलने वालों का प्रतिशत अधिक था। इलाहाबाद से पढ़ाई कर पिथौरागढ़ राजकीय स्नातकोत्तर महाविद्यालय में प्रवक्ता अंग्रेजी के पद पर नौकरी शुरू करने के बाद मुझे कई चीजों का ज्ञान हुआ, जो घर–परिवार के बारे में पहले अधिकतया नहीं था। मेरे पर–दादा जी, ठा0 भ्यूंराज सिंह देव, के सात पुत्र थे, जिनमें मेरे दादा, ठा0 भवान सिंह देव सबसे बड़े थे और अंग्रेजी शासन काल में वन विभाग में रेंजर के पद पर कार्यरत रहे थे।

मेरे बड़े दादा जी, ठा0 भ्यूंराजसिंह देव, पहले (Glengyle Tea Estate) 'ग्लैनजाईल टी एस्टेट', जो बाद में रामकृष्ण अद्वैत आश्रम, **मायावती** के नाम से प्रख्यात हुआ, में मैनेजर के पद पर नियुक्त थे। इसके मालिक, मैकग्रेगर (अंग्रेज) सेवा निवृत जनरल थे। बड़े दादा जी के अंग्रेजी भाषा में पारंगत एवं पढ़े–लिखे होने के कारण उन्हें यह पद हासिल हुआ था। वे पाँच वर्षों तक यहाँ सेवा देने के उपरांत चम्पावत सहायक जज के वैयक्तिक सहायक बन गये। टी एस्टेट का 'रामकृष्ण अद्वैत आश्रम' में परिवर्तित होना भी

स्वामी विवेकानन्द जी (12 जनवरी 1862–4 जुलाई 1902) की आंतरिक इच्छा का ही परिणाम था। वे दो बार अल्मोड़ा आये थे। हिमालय क्षेत्र और गंगा नदी से उन्हें अगाथ प्रेम था। वे छः मई 1893 को अपनी यात्रा के दौरान कोसी व सयाल नदी के संगम काकड़ी घाट में अपने संयासी मित्र के साथ रुके और यहाँ ध्यान किया। सन् 1893 तक वे अल्मोड़ा जनपद में ही घूमते व ध्यान करते रहे। यहीं से वे 31 मई 1893 को **वर्ल्डस् रिलिजियस मीट**, शिकागो, अमेरिका में सम्मिलित होने कन्याकुमारी पहुँचे, जहाँ रमनाड़ के राजा भाष्कर सेतुपथी ने उनकी अमेरिका यात्रा को प्रायोजित भी किया। स्वीटजरलैण्ड में आल्पस पर्वत के पास अपनी बर्फ से ढकी सुंदर पहाड़ियों की यात्रा करते हुए उन्हें विचार आया कि हिमालय क्षेत्र में उन्हें साधुओं की शिक्षा एवं तपस्या हेतु एक ऐसे ही सुंदर एवं शांत आश्रम की स्थापना करनी चाहिए।

इंग्लैण्ड से उनके शिष्य, कैप्टेन हेनरी सेवियर एवं उनकी पत्नी, श्रीमती शार्लेट एलिजाबेथ, स्वामी जी की प्रेरणा से ही उनके साथ 6 मई 1897 को अल्मोड़ा को चले, जहाँ वे 17 जून 1897 को पहुँच पाये। वे श्रीमती सेवियर को माँ कहकर पुकारते थे, जो बाद में भी इसी नाम से प्रसिद्ध हुई। स्वामी जी की इच्छानुसार ही वे अल्मोड़ा में आये थे। स्वामी जी अपने संयासी मित्र स्वरूपानंद के साथ कलकत्ता चले गये और मिस्टर सेवियर व श्रीमती सेवियर स्वामी जी के लिए आश्रम की खोजबीन में लग गये। जुलाई 1898 ई0 में सघन बांज, बुरांश, चीड़ एवं देवदार के वनों के बीच जनरल मैक ग्रेगर की 'ग्लैनजाईल टी एस्टेट' (Glengyle Tea Estate) के रूप में उन्हें आश्रम हेतु उचित स्थल मिल चुका था। जनरल मैक ग्रेगर इसे बेचकर इंग्लैण्ड वापस जा रहे थे, अतः मिस्टर एवं श्रीमती सेवियर ने इसे रू0 7000.00 (रूपया सात हजार मात्र) में पूरी टी एस्टेट को खरीदकर 2 मार्च, 1899 को इसका बैनामा अपने नाम पंजीकृत करवाया और 19 मार्च 1899 को इसे रामकृष्ण अद्वैत आश्रम को भेंट कर स्वामी जी की ईच्छा की पूर्ति का लाभ प्राप्त किया। रामकृष्ण अद्वैत आश्रम, मायावती, लोहाघाट जनपद चम्पावत (उत्तराखण्ड) की जन्म तिथि इस प्रकार इसी तिथि, अर्थात, 19 मार्च को विधिवत मानी जाती है।

स्वामी जी पहली बार 03 जनवरी 1902 को रामकृष्ण अद्वैत आश्रम, मायावती पहुँचे। आश्रम के संस्थापक, कैप्टेन हेनरी सेवियर का दिनांक 28 अक्टूबर 1900 को मायावती में

ही देहावसान हो गया। तब स्वामी जी पेरिस में थे और इस घटना की सूचना उन्हें बैलूर मठ में लौटने पर प्राप्त हुई। श्रीमती शार्लेट एलिजा बेथ को सान्तुना देने स्वामी जी स्वयं पहुँचे। 27 दिसम्बर 1900 को वे कलकत्ता से शुरू होकर 29 दिसम्बर 1900 को काठगोदाम पहुँचे। अपने कुछ अल्मोड़ा के साथियों समेत वे ड़ोली से पहाड़पानी, मोरनौला, धूनाघाट आदि जगहों से होकर बर्फ एवं बारिश में आश्रम में आये। कुछ दिन बांज के जंगल एवं आश्रम में तपस्या–साधना करते हुए 17 जनवरी 1901 तक यहाँ प्रवास में रहे। 18 जनवरी 1901 को वे वापस कलकत्ता के लिए निकले और उस रात चम्पावत में रूक कर दूसरे दिन बैलूरमठ के लिए चल पड़े।

मैं मायावती आश्रम एवं स्वामी विवेकानन्द जी के विचारों से आज भी प्रभावित हूँ। मैंने लोहाघाट से संबंधित लगभग सभी वरिष्ठ जन प्रतिनिधियों से, चाहे सांसद हों या विधायक, उन बांज के पेड़ों से घिरी तपस्थली, जहाँ स्वामी विवेकानन्द जी ने साधना की थी, को बोध गया की तर्ज पर विकसित करने एवं प्रचारित–प्रसारित करने का प्रस्ताव कई बार रखा, लेकिन सफल नहीं हो पाया। बहुत बाद में मुझे एक राजनेता ने यहाँ तक कहा कि आश्रम के साधु एवं संयासी ऐसा करने के लिए तैयार नहीं होंगे। परन्तु मैं ऐसा नहीं मानता। हो सकता है कि कोई अन्य राजनीति हो। ऐसा होने से स्वामी विवेकानन्द की तपस्थली देश–विदेश में ज्ञान एवं साधना की प्रेरक बनकर मानव कल्याण के लिए तो उचित मार्ग दर्शन करेगी ही, पर्यटन की दृष्टि से क्षेत्रीय विकास में अनूठा योगदान भी प्रदान करेगी।

स्वामी विवेकानन्द एक दार्शनिक संयासी ही नहीं अपितु एक अच्छे कवि भी थे। चीन व तिब्बत के मध्य कीचड़ से सने और तालाब में अठखेलियाँ करते बच्चों के ऊपर लिखी उनकी कविता आध्यात्म का अनमोल रूप प्रकट करती है। मैंने अपनी शोध छात्रा, डा0 राधिका नागरथ को स्वामी विवेकानन्द जी की कविताओं में शोध कार्य अपने निर्देशन में करवाया, जिसे भारत वर्ष में ही नहीं, वरन् अन्र्तराष्ट्रीय स्तर पर प्रशंसा मिली। डा0 नागरथ के शोध कार्य एवं प्रकाशित पुस्तक, जो बैलूरमठ से प्रकाशित हुई है, की प्रशंसा का मुख्य कारण यह है कि लोग स्वामी जी को एक कवि के रूप में नहीं जानते थे। इस

शोध पुस्तक के द्वारा पाठक एवं शोधकर्ता स्वामी विवेकानन्द के किशोर एवं युवा मन को पढ़ने एवं समझने में सहायता पाते हैं।

मेरे दादा जी का जन्म (जैसा कि पिताजी द्वारा बताया गया) सन् 1872 का था और पर–दादा जी का जन्म, लगभग 1851 ई0 बताया गया। मेरे सभी पूर्वज अंग्रेजी पढ़े–लिखे थे। आज की विधान सभा क्षेत्र लोहाघाट के अकेले मेरे पिता जी ठा0 अमरनाथ सिंह देव, एवं मामा जी, ठा0 हयात सिंह ढ़ेक तब के अकेले अल्मोड़ा रामजे इण्टर कालेज में पढ़े हाई स्कूल उत्तीर्ण थे, और ये दोनों ही अंग्रेजी में पारंगत थे। दूर–दूर क्षेत्रों के लोग अंग्रेजी शासनकाल में सैनिकों के बाबत एवं अन्य आये टेली ग्राम पढ़ाने के लिए इनके पास आते थे। उस वक्त जिला मुख्यालय, अल्मोड़ा में जिला जज (न्यायाधीश) बैठता था और चम्पावत में सहायक जिला जज की नियुक्ति की जाती थी। मेरे पिताजी ने मेरे पास पुरानी डायरियों में लिखित रूप से इन सब चीजों का इस प्रकार उल्लेख किया है कि चम्पावत में एक ब्रिगेडियर को अंग्रेजी शासनकाल में सहायक जिला जज नियुक्त किया गया था। ब्रिगेडियर ने नौकरी शुरू की, किन्तु उसके सामने एक बड़ी समस्या पैदा हो गई। उस कार्यकाल में कोई भी मुलाजिम अंग्रेजी नहीं जानता था। एक ऐसे नौजवान की ढूंढ करने को कहा गया जो अंग्रेजी तो अच्छी जानता ही हो, साथ में हिन्दी एवं क्षेत्रीय भाषा, कुमाऊँनी भी जानता हो। ढूंढ खोजकर मेरे पर–दादा जी, ठा0 भ्यूंराज सिंह देव, के बारे में अंग्रेज ब्रिगेडियर को बताया गया कि कैसे वह अच्छे, पढ़े–लिखे परिवार एवं मायावती आश्रम में विदेशी संयासियों (स्वामियों) के साथ बात–चीत के अनुभव एवं सद्व्यवहार के कारण उसके वैयक्तिक सहायक के रूप में सर्वदा योग्य सिद्ध हो सकते हैं। अंग्रेज साहब ने उन्हें अपना व्यक्तिक सहायक नियुक्ति कर लिया। सहायक जज के वैयक्तिक सहायक बनने से पूर्व वे पहले टी एस्टेट, फिर रामकृष्ण मिशन आश्रम (विवेकानन्द आश्रम), मायावती, लोहाघाट में मैनेजर के पद पर कई वर्षों तक कार्यरत थे।

मेरे दादा जी ने भी अल्मोड़ा जाकर स्कूल मे पढ़ाई की, चूंकि उससे नजदीक स्कूल का साधन उस समय उपलब्ध नहीं था। उनसे छोटे भाई, ठा0 दलीप सिंह देव, ने भी उनके साथ वहीं जाकर शिक्षा ग्रहण की और अंग्रेजी शासन–काल में लम्बे समय तक पहले पटवारी और बाद में उच्च पदों पर आसीन रहे। मेरे दादा जी रेंजर होने के नाते टनकपुर

से नजीबाबाद के प्रभारी अधिकारी रहे और डाकू सुल्ताना से कई बार उनका सामना हुआ। किन्तु, वह डाकू सरकारी अधिकारी एवं अन्य कर्मचारियों को तंग नहीं करता था। शेष पाँच भाई दोनों बड़े भाईयों के संरक्षण में रहे और घर–बार के कामों को देखा। बाद में जब मैं ग्रेजुएट हो चुका था, मैंने दादा जी के पत्राचार को पढ़ा जो अधिकतर नैपाली भाषा एवं उर्दू में था। समझ तो कम आया, या नहीं आया, किन्तु पत्राचार का तरीका बहुत सुंदर होता था। दादा जी ने मेरे पिताजी के लिए कई जगहों में जमीनें एवं दुकानें खरीदीं। पिताजी ने 'राज्य–कर' भी दिया, जो उत्तर प्रदेश सरकार में पर्वतीय क्षेत्रों में गिने–चुने लोगों को पड़ता था और उसे ''स्टेट टैक्स'' कहा जाता था। मेरे पर–दादा जी ने भी कई जगह जमीनें एवं जायदादें खरीदीं, जो या तो अभी तक पड़ी हैं या अधिकतर लोगों ने बेच दी हैं।

मेरे दादा जी के अन्य भाईयों के कुछ परिवारों के सदस्यों ने पिछले छः सात पुश्तों में, यानि मेरे छोटे दादाओं के पुत्र एवं पौत्र आदि ने, मेरे दादा, पिताजी एवं हम तथा हमारे आज की पुश्तों पर अनर्गल आरोप लगाये कि हमारे पूर्वजों ने उनका हक मारा और उनका हिस्सा हड़प लिया। ऐसा कहना और अनुचित सोचना उनकी गलत–फहमी है। यदि वे यह बिना सबूत देखे अनायाश कहते हैं, तो यह क्षम्य गलती है, और यदि सबूतों को नजर अंदाज कर कहा जाता है, तो यह पितरों के लिए किया गया घोर अपराध है। वह जमाना था, जब 'एक कमायेगा, सब खायेंगे' की प्रथा चरितार्थ होती थी। बड़े भाई छोटे भाईयों की देख–रेख से शादी–ब्याह तक करते थे और हर समय आपस में स्नेह रहता था। मैं भी परिवार में सभी भाई–बहनों में सबसे छोटा हूँ, किन्तु यह गलत है कि एक छोटा भाई कुछ न कर गलतियाँ करे और दोष बड़ों को दे। आज भी कोई दस बरस का होगा तो पीठ पीछे वह भी हमारे बच्चों को यही कहेगा। यह अधर्म है, अन्याय है।

सत्य यह है कि दादा जी की कमाई अच्छी थी और चम्पावत में या अन्यत्र उन्होंने काफी जायजादें जोड़ी। चैकुनी बोरा, चम्पावत में एक बड़ी जमीन बिक्री को आई। दो अन्य परिवारों के अतिरिक्त, दादा जी ने भी इस जायजाद में से एक हिस्सा खदीदना चाहा। मेरे दादा जी के पिताजी, ठा0 भ्यूंराज सिंह देव, सेवा निवृत हो चुके थे। दादा जी ने सोचा अगर वह स्वयं अपने नाम से खरीदेंगे तो अंग्रेज सरकार कार्यवाई कर देगी। अतः,

अपने पिताजी के सम्मुख उन्होंने अपनी समस्या विस्तार से रखी। दादा जी ने कहा, 'अभी तुम मेरे नाम खरीद लो और बाद में मैं समय बीत जाने के उपरान्त तुम्हारे नाम हस्तांतरित' कर दूंगा। और ऐसा ही किया गया। इसी तथ्य की बिना कागजी सत्यता जाने, दादा जी के अन्य भाईयों के परिवारों ने यह कहना शुरुकर दिया कि ठा0 भ्यूंराज सिंह देव सातों के पिता थे। उन्होंने कैसे एक भाई के नाम सारी चैकुनी बोरा की जमीन कर दी। यह तथ्य जो मैं यहाँ प्रकट कर रहा हूँ, इसका लिखित प्रमाण मेरे पास डायरी के रूप में उपलब्ध है। लोगों ने एक गुप्त फ्रंट बनाया और दिल्ली से लेकर लोहाघाट तक बैठकों एवं कार्यवाही के लिए एक प्लेटफार्म बनाया गया। अल्मोड़ा, लखनऊ तथा राज्य बनने के बाद, देहरादून तक कागजात के लिए लोग आते–जाते रहे। नतीजा निकला सिफर। अरे, सब हमारे ही खून और खानदान तो है। प्यार से पूछते, पीठ पीछे नहीं, तो बता दूं, आज भी उन कागजातों की उपलब्धता के बाबत, पूरा पता दे सकता हूँ। ऐसा इसलिए कि बंदोबस्ती सन् 1862 के पूर्व के नक्शे और कागजात आज लखनऊ–देहरादून में उपलब्ध नहीं हैं। मात्र एक निश्चित कार्यालय से प्राप्त किये जा सकते हैं। आज भी वे अपनी शंका दूर कर, भेदभाव को मिटा, अपनी आत्म संतुष्टि के लिए आगे बढ़कर कार्य कर सकते हैं।

हमारी खानदान में कुछ जायजादें हमारे पर–दादा जी और कुछ जायजादें दादा जी द्वारा खरीदीं गई। हमारे दादा जी द्वारा खरीदी जमीन आदि पहले हमारे पिता जी और फिर उसके बाद हम चारों भाईयों के नाम हुई। पर–दादा जी द्वारा खरीदी गई अथवा उनके नाम की पुश्तैनी जायजाद सभी सात भाईयों की हुई। कुछ जमीनें चम्पावत मुख्यालय में दादा जी के नाम की थी, जो हम भाईयों के नाम हुई। कुछ जमीने पर–दादा जी के नाम थी, जो आज सभी सात दादा भाईयों के बाद उनके परिवारों के नाम चढ़ी। चम्पावत की वह जमीन सभी सात परिवारों के नाम तहसील में चढ़ी हैं और सभी मिलकर अपनी–अपनी जमीन ढूढ़ सकते हैं। किन्तु, सभी यह कह कर हमारी खानदान को अपयश देने की कोशिश करते हैं कि हमने इनकी जमीन अपने नाम कर ली। ऐसा करना संम्भव नहीं होता और इसलिए सभी को अपनी–अपनी जमीनें खुद निकलवानी चाहिए। मैं इसे यहाँ नहीं लिखता, किन्तु, पहले दादा जी, फिर पिताजी और उसके बाद हम सभी भाईयों

को पीठ पीछे जिम्मेदार ठहराया गया कि हम उनकी जमीनें ढूंढ कर उन्हें दें। यह अनुचित है। आज कोई देश–विदेश में है और कोई गाँव में। किस–किस से कहें। अतः, सब कुछ यहाँ स्पष्ट करना पड़ रहा है कि खानदान का कोई भी व्यक्ति परीक्षण के बाद अपने समयानुसार अपना हक निकाल सकता है। दादा जी सबसे बड़े थे और सबका कार्य वही करते थे। आज तो कई पुश्तें हो गई हैं और सब अलग–अलग दृष्टिकोण के व्यक्ति हैं। सबको इस कार्य हेतु स्वयं आगे आना होगा। कोई किसी का कार्य क्यों और कैसे करे, भला? न्याय ओर धर्म स्थापित होना चाहिए। चिढ़ एवं ईर्ष्या से आरोप लगाने में स्वयं का परिवार ही दिग्भ्रमित होता है।

एक टीस मुझे और भी है, जो याद आने पर हमेशा सालती रहती है। मेरे पिता जी एवं मेरे मामा जी, ठा0 हयात सिंह ढ़ेक, पिथौरागढ़ ब्रिगेडियर चंद जी के साथ फौज में सैनिक के रूप में भर्ती हो गये थे। दोनों चंद जी से अधिक पढ़े–लिखे थे। अंग्रेजों की नीति थी कि जिस पिता का अकेला पुत्र हो और वह फौज में भर्ती हो गया हो, तो उसे उसके माँ–बाप वापिस ले सकते थे। दोनों अपने माँ–बाप के अकेले–अकेले पुत्र थे। दोनों ने पिताजी और मामा जी को फौज से वापस ले लिया। दोनों को घर में रह कर देख–रेख करनी पड़ी। परन्तु मेरी माँ एवं बुआ ने मुझे बहुत बाद में बताया कि हमारे माँ–बाप सुरक्षित नहीं थे। मेरे पर–दादा जी, ठा0 भ्यूंराज सिंह देव के छोटे भाई, ठा0 उदय सिंह देव के परिवारों से मेरे परिवार का अच्छा संबंध था और आज भी है। किन्तु, स्वयं अपने सात दादा भाईयों के कुछ परिवारों से वे सुरक्षित नहीं थे। मैंने भी कहा कि लोग तो अच्छे हैं, तो ऐसा कैसे हो सकता था। मुझे पुनः बताया गया कि उनके जान से मारे जाने का खतरा इतना ज्यादा था कि मेरे मामा–कोट के पाँच भाई बारी–बारी से हर रात हमारे घर में पूरी तैयारी के साथ पहरा देते थे। बाद में मामा लोगों ने पिताजी को कहा कि वे बाहर देश चले जायें तो सुरक्षित रहेंगे। मेरी माँ की देख–रेख के लिए मेरी छोटी बुआ आ जाती थी। जब हम चार भाई पैदा हुए, उसके बाद हमारे माँ–बाप की स्थिति में सकारात्मक बदलाव आया। सभी सात दादा–भाईयों में से कुछ एक परिवार ज्यादा परेशान थे, जो स्वयं कुछ नहीं करते थे, और जो भाई कमाते थे, उनसे द्वेष एवं ईर्ष्या रखते थे।

टनकपुर, जिला नैनीताल में मेरे दादा जी ने चार दुमंजिला दुकानें मुख्य बाजार में बनवाई थीं और दूसरे दादा–भाईयों के परिवारों ने भी दुकानें बनवाई। हमारी दुकानों को लेकर सभी ने बातें बनाई और आज तक यह प्रचार–प्रसार किया जाता है कि हमने सब दुकानें स्वयं ले ली और उनको कोई दुकानें नहीं दी गई। इनके परिवार एवं परिवारों से जुड़े सगे–संबंधी भी पीठ पीछे इसी प्रचार में लग गये कि हमारे परिवार ने उनकी दुकानें हड़प ली। हम उन्हें बतायें भी तो बतायें कहाँ। मेरे दिल्ली में एक चचेरे बड़े भाई ने मुझे छोटे भाई की तरह बहुत प्यार दिया और मेरी मदद भी करते थे। बहुत दयालु थे। परन्तु उनके परिवार के कुछ बच्चों ने भी दूसरों के भड़काने पर यहीं आरोप हमारे ऊपर लगाया। यह बात सरासर असत्य है और शरारतपूर्ण भी। मेरे दादा जी, पिता जी एवं हमको नीचा दिखाने के लिए एक संगठित कुप्रचार किया गया। यथार्थ यह है कि उन चाचा–भतीजे ने मिलकर जो दुकान टनकपुर में हमारे पास–पास थी, सन् 1952 में बेच दी। इसकी रजिस्ट्री के कागजात तहसील चम्पावत या टनकपुर से भी प्राप्त कर देखे जा सकते हैं। अगर हम बेवजह आहत हुए हैं तो दर्द होना स्वाभाविक है। एक दूसरे परिवार ने भी दुकान का सौदा किया था। घाट, पिथौरागढ़ में हमारे पूरे कुल का सेरा था, जिसमें सन् 1956 के आस–पास कई परिवारों ने बाहर पलायन करने के कारण अपना–अपना हिस्सा बिक्री कर दिया था। हमने और दो और परिवारों ने अपना हिस्सा सुरक्षित रखा है। किन्तु, उन्हीं परिवारों में से एक परिवार ने मेरे सामने ही आरोप लगाया कि उनका सेरे का हिस्सा किसी और ने बेच दिया है। मेरे एक दूसरे चचेरे भाई ने उसके मुंह सामने कहा कि अन्य परिवारों के साथ उसकी दादी ने भी अपना हिस्सा बेच दिया था और बिक्री पत्र की प्रति उसे भी दे दी थी। कुछ ऐसा भी हुआ है कि यदि कोई बाप जिंदगीं में कुछ नहीं कर सकता, तो उसने सच्चाई अपने बच्चों को नहीं बताई। दूसरों को अपनी कमी छुपाने के लिए आरोपित कर बदनाम करना भी जघन्य अपराध होता है।

एक कटु सत्य यह है कि वल्सौं, चौमेल, लोहाघाट में हमारे कुल की पूरे ग्यारह दादा–भाईयों की बहुत बड़ी जमीन है। सात दादा–भाई, बड़े भाई, एवं चार भाई, छोटे भाई के हुए। सबका उसमें बराबर का हिस्सा है। पिता जी की डायरी के हवाले से मैं यह स्पष्ट करना चाहता हूँ कि स्वयं मेरे दादा जी एवं पिता जी ने लिखित रूप से माना है

कि वल्सों की जमीन एवं भगवती माँ के कार्यों में सबका बराबर का हिस्सा एवं जिम्मेदारी है। कहने का तात्पर्य यह है कि चौमेल (वल्सों) की जमीन में हमारे सात दादा–भाईयों के परिवारों का हिस्सा बराबर का है। हमसे कोई कुछ नहीं कहता, परन्तु आगे–पीछे के समाज में बातें एवं आरोप सुनाई देते हैं। सुना यह है कि तहसील लोहाघाट में वल्सों चौमेल की जमीन पहले हमारे दादा जी और उसके बाद हमारे पिताजी के नाम में चढ़ी है। हमें ज्ञात था कि जमीन सभी की है, इसलिए हमने अपनी ओर से उस जमीन को न तो कभी देखा या देखने की कोशिश की और न ही अपने नामों में दाखिल खारिज करने का गलत प्रयास किया। हम नहीं जानते कि वह जमीन, क्यों और कैसे, दादा जी, यदि ऐसा हुआ है तो, अथवा पिता जी के नाम चढ़ी। हो सकता है कि उनके नाम चढ़ाने में गलती राजस्व विभाग से हुई हो। वास्तव में मुझे व्यक्तिगत रूप से पता नहीं है। यदि ऐसी बात सत्य है, तो सभी परिवारों ने प्रेमपूर्वक उन अन्य परिवारों के नाम उक्त जमीन हिस्से के हिसाब से आपस में हक के अनुसार एक–दूसरे को स्थानान्तरित कर देनी चाहिए। मैं वल्सों भगवती की पूजा में विशेष रुचि रखता हूँ और जमीन के साथ–साथ हमारे सभी परिवारों को देवी पूजा में भी बराबर रुचि रखनी चाहिए। सत्य एवं धर्म के कार्य में देरी नहीं मानी जाती। मेरे सबसे बड़े पर–दादा के दादा, ठा0 राणजीत सिंह देव, जी के ग्यारह पुत्रों के परिवार तब भी संपन्न थे और आज भी सब सम्पन्न एवं ठीक–ठाक हैं। गलत तथ्यों को सत्य के प्रकाश में परिमार्जित करना भी एक धर्म होता है। मैंने एक दिन उन्हीं लोगों में एक भाभी जी से पूछा कि मेरे दादा जी तो रेंजर थे और उनसे छोटे दादा पटवारी थे। औरों के दादा क्या करते थे? उन्होंने प्यार पूर्वक अवगत कराया कि 'कुछ भी नहीं'। मैंने पूछा, ''तब हमसे क्यों कहते हैं कि हमारे दादा–पिता जी ने औरों का हिस्सा दबा दिया''? उन्होंने बताया कि ऐसा नहीं है। सबको यह अंदेशा था कि बड़े भाई शायद अपनी कमाई हुई चीज और भाईयों को भी बांट दें। गलत–फहमी का मुख्य कारण यही था जिसे अन्य दादाओं के बच्चे अधिकार स्वरूप मान रहे थे। आपस में मदद की जाती है, पर ऐसा कभी नहीं होता कि एक भाई की कमाई सभी में बांट दी जाय। वह भाभी एक प्रतिष्ठित परिवार की संभ्रांत सदस्य हैं, अतः उन्होंने मुझे सच्चाई बताई।

मेरी घाटी बिशुंग में सब राजा ही राजा शेष हैं, प्रजा तो है ही नहीं। जो लोग मेहनत से पढ़–लिख कर बाहर चले गये हैं और कभी–कभी आते हैं, बहुत सम्पन्न और सुखी हैं। पलायन यहाँ नाम मात्र का हुआ है। जो लोग घर में ही रह गये और मेहनत–कश हैं, उनमें से अस्सी प्रतिशत अच्छे लोग हैं, जिनकी भावनायें एवं विचार गरीबी एवं अभाव के व्यतिरेक से भी प्रभावित नहीं हुई हैं। किन्तु, बीस प्रतिशत ऐसे लोग भी हैं, जिनका अपना संसार है और उनमें न तो कोई उनसे बड़ा है और न उनसे कोई सयाना। अपने को अन्य सबके बराबर बुद्धिमान एवं बराबर सफल मानने से परहेज नहीं करते हैं। नतीजन, ईर्ष्या, द्वेष एवं अभिमान उनके व्यक्तित्व का अहम अंश बन कर रह जाता है। व्यवहार में घमण्ड, भाषा में निष्ठुरता एवं सभ्यता के नाम पर अभद्रता उनके स्वयं का प्रतिबिम्ब बन जाता है। एक मुहावरा है, ''हंसा थे जो चले गये, कागा भये दीवान।'' ऐसे लोग ही सर्वश्रेष्ठ दिखने का ढोंग कर अमर्यादित व्यवहार करते हैं और इसी दुर्व्यवहार एवं कर्कश शब्दावली से क्षेत्र को बदनाम करते हैं। अच्छे लोग चुप–चाप अपना जीवन–यापन करते हैं। और ऐसे लोग भी हैं जो हैं मात्र पाँच प्रतिशत, परन्तु बड़प्पन के बोझ तले घिसते–घसीटते, कौए की तरह काँव–काँव कर अपने सयानेपन को दिखाते रहते हैं। एक जमाना था हमारा और उससे भी पूर्व के जमाने थे, लोग सयानों का सम्मान करते हुए उनके गुणों को जीवन में आत्मसात करते थे। उनकी कमियों को अनदेखा करते थे। ऐसी परिस्थिति में सयाने भी हंस बनकर रहते थे। एक दिन दूर के गाँव की पड़ोस में एक भतीजा कहता सुना गया कि 'बड़े चाचा मर जायेंगे तो फिर छोटे चाचा मरेंगे और मैं पूरे परिवार का सयाना हो जाऊंगा।' यह है घाटी में रह रहे कुछ कौवों का आज का समाजशास्त्र और जीवन शास्त्र। मुझसे सभी बड़े भाई चले गये और अब मैं अकेला रह गया हूँ। क्या ऐसे लोग मेरे भी जाने का इंतजार कर रहे होंगे?

कुछ अच्छे लोग ही हैं जिनके सहारे कोई भी गाँव में आज अपनी प्रतिष्ठा बचा कर चलने का प्रयास करता है। सरकारी रोजगार कम है। उनका भी इतना दोष नहीं है, जितना बेरोजगारी का। पेट पालने एवं गुजर बसर करने के लिए मेहनत–मजदूरी ही एक कारक हो सकता है। बहाने बना कर अवैध धंधों को बढ़ावा देना कोई कारण नहीं होना चाहिए। एक प्रकार का सामाजिक सोच हर गाँव के अंदर पनप रहा है, जहाँ लोग अंदर ही अंदर

विचित्र प्रकार की विघटन की भावना को पनपने दे रहे हें। यदि आप सरकारी नौकरी या अन्य नौकरी में हैं, या सेवानिवृत हैं, तो संभल जाईए। गाँव के अधिकतर लोग, जो इन श्रेणियों में नहीं आते वे आपसे अवश्य ईर्ष्या महसूस करते हैं। दूसरा, पंचायती राज की चुनाव व्यवस्था ने गाँव की एकता एवं परस्पर सद्भाव की भावना के चिथड़े–चिथड़े कर दिये हैं। इन दोनों की जगह अब आपको भावना की ठेकेदारी–प्रथा और सद्भाव की लेन–देन की व्यथा से दो–चार होना पड़ सकता है। भाई–चारा एवं आपसी प्रेम तथा विश्वास तो जैसे प्रचार एवं प्रसार की भेंट चढ़ चुका है। लोकतंत्र सबसे अच्छा है, किन्तु, गाँव परिवारों के बीच ठेका–बंदी सबसे बुरा तंत्र। यह भी एक मुख्य कारण है कि बिना गइराई के सोचे–समझे, जो लोग नौकरी पेशा है या सेवा–निवृत हैं, नगर के 5–10 कि0मी0 के अन्तर्गत एकांत में बस गये हैं। कोफ्त होती है, जब अनायास ही उनके परिवारों के साथ चिढ़ का व्यवहार किया जाता है और वे अफसोस और चिंता व्यक्त करने के अतिरिक्त कुछ भी नहीं कर सकते।

मेरी माटी–मेरे गाँव के लोग मुझे बचपन से ही बहुत प्यारे थे। किन्तु, मुझे जीवन का बहुत लम्बा समय बिताने के बाद ही पता चला कि मेरा जन्म इस सुन्दर घाटी के सुरम्यतम गाँव में केवल षड़यंत्र झेलने के लिए ही हुआ है। यदि गिनना शुरू करूं तो जितना जीवन मैंने जिया है, षड़यंत्रों की संख्या उससे भी कहीं अधिक होगी। मुझे आत्मा से इस तथ्य की शिकायत भी है और ग्लानि भी। मैंने छोटे बचपन से ही हर सयाने, वृद्ध एवं गाँव में आने वाले प्रत्येक मेहमान की सिर झुका कर आज्ञा का पालन करने के अलावा कभी मीन–मेख नहीं निकाला। यहाँ तक की गाँवों के सयानों, मेहमानों एवं वरिष्ठ महिला नागरिकों की हुक्का–चिलम बनाने की जिम्मेदारी मेरी ही रहती थी। दिन हो या रात, सर्दी हो या बर्फबारी, मैंने सबकी सेवा की। कभी उदण्डता नहीं की और न कभी किसी का अनादार किया होगा। यद्यपि परमेश्वर ने मुझे सब कुछ दिया, मेरे लिए मेरे कुछ सयाने भी निष्पाप नहीं रहे। अपने सभी भाईयों के अतिरिक्त नानक दा, बड़े भाई दरबान सिंह, कैप्टेन प्रह्लाद सिंह देव, कैप्टेन राजेन्द्र सिंह देव, बड़े भाई श्याम सिंह देव, चाचा कैप्टेन किशन सिंह देव, चाचा देवेन्द्र सिंह देव, चाचा भगवान सिंह देव, चाचा लक्ष्मण सिंह देव, चाचा फतैह सिंह देव आदि ने बहुत प्यार भी दिया और मुझे बढ़ते रहने के लिए

प्रेरित भी किया। इनका परम् स्नेह एवं आशीर्वाद मुझे बचपन से ही मिला। बड़े भाई ठा0 धनसिंह देव जी मेरे मुख्य प्रेरक एवं सहायता के श्रोत थे, जिन्होंने मुझे हर कदम में प्रेरणा, सहयोग एवं समर्थन दिया। उनसे प्राप्त आशीर्वचन मेरे प्राण स्वरूप हैं। बृजेश, नवीन, मुन्नू, कैलाश देव, कुलदीप देव, आनंद एवं लक्खू मेरे प्रिय भतीजे एवं मित्र हैं, जिनका दिया आदर सत्कार प्रातः स्मरणीय है। सरदार सिंह देव, एवं इंस्पैक्टर गोपाल सिंह देव मेरे अभिन्न मित्र एवं हर परिस्थति में सहायता करने वाले मित्र हैं, जिनके सम्मान के लिए मैं हमेशा आभारी रहता हूँ। इसके अतिरिक्त उन बड़े लोगों का नाम यहाँ नहीं लेना चाहता, जिन्होंने मुझे नादान जानते हुए भी बाप–दादाओं की चिढ़ का मेरे लिए ऐसा घातक प्रपंच रहा, जिसका मैं सही में हकदार नहीं था।

ऐसा हुआ कि मैं पिथौरागढ़ से प्रोन्नत होकर राजकीय महाविद्यालय जयहरिखाल (लैंसडाउन), पौड़ी–गढ़वाल में विभागाध्यक्ष, अंग्रेजी विभाग के पद पर तैनाती पा चुका था। तब यह प्रथम श्रेणी का उत्तर–प्रदेश सरकार का राजपत्रित पद हुआ करता था। माँ–पिताजी ने अपनी वृद्धावस्था के दबाव में मेरी शादी तय कर दी थी। मैंने इस हेतु निर्णय लेने का पूरा अधिकार उन्हें दिया था। शादी के लगभग दस वर्षों बाद मेरे गाँव की ही एक भाभी ने मुझे बताया कि मेरे अपने सगे छः परिवारों के लोगों ने मेरी शादी का बहिस्कार करने की योजना बनाई थी, ताकि मेरी और मेरे परिवार की रूस्वाई हो सके। यह योजना भी शादी की निश्चित तिथि के दिन ही उजागर की जानी थी। परन्तु, मेरे निर्दोष व्यवहार, भाग्य एवं उन्हीं 6 परिवारों में से एक बड़े परिवार एवं खानदान की बहू, श्रीमती देवकी देवी, की इच्छा शक्ति एवं सद्भावना के आगे उनका षड़यंत्र साकार नहीं हो सका। वास्तव में उनके पति, जो उस समय सेना में कार्यरत थे, ने भी उन भाभी को मेरी शादी का बहिष्कार कर शामिल न होने को पत्र लिखा। किन्तु, भाभी ने स्वयं उनकी बात टाल दी और कहा कि ''मेरे माँ–बाप उनके माँ–बाप की तरह हैं और मैं उनके सगे देवर की तरह हूँ।'' उन्होंने स्पष्ट कह दिया कि इन लोगों का व्यवहार इतना अच्छा है कि ''मैं आपको छोड़ दूंगी, परन्तु इस परिवार को नहीं छोड़ूंगी।'' सभी ने शादी के बहिष्कार हेतु कई दौर की बैठकें की थी और कई बार का पत्राचार किया था। किन्तु, भाभी की सत्य आत्मा के सामने कोई टिक नहीं सका। मुझे यह भाभी जी ने पूछने पर

स्वयं बताया। मैंने गाँव की शोभा एवं सम्मान देने हेतु पिताजी को गाँव से ही शादी का उत्सव मनाने को कहा था। जिन्हें सम्मान देना चाहता था, वही मेरी इज्जत का पलीता लगाने को तैयार बैठे थे। जब भी मैं गाँव गया, इन्हीं भाभी जी ने मेरा, मेरी पत्नी एवं बच्चों का पूरा ख्याल रखा एवं सम्मान दिया। माँ भी कई रूपों में प्रकट होती है। उन्हें देखकर मैं ऐसा ही महसूस करता हूँ। पहली बार धूम–धाम से काली कुमाऊँ क्षेत्र की किसी बारात में बरेली का बैंण्ड आया था। इससे पूर्व बैण्ड बाजा किसी ने नहीं देखा था–गाँव में अथवा लोहाघाट में। उधर गाँव के ही कुछ प्यारे भाई, चाचा, आदि ने मेरा ही बैण्ड बजाने की हसरत पाली हुई थी। घूम–धड़ाके की चमक–धमक और गाँव के ही अन्य सयाने बारातियों के सम्मुख वह भी नाच रहे थे, अच्छा लगा था। यह वाकिया नहीं, एक सीख थी, जो मुझे देर से ही सही, जीते जी मिल तो गयी।

मैं किसी का दुश्मन नहीं था, परन्तु हमेशा पाया कि ऐसी ही अदृश्य दुश्मनी मेरे सिर पर हमेशा नाच कर बोलती रही। मेरे इन्हीं अपरिचित, किन्तु निश्चित, छुपे घातक मित्रों ने कई बार मेरी पूजा–पाठ, संत–सेवा एवं समागम को द्वेष की दृष्टि से देखा और मेरे जीवन को एक विद्वैषपूर्ण शंका से परिभाषित करने की चेष्टा की। ऐसे ही धृष्ट लोगों के उकसाने पर मेरे एक सगे ने, जिसे कई वर्षों में भी प्रारम्भिक शिक्षा पूर्ण करने के लाले पड़ गये थे, मेरी पीठ पीछे, मेरे लिए एक सामाजिक बैठक में यह आरोप लगा दिया कि मैं पत्नी के साथ मिलकर तांत्रिक विद्या करता हूँ। इसका प्रमाण उसने इस बात से दिया कि प्रातः काल मैं, सूर्योदय के बाद, रोज जोर–जोर से संस्कृत में कुछ पढ़ता हूँ। उसकी बुद्धि तो क्षींण थी ही, इसका उपयोग मेरे गाँव एवं परिवार के कुछ चिढ़े हुए लोगों ने,जो गिद्ध–दृष्टि गढ़ाये मुझ पर वार के लिए तत्पर थे, ने उठाया और जंगल की आग की तरह उन्होंने पूरी बस्ती में इस बात को फैलाकर अपनी जलन की आग को शांत करने का जश्न मनाया। व्यक्ति से व्यक्ति तक इस ज्ञान की कानाफूसी होने लगी। मेरे पक्ष के लोगों ने मेरी शिक्षा, पद–प्रतिष्ठा, पारिवारिक पृष्ठभूमि और मेरी पत्नी के व्यवहार को सामने रख कर ऐसी हरकत को एक सोची – समझी साजिश कह, इसे संज्ञेय अपराध की संज्ञा दी। कुछ लोग तो ऐसा ही चाहते थे। किसी प्रकार का खोट न होने के उपरांत भी मेरे ऊपर अनर्गल आरोप लगाकर उन्हें कोई न कोई कमी तो निकालनी ही थी। ताज्जुब

यह रहा कि मैं सपरिवार हर कार्य में घर जाता रहा और विशिष्ट प्रकार के सामाजिक एवं राजनैतिक कार्यकलापों में भाग लेता रहा, परन्तु किसी ने भी मुझे पूरे 6 वर्षों तक कुछ नहीं बताया। सबको खिलाता–पिलाता, सेवा करता रहा। किसी ने कुछ भी नहीं कहा। एक दिन किसी ऐसे ही शुभचिंतक ने मुझे उन लोगों पर गुस्सा उतारते हुए बताया। अचंभित सा मैं गहरी सोच में अवश्य डूब गया था, परन्तु किसी से कुछ कहा नहीं। जब घर का विभीषण ही दुश्मनी निकाल रहा हो, तो दुश्मनों से प्रेम की आशा कैसे कर सकता था?

मैंने सपरिवार लोगों की विवाह उत्सव एवं अन्य सुख–दुःख में सेवा की और सहायता भी की। मैं एवं मेरा परिवार जिस योग्य था, उसके अनूरूप सहयोग करने का प्रयास किया। मैं यह भी कभी प्रकट नहीं करना चाहता हूँ कि मैंने किसी की मदद की। मैं यह आपत्ति परमेश्वर के सम्मुख अवश्य उठाना चाहूँगा कि मैंने जिसकी भी मदद की कोशिश की, अथवा जिसकी अच्छी सरकारी नौकरी लगाने में मैंने सहयोग किया, वे ही आज मेरे सबसे बड़े विरोधी क्यों बन गये? क्या सचमुच में भलाई या कल्याण कार्य बंद कर देने चाहिए! मैंने प्रतिदिन प्रातः समय निकाल कर माँ दुर्गा का पाठ किया है। जिसने भी मेरा पाठ सुना उसे कोई नई चीज लगी। अच्छे लोग तो समझते थे, परन्तु मगरमच्छ की खाल से भी मोटी बुद्धि के लोग तो उसे उल्टा ही समझे, चाहे मैंने शिव–चालीसा या दुर्गा सप्त–शती अथवा हनुमान चालीसा का पाठ ही क्यों न किया हो! चाहे घोड़ा हो अथवा गाय, कोई भी दूसरे की तारीफ अथवा प्रशंसा करता नहीं दिखा है।

यह भी प्रकृति का नियम है कि कोई भी जड़–बुद्धि स्वयं के पैरों तले धरती को नहीं, अपनी कदम–चाल देखता है। जब ऐसे लोगों के बीच फिर–फिर जाकर मैंने 'आ बैल मुझे मार' जैसा उदाहरण दिया हो तो, उनका भी क्या कसूर! जो 'अ' और 'ब' के आगे कुछ न जानकर भी ज्ञाता बन बैठे हों, उनका किसी की शिक्षा अथवा सम्मान से क्या रिश्ता? मैं मानता हूँ कि ऐसे अधीर एव कुशिक्षा के अंधकार में रह रहे लोग किसी को भी बाहर से गाँव में जाकर शांति से समय बिताने वाले संभ्रांत समाज को द्वेष, ईर्ष्या, अपमान, मिथ्या–वचन और सख्त चिढ़ के अतिरिक्त किसी को कुछ दे भी नहीं सकते, क्योंकि इन बेचारों के पास इसके अलावा कुछ होता भी तो नहीं। कभी–कभी डर लगता है कि

जितना दुःख इन लोगों ने मुझे अकारण दिया है, मेरी आत्मा इनको किस अनिष्ट के गर्त तक धकेलती रहेगी। होता भी है। आज लगभग बीस वर्षों बाद भी उन लोगों को देखता हूँ कि दो जून की रोटी भी उन्हें आराम से नसीब नहीं होती; होती भी है तो एक प्रकार की भिक्षा–वृति के अनोखे तरीके से। इसी दुनिया में धर्म भी है और पाप भी। कलियुग कर्म प्रधान और फलित होता है। सुबह अच्छा काम करो, शाम को दुगना फल मिल जायेगा। सुबह बुरा कर्म करो, वह भी शाम तक दुगना होकर लौट आता है। जब भी इन लोंगो की ऊहापोह और खाने की जुगत में दौड़–धूप देखता हूँ, कुछ ऐसा एहसास होता है कि कर्म इसी जीवन में उत्तर के रूप में अवश्य दिख जाता है। इनकी दयनीय स्थिति देखकर मदद करने का मन करता है, परन्तु कहाँ से। दरवाजे तो स्वयं इन्होंने पहले से ही बंद कर दिये हैं। अपने हैं, परन्तु अपनेपन के बाद ही रास्ते खुलते हैं। खुद मुझे न कोई दुःख है, औ न कोई चिंता। जलें तो जलें, पर अपनी राख रास्ते में बिखेरते हुए न जायें। परमेश्वर हमेशा न्याय करता है।

मेरे एक मित्र ने एक दिन मुझसे कहा, ''प्रातः काल अतिरिक्त समय निकाल कर पूजा–पाठ में व्यर्थ व्यतीत क्यों करते हो? इसके बदले घूमा–फिरा करो, स्वास्थ्य ठीक रहेगा और आराम से लम्बा जीवन व्यतीत करोगे''। यह एक प्रकार का कटाक्ष भी था और एक स्वस्थ्य जीवन के लिए चेतावनी भी। मुझे बताते हुए दुःख होता है कि मेरा वह भाई मात्र पैंतालीस वर्ष की उम्र में कैंसर से ग्रसित होकर स्वर्ग सिधार गया और आज चौहत्तर वर्ष की उम्र में भी मैंने न तो पूजा–पाठ और न कोई अन्य नियम तोड़ा। फिर भी परमात्मा की असीम कृपा है कि मुझे ऐसी किसी भी घातक बीमारी का न तो प्रकोप है, और न ही ऐसे कोई लक्षण।

मैं किसी कटाक्ष का प्रत्युत्तर नहीं दे रहा हूँ। कभी नहीं। हाँ, मैं, ऐसे कई प्रश्न हैं, जो मेरी पूजा–पाठ के संबंध में कुछ अतिज्ञानी लोगों ने गुप्त तरीके से उठाये हैं। यहाँ तक की मुझे किसी तांत्रिक क्रिया अथवा गाँव के अबूझों की भाषा में, जादू–टोने जैसे वीभत्स, शर्मनाक एवं अनर्गल आरोप लगाने की कोशिश का शिकार भी हो चुका हूँ, का उत्तर अवश्य देना चाहता हूँ। जब मैं प्राईमरी विद्यालय, जी0आई0सी0 तथा महाविद्यालय से पढ़कर इलाहाबाद विश्वविद्यालय पढ़ने के लिए गया, मुझे भगवती, शिवजी, विष्णु, हनुमान,

साईं आदि का कोई ज्ञान नहीं था। इनकी पूजा क्यों और कैसे की जाती है, यह भी पता नहीं था। हां, बचपन से माँ ने ईष्ट का नाम 'त्यौनर' बताया था और हर मुश्किल दौर में वह ही याद आता था और अवश्य ही संकट मोचक का कार्य भी करता था। आगे कोई जरूरत ही नहीं पड़ती थी। घर में कोई पूजा–पाठ का माहौल नहीं था और पढ़ाई के अतिरिक्त ऐसे कोई संस्कार भी बचपन से नहीं डाले गये थे। इतना अवश्य था कि तीज–त्यौहार एवं अन्य सांस्कृतिक पर्वों में उल्लास से कार्यक्रम होते थे, जिसमें परिवार के साथ हम सभी घर में होने की दशा में बढ़–चढ़कर भाग लेते थे। अन्यथा जहाँ भी गये और जहाँ रहे, पढ़ाई ही हमारा मुख्य क्रिया–कलाप होती थी। पूजा–पाठ से तो दूर–दूर से भी वास्ता नहीं था।

परमेश्वर की लीला हर प्राणी के लिए अपरम्पार होती है। कहीं वह उदाहरण बन जाती है और कहीं वह जीते–जागते एक सिद्धान्त का रूप ले लेती है। मेरी पूजा–पाठ की प्रवृत्ति एवं आचार भी एक ऐसी ही घटना का प्रादुर्भाव है, जो हर रूप में उस अनंत का ही प्रभाव थी, जिसने मुझे सकुशल जीवन जीने को प्रेरित किया। मैं हेमवती नंदन बहुगुणा गढ़वाल विश्वविद्यालय, श्रीनगर में प्रोफेसर के पद में कार्यरत था। मेरी उम्र एवं कार्य के प्रति उत्सुकता, योग्यता देखते हुए मुझे कई महत्वपूर्ण पदों का अतिरिक्त भार भी दिया गया था। पत्नी एवं दो बेटों सहित जीवन आनंदमय रूप से कट रहा था। दोनों बच्चे कान्वेंट में पढ़ते थे। मेरी पत्नी, गीता एक जिम्मेदार, पढ़ी लिखी गृहणी है। अचानक सन् 1993–94 की फरवरी माह की एक शाम मेरे दांये गाल के मध्य, विभाग में बैठे चाय पीते हुए तेज दर्द हुआ। ऐसा लगा जैसे चाय कहीं घाव में चोट कर रही थी। मेरे शोध छात्र और मैं पास के ही राजकीय अस्पताल के सर्जन, जो मेरे दोस्त भी थे, को दिखाने को गये। उन्होंने अच्छी तरह देखा और गंभीर होकर मुझे गाल के अन्दर की बायेप्सी करने के लिए छोटा मांस का टुकड़ा निकाले जाने को कहा। बायेप्सी हुई और तीसरे दिन देहरादून से खबर आई कि गाल में प्रथम स्तर का कैंसर है, जो अच्छे या बुरे, किसी भी कोण में मुड़ सकता है। ऐसा लगा जैसे एक झटके के साथ जीवन पल भर में ही आधा रह गया था। सोच में पड़कर हर बुरा ख्याल मस्तिष्क एवं भावनाओं को आघात पहुंचा रहा था। क्या करूं, क्या न करूं। कुछ भी समझ में नहीं आ रहा था। बहुत देर निराशा से

सोच–विचार कर आवास में गया। शाम को पत्नी को अपने हालात पर बताया तो बच्चों को पता चलना स्वाभाविक था। रोज कभी पत्नी का मुंह देखता और कभी बच्चों की तरफ देखता। सबके चेहरों में निराशा एवं कष्ट की स्पष्ट छाप दिखती थी। एकांत में खूब सोचता कि मेरे बाद मेरे बच्चों का क्या होगा? कैसे दिन काटेंगे? उनकी देख–रेख कौन करेगा, वगैरहा, वगैरहा? बुरा हाल था। एक ओर घोर निराशा और दूसरी ओर घातक बिमारी की शुरुआत। पत्नी बहुत दिलासा देती थी और बच्चे गुमशुम हो चले थे। दिल्ली एम्स व अपोलो में एक दोस्त, जो आई0ए0एस0 थे, की मदद से डाक्टरों को दिखाया, किन्तु दवाई व सलाह के अतिरिक्त वे भी क्या कर सकते थे। दो माह तक दवाई ली और फिर देहरादून के एक डाक्टर त्रिलोक सिंह, जो वरिष्ठ सर्जन, राम मनोहर लोहिया, नई दिल्ली के पद से सेवानिवृत होकर आये थे, ने सलाह दी कि पीली चीजें खाओ। इससे प्रथम स्तर के कैंसर को ठीक होने में मदद मिलती है। एक दवाई भी दी और मिर्च, मसाला, पान, गुटका सिगरेट आदि का सेवन बंद करने को कहा। ये सारी चीजें कैंसर का पता लगते ही मैंने छोड़ दी थी। दो महीने बाद फिर दिल्ली एम्स में दिखाया और पाया कि स्थिति और बुरी हो गई थी। गरम पानी पीने में भी गाल के अन्दर पीड़ा होती थी। फिर दवाई और इस सलाह के साथ घर वापस भेज दिया कि अगली बार अगर रोग बढ़ा तो थेरेपी की जायेगी। हाथ–पैर फूल गये थे, सुनकर। घर आया। हाल चाल जानने के बाद पता चला दोनों बच्चे पूजा में बैठते थे और रोते थे। बड़ा बेटा अमित को ज्यादा जिम्मेदारी का भान था और, उम्र में छोटा होने के बाद भी, समझता और कहता सुना था कि कैंसर से कैसे ठीक होंगे। हमारा छोटा मानस चुपचाप रहता था। उन्हें देखकर मुझे दया आने लगी थी और अंदर ही अंदर घर और विश्वविद्यालय में अकेले रोने लगता था।

मेरे इसी संघर्ष के बीच मैं नकारात्मक हो चला था, भले ही मेरे व्यवहार में अत्यधिक शालीनता एवं नम्रता आ गई थी। यह बदलाव किसी और तैयारी का द्योतक था। किसी पंडित–पुरोहित को भी पूछने से डरता था कि कहीं वह कुछ ऐसा न कह दे जिससे मेरे बच्चों के भविष्य के लिए मुझे अंधेरे का भास हो। वे दिन मेरे जीवन के सबसे बुरे दिन थे। मैं जुझारू एवं संघर्षशील तो प्रारम्भ से ही था, किन्तु यह संघर्ष दिन प्रतिदिन मेरी जिंदगी में बाली और सुग्रीव की लड़ाई जैसा हो चला था, जिसमें मुझे सारी शक्ति क्षीण

होने के कारण रोज मात खाते–खाते एक दिन लम्बा लेट जाना था। उस संघर्ष को याद कर आज भी रोमांच होता है। मैंने अपने परिवार का कोई भी आयोजन अथवा प्रायोजन कभी नहीं छोड़ा। परिवार सहित सम्मिलित होना ही खानदानी परम्परा थी। सबसे बड़े भाई की मृत्यु हो गई थी। सेना से सेवानिवृत्त थे। उनकी मृत्यु एवं क्रिया–कर्म में भी अकेला गया और किसी को भी अपनी बिमारी के बारे में नहीं बताया। भरा–पूरा परिवार उपस्थित था। केवल मेरा परिवार ही सम्मिलित नहीं हो सका था। ग्यारह दिन तक पूरा गाँव हमारे घर में ही सुबह, शाम एवं रात में रहता था और सब साथ प्रसाद लेते थे। सिर्फ मैं ही अपनी किचन में अपने लिए अलग से खाना बनवाता था। अजीब मजबूरी थी। तेल, मसाले, मिर्च आदि सब बंद थे। पतला खाना पड़ता था। कुछ लोगों को मेरी बिमारी के बारे में शंका हो गई थी। गाँव के लोग तो हवा को पकड़ कर उसकी चाल मापने का माद्दा रखते हैं। एक घातक बिमारी की छाया मेरे हाव–भाव में देखकर अंदाजा लगाना क्या मुश्किल था?

निराशा के मकड़जाल में फंस कर जब मन हार जाय और स्वयं आत्मा का विश्वास डोलने लगे तो इंसान के लिए सिर्फ एक ही रास्ता बचता है– परमेश्वर का रास्ता। मेरे साथ ऐसा ही नहीं, इससे भी बहुत अधिक हुआ। बेचैन, परेशान, फिर भी कुछ ज्यादा न बोलना। कसम–कश, अशांत, कभी इधर घूमना, कभी उधर फिरना। अज्ञात भय से शरीर भी डांवा डोल रहने लगा था। मैं टूटने लग गया था। घर के ही मंदिर में पहले से ही ईष्ट की बत्ती जलाते थे, और एक दिन आंखों में आंसू लिए असहाय ध्यान में बैठ गया। बच्चों के सामने रो भी नहीं सकता था। कैंसर से मौत का सामना करते एवं मरते मैंने किसी खास को देखा था। बहुत देर तक ध्यान मग्न रहा। बहुत शान्ति मिली। उस दिन खूब सोया। मन में धीरज महसूस किया। प्रातः नौकरी में एक खास पंडित मित्र ने सलाह दी कि मैं कमलेश्वर मंदिर जाकर नित्य प्रतिदिन शिव का जाप करूं और समय मिलने पर पत्नी सहित रूद्राभिषेक करवाऊं। मैंने ऐसा ही करना शुरू किया। पंडित जी ने राय दी कि मंदिर न आकर मैं घर में भी शिवलिंग के सामने जाप कर सकता हूँ। मैंने ईष्टदेव की बत्ती के सामने माँ दुर्गा की छोटी सी मूर्ति और एक छोटा सा शिवलिंग रखा। पंडित जी ने पाठ किया और प्रतिदिन प्रातः मैंने शिव–शक्ति का आधा घंटे जप और ध्यान करना

शुरू किया। एक महीने नित्य कर्म की तरह पूजा–पाठ किया। माँ धारी देवी के मंदिर गया। उनका ध्यान भी नित्य प्रतिदिन करने लगा। सुबह आधा घंटा पूजा और आधा घंटा ध्यान। उसके बाद दिन भर शान्ति व धैर्य से पाँच बजे तक विश्वविद्यालय में सारे कार्य करता था। एक आत्मबल पैदा होना सा प्रतीत हुआ। दो माह बाद देहरादून में फिर जांच कराई। मुझे तीस प्रतिशत सुधार बता कर डाक्टर साहब ने अपनी दवाई का प्रभाव बताया। मैं खुशी से नाच रहा था। खाने–पीने में भी मेरी गाल में पीड़ा कम होने लगी। जीने की आशा जाग गई थी। कभी परेशानी में सोचता था कि यदि कैंसर ने मेरी जान ले ली तो मेरे बच्चे कैसे पलेगें? सोचता था मेरे स्थान में मेरी पत्नी को तो नौकरी मिल जायेगी और बच्चों को भूखा नहीं रहना पड़ेगा। पर, चिंता थी तो उनके जीवन को नीरस और असहाय हो जाने की। जब मुझे पता लगा कि मैं ठीक हो रहा हूँ, तो कह नहीं सकता मुझे कितनी देर तक आंसू रोकने मुश्किल हो गये थे।

फिर तो क्या था। डाक्टर की सिर्फ एक दवा, एक पीला कैप्सूल शाम–सुबह लेना पड़ता था। बांकि मैंने और मेरी पत्नी ने प्रातः का समय इधर–उधर व्यर्थ में बर्बाद करने की जगह, पूजा–पाठ की अवधि बढ़ा दी और एक घंटे तक शिव–शक्ति, हनुमान एवं ईष्ट की पूजा में तल्लीन रहने लगे। लगभग छः महीने बाद मेरी गाल में नब्बे प्रतिशत सुधार था। इतना ही नहीं, मन एवं श्रद्धा से ध्यान, जाप एवं पाठ करो तो परमेश्वर अवश्य सुनता है। मैं यहाँ बताना नहीं चाहता।एक दिन किसी भी एक शक्ति ने सपने में मुझे एक मंत्र दिया था और इसके सहारे मेरी तबियत एवं दिन–चर्या दोनों उत्तम से उत्तम होती रही। पूरे एक वर्ष तक मेरा जबड़ा नहीं खुलता था। परन्तु धीरे–धीरे दवाई, मंत्र–जाप एवं पूजा–पाठ से मेरा मुंह, जबड़ा एवं गाल सामान्य हो गये और डाक्टर ने भी कुछ विटामिन के अलावा मेरी दवाई बंद कर दी। मैं शिव–शक्ति एवं ईष्ट के रूप में उस परम परमात्मा की पूजा–पाठ में इतना लीन हो गया कि आज तक मैं उसे अपनी दिनचर्या का अंग बनाये रखा हूँ। मेरे सारे कार्य सुसम्पन्न होते रहे। दोनों बेटों की अच्छी नौकरी लग गई। उनके शादी–ब्याह भी सुंदरतम संपन्न हो गये और प्यारे–प्यारे बच्चों का लाड़ पाकर मेरा परिवार इसी जाप, ध्यान एवं पूजा–पाठ से सम्पूर्ण हो गया। जैसा मैं सोचा था, वैसा ही मुझे एवं मेरे बच्चों को प्राप्त हुआ। मैं किसी अंधविश्वास को बढ़ावा न देकर आप–बीती

सुना रहा हूँ, जहाँ लगभग दो वर्षों तक सामान्य होने में मुझे जीवन एवं मरण की अच्छी खासी भावना एवं समय को महसूस करने में कठोरतम कष्ट से गुजरना पड़ा। इंसान को स्वयं अपने आप एवं परमेश्वर में भरोसा कर धैर्य से मुसीबतों को निपटाने में ही सफलता का मूल मंत्र होता है। वैसे विज्ञान की अवधारणा के अतिरिक्त हर विचार अंधविश्वास माना जाता है। किन्तु, गणित का गुणा भागा नहीं जानने वाले भी जिंदगी में अपना हिसाब किताब सही कर लेते हैं। परमेश्वर का अपना विधान होता है।

बीमारी एवं रोग के निदान के उपरांत मैं पहले से भी अधिक स्वस्थ हो चुका था, क्योंकि सब बुरी आदतें छोड़ने के बाद एक सात्विक जीवन ही मेरी दिनचर्या का मुख्य रूप बन चुका था। किन्तु, एक मनोविज्ञान घर कर चुका था कि घर परिवार के देवी देवताओं के जितने कर्ज थे और पितरों का जितना देव ऋण था, उसे जीवन रहते हुए सब उतार दिया जाय। दान करने की प्रवृत्ति अपने आप बढ़ गई थी। किसी भी पारिवारिक उत्सव में मैंने कभी भी अपने गाँव–बिरादरी को नहीं छोड़ा। माँ–पिताजी को तीर्थ यात्रा तो करवाई ही थी, मेरी बिमारी से पूर्व ही वे दोनों चल बसे थे। उनके लिए केदारनाथ, बद्रीनाथ एवं पुष्कर नाथ में कई बार तर्पण एवं श्राद्ध कर्म किये। गया, बिहार जाकर सपरिवार आखिरी श्राद्ध कर्म भी किया। कार्य करने में भी मेरा बहुत मन लगने लगा था। अंग्रेजी साहित्य विषय में केन्द्रीय विश्वविद्यालय एवं राज्य विश्वविद्यालय से पूरे भारत वर्ष में सबसे अधिक शोध कार्य कराने का भी मेरा रिकार्ड है, जिसे देश–विदेश में मेरे विद्धत शोध छात्र सिद्ध भी करते हैं। सभी शैक्षणिक एवं प्रशासनिक कार्य संजीदगी से सम्पन्न करे। बीमारी से ठीक होने के उपरांत, जो लगभग सेवा से निवृत होने तक बाईस वर्ष होते हैं, मेरे जीवन में अधिक ऊर्जा भरे थे और जो भी कार्य मुझे करने को मिले, मैंने सफलता पूर्वक सम्पन्न किये। प्रातः का ध्यान एवं पूजा मेरी शक्ति एवं निरोग शरीर के आज भी एक मुख्य कारण हैं। इसी क्रम में मैंने परिवार सहित, ईष्ट की पूजा के अतिरिक्त, ब्यान–धुरा, राम गंगा (गंगोलीहाट के पार) चामुण्डा, हरिद्वार में भगवती में एक माह की पूजा–अर्चना, मामा–कोट की काली, कड़ाई माँ में दस दिन का भागवत, महारूद्र एवं बेताल मंदिर में पूरी बिरादरी को लेकर पूजा एवं केदारनाथ, बद्रीनाथ, माँ वैष्णों देवी और शिरडी साईं बाबा के दर्शन किये। कई और जगह भी पूजा–अर्चना की। लोग मेरी

पूजा–पाठ में उंगली उठाये एवं नजर गड़ाये रहते थे। मैंने देवी माता के मंदिर में भागवत करवाया। माँ का आदेश था। दस दिनों तक भक्तों की भीड़ लगी रही और बड़ी संख्या में सभ्य, संभ्रात प्रकार के लोग सम्मिलित हुए। कुछ चिढ़ने वाले और अकर्मण्य व्यक्तियों ने यह कहने से भी परहेज नहीं किया कि हमने भागवत नहीं, वरन् तांत्रिक पूजा की। आज उनके हाल भी देखने लायक हैं। कर्म एवं भावना स्वयं फल की ओर धकेल देते हैं।

एक चमत्कार कहूँ या विज्ञान का कोई प्रभाव, राम गंगा (पिथौरागढ़) के किनारे माँ चामुण्डा के मंदिर में मेरे परिवार द्वारा मई 2008 को दी गई पूजा में लगभग एक सौ पचास लोगों की उपस्थिति में ऐसा ही कुछ घटित हुआ, जिसे आम आदमी शायद तुरंत स्वीकार न करे। किन्तु, यहाँ जो वर्णित हो रहा है, वह पूर्णतया सत्य है। लगभग 22 कि0मी0 पैदल जाना और इतनी दूरी तय कर पैदल आना था। दशकों पूर्व चामुण्डा मंदिर में बलिदान होते थे और पूजा में बलि अनिवार्य होती थी। मैं स्वयं शाकाहारी हूँ। हम और हमारे अतिरिक्त पूजा लेकर गये समस्त लोगों ने देखा कि जानवरों का एक झुंड नदी के किनारे ही मंदिर से सटकर विचरण करता रहता था। पूजा होने के उपरांत ज्यों ही खाना–प्रसाद पकाया जाने लगा और पूड़ियां बनने लगी, समस्त जानवर, एवं उनका परिवार क्रियाशील हो गया और बेसब्र होकर पकते भोजन में सींग गड़ा कर लगभग आक्रमण करने लगे। किसी तरह उनको अलग किया गया। किन्तु, वे खाना पक जाने तक आक्रामक बने रहे। चामुण्डा को प्रसाद चढ़ाने के बाद तो उनको किसी के द्वारा रोक–पाना मुश्किल था। पंडित जी ने बड़े–बड़े बर्तनों में उन्हें पूड़ी और पूजा का प्रसाद अर्पित किया। सभी जानवर एवं उनके बच्चे उसमें ऐसे टूट पड़े जैसे बादाम–किशमिश से बना मीठा हलुवा हो। प्रसाद में चामुण्डा को चढ़ाये प्रसाद के टुकड़े वे बड़े चाव से चबा रहे थे। गरम–ठंडा भी उनकी समस्या नहीं थी। पंडित जी ने बताया कि वे माँ चामुण्डा के असली गण हैं और हर रोज पूजा में आये प्रसाद को इसी प्रकार चट कर जाते हैं और रामगंगा नदी की ओर चले जाते हैं। संध्या पहर फिर आकर मंदिर के आस–पास ही बैठ जाते हैं। पिथौरागढ़ मुख्यालय से 30 कि0मी0 पूर्व की ओर गाड़ी से और लगभग 22 कि0मी0 पैदल उत्तर की ओर संगम में स्थित शक्ति पीठ अति सुन्दर एवं रमणीक स्थल है। अब इतनी दूर मैं किसी वैज्ञानिक तर्क का समर्थन अथवा विरोध तो नहीं कर सकता,

किन्तु मेरे लिए जानवरों को शेर की तरह बलि का हाड़–मांस सहित प्रसाद खाना एक अचंभित करने वाला अनुभव अवश्य था, जिसका कारण कोई आज भी मुझे बता सके तो मैं हर्षित होकर उसका आनन्द लूंगा। वैसे, मेरे साथ उपस्थित लोगों ने इसे माता का ही चमत्कार माना था। यदि मेरे गाँव बिरादरी के कुछ चंद लोग, किसी भी उद्देश्य से, इसे भी मेरे द्वारा की गई तांत्रिक क्रिया या जादू–टोना कहें, तो माँ चामुण्डा या मैं उनकी ऐसी कुबुद्धि के लिए क्या कर सकते हैं!

भूमि और माँ–बाप के आशीर्वाद का कर्ज अन्य सभी कर्जो से भारी होता है। मैं आजीवन इस भावना का आदर करता रहा और इसी के अनुसार अपने गाँव, यहाँ के लोग एवं बिरादरों के प्रति सम्मान व्यक्त करते हुए मैंने निर्णय लिया कि सेवानिवृत्ति के बाद ग्रामीण परिवेश में अपना अधिक से अधिक समय व्यतीत करने के लिए, संसाधन जुटा कर, स्वच्छ पर्यावरण एवं सुंदर पर्वत मालाओं के मध्य निवास करूंगा। जिस माटी में मेरे पूर्वज रहे और हमको इस दुनिया में सशक्त होकर विचरण करने योग्य बनाया, उसी को नमन करते हुए अपना शेष जीवन गुजारूं। मैंने अपने सेवानिवृत्ति में प्राप्त धनराशि का पचास प्रतिशत उपयोग गाँव के मकान के बगल में एक नया आशियाना बनाया, जिसमें वो सब सुख–सुविधायें हैं, जहाँ हमारे मित्र, रिश्तेदार एवं अन्य ग्रामीण अंचल में आने–जाने वाले मेहमान आराम से समय बिता सकें। मेरे परिवार एवं बच्चों ने भी पूरा सहयोग दिया कि पितरों की भूमि में भी जीवन के अनंत एवं सुखमय पल बिता सकें। मैं सेवा–काल में भी गाँव में अधिक समय बिताता था।

मुझे विश्वास था कि मेरे गाँव से लगाव, पद प्रतिष्ठा एवं व्यवहार को देख कर मेरे लोग मेरा सम्मान करेंगे। लेकिन मेरा अनुमान गलत निकला। ऐसे कुछ लोगों की भावनायें भी मुझे पूर्व में अच्छी तरह ज्ञात नहीं थी। टॉमस हार्डी, एक अंग्रेज लेखक का उपन्यास, **द रिटर्न आफ द नेटिव** मैंने पढ़ा भी था और एम0ए0 स्तर पर पढ़ाकर उसके ऊपर शोध कार्य भी करवाया था। उसका हीरो, टॉम, जो एक हीरों का व्यापारी है, अपने गाँव एवं लोगों के प्रति भावुक होकर, व्यापार छोड़ गाँव आ जाता है और अनेकानेक योजनायें प्रायोजित कर सामूहिक विकास करना चाहता है। परन्तु वह बुरी तरह असफल होता है। सभी लोग उसकी अमीरी एवं संसाधन देखकर चिढ़ते हैं, और उसे बर्बाद करने के लिए

हर पल कुछ न कुछ करते रहते हैं। अंत में बेचारा अकेला, असहाय एवं अंधा–गरीब हो जाता है, चूंकि सभी उसे छोड़कर चले जाते हैं। कहने का तात्पर्य यह है कि मैं वह टॉम नहीं था, जो अपनी ही भावना के भंवर में शिकार हो जाऊँ। गाँव में भी बसा, पर लोगों की चिढ़ और जलन को मैंने अपने ऊपर इस कदर हावी नहीं होने दिया कि मैं अपने उद्देश्य को छोड़कर वापस चला जाऊं और उन्हें खुश होने का लुत्फ उठाने दूं। चट्टान की तरह खड़ा रहा और आज भी खड़ा हूँ। एक चीज मेरे काम आई, वह थी सही और जरूरतमंद को ही अपनी भावना में स्थान देने की, न कि छुपे दुश्मनों को। ऐसे जल–कुकड़ों को राख होने देना ही उचित है। जितना मुझे ऐसे लोग चिढ़ कर अपमानित करने की कोशिश करते हैं, मैं उसी अनुपात में अपना ऐशो–आराम, दान–पुण्य और बढ़ा देता हूँ। आदमी भावना से नहीं, विचार से जीता है। भावना तो अपनों के लिए होती है। मेरे पीछे मेरे नये आवास को देख कम से कम दस लोगों ने बस्ती में नये मकान बनवाये। यही मेरा सच्चा उद्देश्य गाँव एवं संस्कृति को बचाने का था। यह मेरे साथ लोगों का कितना न्याय था कि यदि मेरे विरुद्ध कहने एवं बातें बनाने को कुछ भी नहीं मिला, तो दुनिया के सबसे पवित्र कार्य पूजा–अर्चना को ही मेरे विरुद्ध हथियार बनाने का असफल प्रयास किया? मैं तब भी सबका भला सोचूंगा। किन्तु, न्याय तो परमेश्वर इंसान के कर्मों के अनुसार करता ही है। यदि आप वापस गाँव में जाकर बसना चाहें, तो अवश्य बसें, किन्तु युद्ध क्षेत्र की तरह सभी चुनौतियों का सामना करने की पूरी तैयारी के साथ।

नेता वह व्यक्ति विशेष होता है जो किसी खास विचार धारा का अनुसरण करते हुए जन–मानस की आम समस्याओं का समाधान प्राप्त करने के प्रयासों की अगुवाई करता है। वहीं, एक जनप्रतिनिधि भी समस्याओं का समाधान ढूढंने का अथक प्रयास तो करता है, परन्तु एक सीमित क्षेत्र एवं संसाधनों के अन्तर्गत ही। एक नेता जरूरी नहीं कि एक जनप्रतिनिधि भी हो और एक जनप्रतिनिधि नेता भी हो, यह भी जरूरी नहीं। एक ग्राम–प्रधान जनप्रतिनिधि होता है, किन्तु जरूरी नहीं कि वह नेता भी हो। अपने क्षेत्र के अंदर उपलब्ध संसाधनों के अनुसार समस्याओं को सुलझाने एवं संसाधन उपलब्ध कर योजनाओं को आकार प्रदान तो कर सकता है, किन्तु किसी खास विचार धारा के अनुरूप नेतृत्व प्रदान करे, यह आवश्यक नहीं।

इसी प्रकार के अपने महति अनुभव के परिप्रेक्ष में यदि मैं श्री हरीश रावत से जीवन में अपने संबंधों का जिक्र न करूं, तो यह स्वयं में उनका एवं मेरा अपना अपमान होगा। वे एक लोकप्रिय, मृदुभाषी, सम्मानित एवं बुद्धिमान राजनेता हैं। बचपन से ही संघर्षो से जूझते शिखर तक पहुंचने वाले वह पहाड़ के गिने चुने नेताओं में से एक हैं। अच्छाई एवं बुराई संसार में जन्मे हर प्राणी में होती है। मैं कभी भी उनकी आलोचना नहीं करुंगा। इंसान की अच्छाई को अपनाना और बुराई को गंगा में बहा देना ही सच्चा कर्म होता है। समय और हरीश रावत जी से मैंने बहुत कुछ सीखा। अगर कोई आपको धक्का देकर, आगे दौड़ कर, ओझल हो जाये और आप शरीर से ज्यादा ह्रदय से घायल हों, तो क्या करें! इसका समाधान भी रावत जी से सीखे यादगार अनुभवों से प्राप्त होता है। दर्द का एहसास होने पर भी मंद–मंद कैसे मुस्कराना चाहिए, इसकी सीख और प्रेरणा भी दोनों उनसे ही मिलती है। भले ही वे कितने ही बड़े राजनेता हों, उनकी लोकप्रियता अल्मोड़ा–पिथौरागढ़ संसदीय क्षेत्र के जन–मानस में एक जनप्रतिनिधि की ही है। वे जब सांसद नहीं रहते थे, तब भी लोग कार्य न होने पर उन्हें ही जनप्रतिनिधि मान कर कोसते थे। वे प्रातः बंदनीय हैं। श्री हरि विष्णु का धाम हो या शमशान, रावत जी के साथ बिताये घंटे व मिनट पूरी श्रृष्टि का भान करा देते हैं। हमें तो उनके कथनों एवं हमारे उद्धार के लिए उनके द्वारा किये प्रयासों से सदा एक प्रकार का मोक्ष प्राप्त हो जाता था।

मेरी पहली मुलाकात उनसे 1980 के संसदीय चुनाव के दौरान हुई, जब वे लगभग 25 वर्ष के युवा कांग्रेस प्रत्याशी बन कर बिशुंग, मेरे गृह क्षेत्र में आये थे। एक प्रतिभाशील नव–युवक, मिलनसार, धरती–पुत्र एवं पढ़े लिखे रावत जी को सबने हाथों–हाथ लिया और हमने भी उनकी यथा संभव सहायता की। मेरे पिता जी स्वर्गीय श्री सोबन सिंह जीना के निकटस्थ मित्र थे और उन्होंने उनकी पार्टी का ही सहयोग किया। किन्तु, हम सबने श्री रावत जी को ही हमेशा अपना जनप्रतिनिधि एवं नेता माना। मेरी ससुराल से श्री महेन्द्र सिंह माहरा उनके अभिन्न मित्र एवं कार्यकर्ता थे, और उनके ही आह्वान पर समस्त मित्रों एवं रिश्तेदारों ने भी हमेशा श्री रावत जी का ही समर्थन किया।

मैं नई दिल्ली उनके आवास में भी कई बार गया और मुझे पूर्ण सम्मान भी मिला। मेरी उनसे गढ़वाल क्षेत्र में पहली मुलाकात नारायणबगड़ में हुई थी,जहाँ से बगोली तक वे मुझे

अपने साथ लाये थे। मैं प्रवृत्ति से ही अपशब्द और अनर्गल बातें सुनने का आदि नहीं हूँ। निष्पक्ष एवं न्यायपूर्ण बातें मुझे अधिक पसंद आती हैं। इसी कारण मैंने कभी भी राजनीति में आकर चुनाव लड़ने की न कोशिश की और न ही मेरी इसमें रुचि रही। हाँ, जहाँ मुझसे सहयोग मांगा गया, मैंने तन–मन लगाकर कार्य किया। मैं उनके कहने पर ही श्री चन्द्रमोहन सिंह नेगी के चुनाव कार्य में छुट्टी लेकर गया था। मैं बगोली में उनसे विदा होते हुए उस दिन ही उनकी भावना समझ गया था, जब रावत जी ने मुझे राजनीति को एक गंदा खेल और नेता को असमंजसों का पिटारा बताया था। वे मुझे राजनीति में आता देखकर कुछ झिझक से रहे थे। ठीक भी था। अपने लिए एक कुछ ठीक–ठाक दिखने वाला प्रतिद्वंदी कौन पैदा करेगा? यह अगर उनके मन–मस्तिष्क में बैठ गई बात थी कि मैं कहीं उनके लिए खतरा बनूंगा, तो यह अवश्य उनकी अपनी सोच थी। मैंने कभी भी उनको मदद करने के अलावा कुछ नहीं सोचा। मैं आज तक उनकी उस चिंता से वाकिफ हूँ और इतने वर्षों में हर पल, हर क्षण इसको विडम्बना के रूप में महसूस भी करता रहा हूँ। अपनी याद और लोगों के परिलक्षित व्यवहार से मैं आज भी जाग्रत हूँ।

मुझे जीवन में चुनाव नहीं लड़ना था और न ही मित्रों को परेशान करना था। अपने परिवार को संजोये रखकर, ससम्मान उनका जीवन सफल बना सकता, यही मेरा पहला उद्देश्य एवं मेरी परिकल्पनाओं का विकल्प था। यदि मैं चुनाव लड़ता तो अपने विश्वविद्यालय, इलाहाबाद के पूज्य गुरू डा0 मुरली मनोहर के अल्मोड़ा–पिथौरागढ़ संसदीय क्षेत्र से हटने के उपरान्त लड़ता, जहाँ से मुझे किसी के माध्यम से आमंत्रण भी मिला था। किन्तु, रावत जी के लिए समर्पण, एक खानदानी व्यक्ति, अच्छी नौकरी एवं अपनी सेक्युलर सोच के चलते किन्हीं खास कारणों से ऐसा नहीं कर सका। अगर मैं अपने ह्रदय की बात कहूँ, तो मेरे सबसे पसंदीदा राजनेता श्री भगत दा हैं, जो फिल–वक्त महाराष्ट्र के महामहिम राज्यपाल हैं। एक बार राजनैतिक रूप से उनसे जुड़ने के बाद मेरे जीवन में पता नहीं क्या–क्या होता, मैं खुद नहीं जानता। कहते हैं ना, 'मुल्ला की दाढ़ी चुमाई में गयी।' हर किसी ने मुझसे प्रचार करवाया, दौड़ाया, भगाया और थकाया। हो सकता है रावत जी इन बातों से अनभिज्ञ हों। भगत दा ने मुझे अपार स्नेह दिया और बिना राजनैतिक पैंतरे बाजी किये मेरे लिए बहुत कुछ करना चाहते थे। लेकिन मेरी चमड़ी

तक में तो श्री हरीश रावत जी की मुहर लगी थी। उनका भी तो हाई–कमान था। बेदाग, स्वच्छ छवि, चरित्र का ईमानदार, स्पष्टवादी एवं दयालु, श्री भगत दा को मैंने कभी भी किसी कार्यकर्ता के साथ अन्य की तरह छल या धोखा करते नहीं देखा। और न कभी किसी कार्यकर्ता या लगनशील सहयोगी के पैर इसलिए काटते हुए देखा, या सुना क्योंकि उस व्यक्ति की ऊंचाई उनसे अधिक बढ़ती जा रही थी। न ही मैंने कभी उन्हें पैसे के लालच में अपने ही असीम कार्यकर्ता को किसी अन्य के पास बिक्री करते हुए देखा या सुना है। ऐसे नेतृत्व को पाने वाले कार्यकर्ता और क्षेत्रवासी भाग्यशील होते हैं। जो भी उनके सम्पर्क एवं स्नेह आशीष का पात्र बना, उसका कल्याण ही कल्याण हुआ।

हरीश रावत जी की जय हो। पर होगी कैसे? वे तो हारते ही जा रहे हैं। मेरे अधिक से अधिक मित्रों, सहयोगियों एवं कांग्रेस से जुड़े कार्यकर्ताओं तथा शुभचिन्तकों ने हमेशा ही यह प्रश्न पूछा कि रावत जी के इतने करीब होते हुए भी उन्होंने आपके लिए कुछ क्यों नहीं किया? ''चाल छुपाये कूबड़ी, लहंगा लम्बा ओढ़'' वाली कहावत मेरे साथ भी हुई। लात तो खाई, पर क्या, मखमल के जूते से! सीने में लपेटे दर्द की चीख कभी न जुबान और न कभी आंखों में आने दी। मैंने हमेशा ही उन सब को दो कारण बताये–एक तो भाग्य और दूसरा रावत जी का मेरे ऊपर महाजन जैसा कर्ज। सबका अपना–अपना भाग्य होता है। कर्म भी हमेशा इच्छानुसार फलीभूत नहीं होता है। संतोष करने के लिए कह सकते हैं कि कर्म से ही भाग्य बनता है। ऐसा होता तो मैं शुरु से ही श्री मुरली मनोहर जोशी अथवा भगत दा से जुड़ता। कर्म तो अथाह किया था, परन्तु फल भगवान श्री कृष्ण के उपदेश के अनुसार कर्म करने में ही पाया और फल की इच्छानुसार नहीं। मेरा भाग्य मुझे एक सीधे–सादे, सफल जीवन की ओर ले गया, जहाँ अपनी समस्त जिम्मेदारियों का सफलतापूर्वक निर्वहन करते हुए शांति एवं संतोष का जीवन व्यतीत कर रहा हूँ। चोट खाये इंसान की टीस तो अंत समय तक रहेगी ही रहेगी। मुझे अपने लिए कोई अफसोस नहीं है। अफसोस एवं चिंता होती भी है तो रावत जी के लिए। अब वो यह न कहें कि मुझे उनकी चिंता करना छोड़ देना चाहिए। कैसे न करूँ। उनका शुभचिंतक और चमड़ी से जुड़ा इंसान जो हूँ। कैसा भाग्य पाया उन्होंने। इतने विद्वान, कर्मठ, संवेदनशील एवं सूझ–बूझ वाले राजनीतिज्ञ कहाँ असफलताओं के भंवर में उलझते गये हैं। मेरा भाग्य तो

मेरे कुछ न बन जाने पर महा कष्टकारी निकला। रावत जी का भाग्य तो और भी दिल दहलाने वाला है। शायद मात्र पच्चीस वर्ष की आयु में सांसद बनने वाले वे पहले युवा व्यक्ति होंगे। मुझे याद है कि सन् 1980 में लगभग तीन लाख वोटों से पहला संसदीय चुनाव जीते थे। लगातार दूसरा चुनाव हजारों में और तीसरा मात्र लगभग बारह हजार से जीते। उसके बाद लगातार चार चुनाव श्री रावत जी ओर पांचवा चुनाव श्रीमती रावत भी हार गईं। उनकी इन हारों से हराने में न तो अल्मोड़ा–पिथौरागढ़ का मतदाता ही थका न और उनको हारते देख कार्यकर्ता ही। अजीब विडम्बना थी ऐसी राजनैतिक साख को मटियामेट होते देखना। हम लोग इस विकट इतिहास से क्षुब्ध थे और घोर दुःखी भी। लाखों में शुरू हुई जीत पाँच लगातार हारों की श्रृंखला में बदल गई। आज भी सोचता हूँ कि ऐसी कौन सी भूल हो गयी थी जो इतने बड़े नेता को जनता की भावना का इस प्रकार कोप भाजन बनना पड़ा। इसके वास्तविक रूप में कई कारण थे, जिनको में अन्यत्र वर्णित करना चाहूँगा।

पहाड़ में उनका संसदीय क्षेत्र तिवारी सरकार ने आरक्षित घोषित किया, जो एक प्रकार से उनके लिए वरदान ही सिद्ध हुआ। वे हरिद्वार से चुनाव लड़े और जीते। यहाँ से वे सांसद भी बने एवं केन्द्र में मंत्री भी। सोचते थे अब वे जीतों का रिकार्ड बनायेंगे। किन्तु, फिर वही। उनके मुख्य मंत्री मनने के बाद श्रीमती रावत का संसदीय क्षेत्र से और उनके दो विधान सभा क्षेत्रों से चुनाव हार जाने के कारण तो कार्यकर्ता भी भयाक्रांत था। और फिर उनके अगले संसदीय चुनाव में बड़ी हार के चलते पता नहीं किस कार्यकर्ता का मनोबल कैसे–कैसे तार–तार हुआ होगा, कहना मुश्किल है। पता नहीं किस का भाग्य किसको कहाँ ले जाता है। धैर्य बड़ी चीज है। भाग्य का करा तो स्वीकारना ही पड़ता है। आश्चर्य तब होता है जब उनकी लोकप्रियता को भाग्य का साथ कतई नहीं मिल पाता। चाहे उनकी कोई जनसभा हो या नामांकन, भीड़ उसका प्रमुख अंग होती थी। ऐसे दृश्यों को देखकर विरोधी पक्ष का माथा ठनक जाता था। परन्तु मतगणना के परिणामों में चार–पहिया वाहनों एवं भीड़ का रैला नदारत मिलता था। यह उनके चुनाव का एक चरित्र बन गया था कि जितनी भीड़ उतनी हार। आखिर क्यों?

रावत जी जब मुख्यमंत्री थे, तब से ही मैंने अपने से संबंधित कर्मठ एवं पढ़े–लिखे कार्यकर्ताओं एवं मित्रों को दूरस्थ क्षेत्रों तक साक्षात्कार अथवा पूछताछ द्वारा रावत जी के हार के कारणों एवं संभावनाओं को लेकर एक लघु शोध पुस्तक लिखने हेतु सामग्री जुटाई। रावत जी को स्पीड पोस्ट, उनके पी0एस0 को लिखित दो पत्र, एवं मौखिक रूप से भी इस हेतु साक्षात्कार देने के लिए आवेदन किया। मुझे तब तो क्या, अब भी उसका उत्तर नहीं मिला। हो सकता है कि उनकी रुचि इन छोटी चीजों में न हो। परन्तु मैं दावे के साथ कह सकता हूँ कि मेरी पुस्तक, ए वर्कर रिपोर्टिंग : माई डेज विद हरीश रावत, जो लगभग पूरी होकर प्रेस को जानी है और उनकी स्वीकृति के बाद प्रकट होगी, उन तथ्यों एवं कारणों को उजागर करती है, जिसके चलते वे राजनीति की ढलान में चले गये। यदि उस समय भी वे साक्षात्कार देते, जब वे विधान सभा के दो सीटों से चुनाव हारने को जा रहे थे, वे बिल्कुल नहीं हारते। क्योंकि आठ हार के प्रमुख कारणों में वे भी कारण पुस्तक हेतु चुन गये हैं, जिनको समझने के उपरांत वे पर्वतीय सीट को नहीं छोड़ते तथा जीत जाते। कुछ इस पुस्तक में वे भी दृष्टांत हैं, जो रावत जी को आहत करते हैं और उनके प्रभाव को वे महसूस करते हुए भी समाधान तक नहीं पहुंचा पाते। सारे पाठक एवं कार्यकर्ता उन कारणों से सहमत होंगे और समाधान के लिए प्रयासरत भी रहेंगे। मैं इसके लिए आश्वस्त हूँ। रावत जी उनको कैसे लेंगें, यह मैं नहीं जानता। बड़े नेता ने अगर एक अदने से व्यक्ति कि राय मानना स्वीकार कर लिया तो वह छोटा हो जायेगा, भले ही हार ही उसकी परिणीति क्यों न बन जाय! एक शुभचिंतक स्वभाव से शुभ ही चाहता है भले ही उसके मानसिक कत्ल की योजना को ही क्यों न कार्य रूप दे दिया गया हो। उनके बिना साक्षात्कार के भी अब अगले संसदीय चुनाव से पहले वह पुस्तक पाठकों के हाथ में होगी। तहलका तो सोच की बात होती है। जो अर्थ रखता है, वह सिर्फ संयत भाषा में प्रकट किया गया सत्य होता है; वह चाहे राजा का हो या गंगू तेली का।

मैंने कहा कि मेरा रावत जी से मन का मेल उनकी एक अनूठी कृपा से है, जो मेरे जीवन एवं मेरी परिवार के कल्याण से संबंधित है। इसी के साथ उनके विश्वासपात्र, मित्र एवं वरिष्ठ कार्यकर्ता महेन्द्र सिंह माहरा का ऋण भी मेरे ऊपर था, जिसको अदा करने में मुझे

अपने जीवन के कई वर्ष उनकी सेवा में देने पड़े। रिश्तों की डोर विश्वास से जुड़ी होती है।वो चाहे जितनी भी मोटी हो, विश्वासघात अथवा षड़यंत्रों के प्रहार से टूट कर बिखर जाती है। राजनैतिक आकांक्षा मित्रों को शहीद कर इच्छित फल पाने में सहायक तो हो सकती है, परन्तु यह आशाओं एवं सफलता से भरे जीवन को भी निराश कर एक दिन ढ़हा जरूर देती है। मैं आत्मा से इन दोनों का आज भी एहसानमंद हूँ। मैंने लिखा है, प्रोफेसर ठाकुर के देहावसान के बाद चिता की अग्नि के वार से मेरा पैर झुलस गया था और मेरे पैर में लगी आग को एक मित्र ने कफन की सहायता से बुझाया था। शायद किसी पत्थर या बालू में छिपी किसी मानव हड्डी से मेरे सिर में चोट आ गई थी। कार्य करते–करते पौड़ी परिसर में एक दिन थक कर घर गया और चाय पीकर बैठे–बैठे बेहोश हो गया। मेरे मित्रों ने मेरी बड़ी मदद की। मेरी जब आंख खुली, मैं राम मनोहर लोहिया अस्पताल, नई दिल्ली में हरीश रावत जी के सामने था। उन्होंने सी0एम0एस0 के सामने ले जाकर बड़े सम्मान से मेरा ईलाज कराने की प्रक्रिया शुरु करवाई। मेरी पत्नी एवं दो छोटे–छोटे बच्चे कहाँ होंगे और कैसे होंगे, मेरी पहली चिंता थी। रावत जी ने ही बताया वो नजदीक में ही मेरे मामा के लड़के के घर में थे। शांति हुई। मेरे बड़े भाई आदि सभी परिवार–जन पहुंच चुके थे।यह श्री हरीश रावत जी का मेरे प्रति स्नेह था, अथवा राजनैतिक आशा की गणित, यह स्वयं वे ही जान सकते हैं।

श्री गणेश मर्तोलिया, जो मेरे अच्छे मित्र एवं एक सज्जन व्यक्ति हैं और उत्तराखण्ड शासन में विभिन्न पदों में विशिष्टता एवं ईमानदारी के साथ आई0जी0 के पद से सेवानिवृत होकर, प्राधिकरण में कार्यरत हैं। उन दिनों दूरभाष की सुविधा लगभग शून्य थी। यह घटना सन् 1985–86 की है। उन्होंने ही इस घटना के बारे में वायरलेस से श्री माहरा जी को पिथौरागढ़ बताया, जहाँ से सूचना श्री रावत जी को दी गई। उन्होंने मेरी मदद हेतु दो व्यक्तियों को भेजा था और रू0 2000.00 (रूपया दो हजार मात्र) का चैक भी भेजा था। सबको मालूम था कि मैं बेहोशी की हालत में रातों–रात नई दिल्ली पहुंचा था। उन्होंने सोचा हो सकता है कि मेरे परिवार के पास उस समय खर्च हो या न हो। पौड़ी परिसर के प्रचार्य डा0आर0सी0 रावत ने स्वयं मेरी पत्नी को आश्वासन दिया कि वे उनकी पूरी आर्थिक एवं इलाज के लिए मदद देंगे। पत्नी ने उनका सहारा मानते हुए यह

कह दिया कि उसके पास पूरी व्यवस्था है। मैं कुछ दिनों बाद ठीक होकर अपनी सेवा में चला गया। बातें चली गईं, यादें रह गईं। यदि मैं नई–दिल्ली परिवार सहित नहीं पहुंच पाता तो मेरे बच्चों का क्या होता? यह सोचकर रावत जी, माहरा जी, गणेश भाई, आदि सभी का आज भी तहे दिल से आभार मानता हूँ। माँ–बाप के न होने से बच्चों का जीवन क्या हो जाता है, यह समझने वाला ही महसूस करता है। यह ऋण रावत जी का मैंने तब भी माना और आज भी मानता हूँ। इसी कारण मैं सब जानते हुए और सब समझते हुए भी, उन्हें कभी छोड़ नहीं पाया। यद्यपि मेरे साथ दोनों ओर से शरारत हुई, पर मैं अनजान सा सब सह कर गंभीरता से हर कार्य करता रहा। दोस्त जानकर जिसके साथ जिंदगी में चार कदम भी साथ चले हों, उसे उसकी नादानी पर भी उसे ठुकराते नहीं! जीवन जीने का नाम है। अपने दो वक्त के लाभ के लिए कोई मुंह मोड़ कर बिछुड़ ले, वह जरूर थक कर रुक जाता है। यही ठहराव कभी–कभी किसी के भी भाग्य के कहर का कारण भी बनता है। चिता की आग एक दिन स्वाहा करती है, आह की आग पूरे भविष्य को राख कर देती है। बात धैर्य और समझ की होती है।

मैं किसी को भी उसकी स्वयं की असफलता के लिए दोषी नहीं मानता हूँ। परन्तु, दोस्ती की श्रद्धा एवं साथ चले दिनों के विश्वास के चलते इतना तो मेरा हक बनता है कि मैं उसे उसके भविष्य की सफलता के लिए अपनी ओर से आगाह कर सकूं। भाषणवीर होना तो सिर्फ बड़े वक्ताओं का अधिकार होता है, पर अपनी चिंता जाहिर करना हर व्यक्ति का हक होता है। हरीश रावत जी के अल्मोड़ा–पिथौरागढ़ संसदीय क्षेत्र से परिवार सहित पांच बार लगातार हारना कोई संयोग नहीं था। इनकी इन पराजयों के लिए मुख्य आठ कारणों में से एक कारण यह था कि वह बहुत कम उम्र में सांसद बन गये थे, जहाँ परस्पर सांसद के कर्तव्य एवं जन–भावना के बीच तालमेल में अनुभव हीनता के चलते इंसान को जीवन दर्शन, विशेष कर वृहद सामाजिक ताने–बाने, समस्याओं एवं क्षेत्र की जनता का मनोविज्ञान का पूर्ण एहसास नहीं हो सकता था। उनके सांसद बनने तक भी इस संसदीय क्षेत्र का चाल–चरित्र भी कांग्रेसी था, जिसका उन्हें हमेशा लाभ मिला। छोटी उम्र में, बिना संघर्ष किये वे समाज एवं उसकी विकटता को समझ नहीं पाये और नादानी कर बैठे। यह तथ्य मैं हजारों लोगों से बात–विमर्श करने के बाद ही उजागर कर रहा हूँ।

उन्होंने अति उत्साह एवं सबको खुश करने की कोशिश में आम लोगों को, ऐसा कई व्यक्तियों ने कहा, थोड़ी सी उम्मीद का वचन देकर भी निराश करने की आदत बना ली थी। एक बात मैं ग्रामीण क्षेत्रों के भ्रमण एवं रात्रि प्रवासों के आधार पर कहना चाहता हूँ कि जिस प्रत्याशी के मुख्य कार्यकर्ता चालीस से पचास की बीच के होंगे, वह वर्षों–वर्षों तक चुनाव नहीं हार सकता। यह मैंने रावत जी के चुनावों के दौरान कई लोगों की बातों एवं समस्याओं को सुनने एवं उनसे विचार–विमर्श के उपरांत समझा है। मैं वर्णन करके नहीं, एक उदाहरण देकर उनके हार के कारणों में से एक को प्रमाण के रूप में प्रस्तुत करना चाहता हूँ।

रावत जी के हर चुनाव में मुख्य कार्यकर्ताओं में स्थायी रूप से इसी उम्र के अधिक लोग थे। उनका लाभ यह होता है कि एक पुल की तरह युवा, बच्चों एवं बुजुर्गों में उनका प्रभाव एवं घनिष्ठता अधिक होता है। उस जमाने में तो वे ही अपने–अपने परिवारों के हर्ता–कर्ता होकर परिवार एवं गाँव को चलाते थे। अब बताऊँ, एक थे राम सिंह, उम्र 48 वर्ष, जी–जान से कार्य करने वाले, सेवानिवृत्त सैनिक, झलानदेव के निवासी थे। उन्होंने नेता जी को लोहाघाट में कहा, 'मेरे लड़के को बरेली पी0ए0सी0 की होने वाली भर्ती में निकलवा दो।' क्षेत्र से वे दिल्ली पहुँचे और वहाँ से उन्होंने दूरभाष में कहा, ''मैंने वहाँ के डी0आई0जी0 से बात कर ली है। तुम चले जाओ। मेरा नाम ले लेना। तुम्हें भर्ती कर देगा।'' लड़का गया। जमा पूंजी भी खर्च कर आया। उसने आकर अपने पिता जी के ऊपर बहुत क्रोध किया और बताया कि उसे तो शुरू में ही धक्का देकर निकाल दिया था। ऐसे ही कई–कई बातें सामने आने लगी और रावत जी की छवि में कोहरा छाने लगा। गाँव के गाँव बागी होने लग गये थे। वह लड़का आज भी लोहाघाट स्टेशन में दूर धारे से घर–घर पानी भर कर पहुँचाता है और रावत जी तो क्या उनके कार्यकर्ताओं का भी कुप्रचार करता है। यह मात्र एक नजीर है। वास्तव में ऐसे घातक कदमों से एक–एक परिवार की तीन–तीन पुश्तें खुले विरोध में आने लगी। सभी लोग बच्चों को सरकारी नौकरी में चाहते थे। नौकरी मिलती नहीं थी। झूठे आश्वासनों से तो विश्वास ही टूटता है। रावत जी के लिए चुनावों के होते–होते उनकी धरती ही खिसक गई थी। एक हवा बन गई थी कि वे भरोसा देकर तोड़ देते हैं। लोगों ने पहले चुनाव के बाद ही नाराजगी

व्यक्त करना शुरु कर दिया था कि भरोसा देकर नौकरी नहीं दिलाते हैं। अगले चुनावों में बाप–बेटा, दादा और परिवार सब मिलकर इकट्ठा विरोध में जाने लगे। जमीनी कार्यकर्ताओं के काम–काज नहीं हुए, इसलिए वे भी लोगों के अप्रिय होकर टूटने लगे। अच्छा तो यही था कि सांसद सरकारी नौकरी का आश्वासन ही न दे। यही अबूझ नादानी कहलाती है। भरतपुर लुट जाने के बाद कहाँ का अफसोस! ऐसे वाकये होने के बाद रावत जी के लिए विरोध की एक चेन बन गई थी, जिसे वे क्षेत्र छोड़ने तक कभी नहीं तोड़ पाये, अन्यथा 'राम–लहर' में तो कई लोग कभी जीते भी, कभी हारे भी। ऐसा नहीं था कि राम जी ने उन्हें राजनीति में हमेशा के लिए ही सुला दिया हो। हमने तन–मन, आत्मा से कार्य किया था और मिलती थी असफलता। इसी क्षति के कारण अंदर तक खाई चोट, अवसाद के रूप में बाहर आने लगी। उनके नुकसान का मुझ जैसे हर समर्थक को आज भी अवश्य मलाल होता है। राजनैतिक क्षेत्र में फलता, फूलता एक हरा वृक्ष कटता देखा। आज भी आंखे नम हो आती हैं। पर क्या करें! कुल्हाड़ी तो लोगों के हाथ में उन्होंने ही दी थी।

सर्वश्रेष्ठ सांसद रह चुके हरीश रावत जी एक ओजस्वी वक्ता और सम–सामयिक विषयों के प्रबुद्ध ज्ञाता रह चुके हैं। मैं जब उनके बारे में लम्बा सोचता हूँ, तो साफ दिखता है कि अपने राजनैतिक सहयोगियों में सबसे प्रखर नेता होते हुए भी उन्हें वह सब नहीं मिला जिसके वे हकदार हैं। सुखी, समृद्ध एवं ऐशो आराम की जिन्दगी होते हुए भी सकून प्राप्त करना सबके भाग्य में नहीं होता। एक केन्द्रीय मंत्री एवं मुख्यमंत्री रह चुकने के बाद भी मन की छट–पटाहट का अलग हिसाब होता है। उनके साथ के कई लोगों ने अपना राजनैतिक वंश बढ़ाते हुए अपने बच्चों को भी विधायक, सांसद एवं मंत्री बनाने का सौभाग्य प्राप्त किया। कुछ के युवा बच्चे तो उपमुख्य मंत्री बन कर मुख्य मंत्री की दौड़ में भी हैं। ऐसा रावत जी क्यों नहीं कर पाये? इतने भरे पूरे परिवार में देश–प्रदेश के लोगों के भविष्य का नेतृत्व कर हमारा जीवन संवारने वाली वंश परम्परा को आज भी जीवंत रूप नहीं दे पाये? क्यों नहीं आज उनके परिवार में कम से कम एक विधायक तो अवश्य ही होना चाहिए था? वे ज्यादा समझदार और अनुभवी हैं। हमारी तो सिर्फ भावना है। कहीं ऐसा तो नहीं है कि अपेक्षाओं के भंवर में किसी कार्यकर्ता के आंसू बाढ़ बन कर उनकी

सभी उम्मीदों को बहा ले जा रहे हैं? ऐसा भी होता है। अगर ऐसा है तो इस का उपचार होना चाहिए। आत्मा की टीस ज्ञान से नहीं, ध्यान से जाती है। ध्यान बहुत वृहद सत्य होता है। एक सच्ची बात याद दिलाना चाहता हूँ। अपने सातवें और हमारे संसदीय क्षेत्र से उनका खुद का आखिरी चुनाव था, जिसे वे हार चुके थे। कई बार पूर्व में सांतुना देने के बाद भी एक दिन मैंने उन्हें फोन किया। वे काफी स्वाभाविक रूप से हतोत्साहित थे और मुझसे कहा कि वे अपने क्षेत्र के नजदीक शिव मंदिर में पूजा अर्चना कर नंगे पांव पहाड़ उतर कर अपने गाँव में प्रवेश कर रहे थे। उनके शब्द थे, ''देव साहब, आज के बाद मैं कभी चुनाव नहीं लड़ूंगा।'' मैंने कहा, ''भाई साहब, आप अभी भी निराश न हों। माँ शक्ति आपको एक दिन अवश्य प्रदेश का मुख्यमंत्री बनाने जा रही है।'' बात खत्म हुई और समय–चक्र चलता रहा। कालांतर में वे राज्य सभा गये और श्रीमती रावत हमारे संसदीय क्षेत्र से चुनाव लड़ी और हार गईं। रावत जी का धैर्य और साहस उनकी पूरी पार्टी में अद्वितीय है। फिर संघर्ष, फिर घमासान और एक दिन मुख्यमंत्री बने। अधूरे समय के लिए ही सही, एक कार्यकर्ता के शब्द, आत्मा से कहे अनायास शब्द, एक सुदामा के परमेश्वर के साक्ष्य रूप में अन्तर्मन से व्यक्त भावना सच्ची तो निकली। परन्तु, रावत जी मुख्यमंत्री बनते ही सब भूल गये। यदि एक कार्यकर्ता के निर्विकार मन से बोले शब्द सच हो सकते हैं, तो दूसरे कार्यकर्ता के खून के आंसू क्यों नहीं लग सकते? मैं तो अवश्यमेव इस तर्क में विश्वास करता हूँ।

मैं हरीश भाई को सन् 1980 से जानने और उसके उत्तरोत्तर वर्षों से पहचानने का सौभाग्य रखता हूँ। मेरी योग्यता के आधार पर भी वे मुझे कभी ऐसे पद पर नहीं रखना चाहते थे,जहाँ मेरी ख्याति बढ़े। ठीक भी था। विश्वास के डर का वजन बहुत भारी होता है। दो आंख वाला आदमी ही गिरते हुए देखा है। एक आंख वाला बहादुर कभी नहीं गिरता। उसे संभल कर चलने की आदत जो पड़ जाती है। पर संभल कर कहाँ चलने की आदत होनी चाहिए एक राजनेता को? यह विचारणीय प्रश्न है, जिसे समय के साथ ही समझा जा सकता है। मैं सब जानता था कि रावत जी के मन में मेरे लिए क्या है। मैंने गलती यह कि मैं उन्हें कभी यह नहीं बता सका कि मुझे या मेरे परिवार को कभी भी राजनीति में जाने का इरादा न था, और न हो सकता है। मैं विश्वविद्यालय का एक गंभीर

शिक्षक, किसी के लिए क्या खतरा हो सकता था! उन्होंने अपने पसीने की बूंद का एक छींटा भी मेरे ऊपर नहीं फेंका, क्योंकि वह बूंद अगर मोती बन जाती तो शायद दुनिया को खतरा हो सकता था! मैंने भी मोती बनने की कोशिश नहीं की, अन्यथा एक सीट से चुनाव लड़ना तो किसी भी हाथ–पैर वाले को असंभव नहीं होता। दूसरे की टांग तोड़ने में अधिक ध्यान लगाने के विपरीत इंसान को अपने कार्य में मन लगाकर ज्यादा सफलता मिलती है। मैं रावत जी की व्यस्तता एवं कई अन्य कारणों से उनसे अलग होकर कई वर्षों से एकांत में बैठने लगा हूँ। अब शायद ही कहीं भी उनसे अंतरंग रूप से मिलने का प्रयास करूं। मेरी आस्था में एक संत का सा विश्वास है; किसी उभरते जन–प्रतिनिधि की सपनों की डगर नहीं जो इतिहास अथवा भूगोल में कहीं भी टूट जाय। वैसे, अपार संभावनाओं का नाम ही भविष्य है।

एक बात मैं निश्चित रूप से कहना पसंद करुंगा। उत्तराखण्ड के सन् 2017 के विधान सभा के आम चुनाव में रावत जी का मुख्यमंत्री पद में रहते हुए दो–दो विधानसभा सीटों से हारने से ज्यादा उनकी पार्टी के इतिहास एवं पूरे राजनैतिक जीवन में पार्टी का सत्ता में होते हुए भी टूट जाना था। श्री बहुगुणा जी सत्ता से शांतिपूर्वक चले गये थे और उन्होंने सिर्फ एक विधायक जी को मंत्री पद प्रदान करने का आग्रह किया था, जो विगत दो वर्षों से रिक्त था। यह सर्वदा उचित भी था। उसे भर देने में न दिल्ली दरबार को काई एतराज होता न किसी अन्य को। जो विधायक टूटकर अन्यत्र जाकर जीत गये, वे सब इसी पक्ष के थे कि सुबोध उनियाल को मंत्री पद दिया जाय। यही भूल घातक सिद्ध हुई। जितना भी नुकसान हुआ वो रावत जी के खाते में आया। अल्मोड़ा रानीखेत के कुछ लोगों को पार्टी विचार धारा से बाहर जाकर पद दिये जाने को भी कार्यकर्ताओं ने शक की नजर से देखा। अब जो हुआ, सो हुआ। बड़े वृक्ष की जड़ को नष्ट होने से अच्छा है उसकी परम्परा को बचाया जाये और सुनहरे भविष्य के लिए सकारात्मक सोच के साथ आगे बढ़ा जाये। यदि परिवारवाद का जिन्न ऐन चुनाव के वक्त बाहर न निकले, तो परिवार के जिताऊ सदस्य को ही आगे किया जाना उचित होना चाहिए। यही वर्तमान का मलहम और भविष्य की आधारशिला होगी। वर्ना,

जग जाया जग होत है, जग की रीति निराली।

जो जग जाग्या जन–जगत, माला कंठ पिराली।।

मैं आज भी सोच कर दंग रह जाता हूँ कि हमारे नेता दूसरों को नासमझ मान कर ऐसी कार्य संस्कृति एवं व्यवहार क्यों बना लेते हैं, जिसके, यदि समझने वाला इसके प्रेषण को ठंडा कर शांति से अपना ले, अचानक आये आक्रोश के गर्म लावे से कभी भी भूचाल आ जाय। मेरे नेता जी के घर से किसी व्यक्ति का एक मई 2008 की एक रात को मुझे दूरभाष में एक सख्त संदेश आया। मुझे सीधे–सीधे कहा गया कि मुझे सोनिया जी से अकेले नहीं मिलना चाहिए। यह प्यार से बोला गया, मेरे उज्जवल भविष्य के प्रति आशा का संदेश था, या डर एवं धमकी भरी चेतावनी? मैंने जो उत्तर दिया, आदरपूर्वक दिया।

सच्चाई यह थी कि विश्वविद्यालय के कुलपति सहित हम चार प्रोफेसर चौरास परिसर के विकास की योजनायें लेकर केन्द्र सरकार में गये थे। गढ़वाल के ही एक बहुत ही संभ्रांत नेता ने हमारे लिए श्रीमती सोनिया से मिलने का समय निर्धारित किया था। कुल दो व्यक्तियों के लिए समय मिला। उनमें से एक मैं था। मैंने ही प्रोजेक्ट को उनके सम्मुख प्रस्तुत किया। उनके यहाँ एक मेरे परिचित अधिकारी थे। हम श्रीनगर अपना कार्य पूर्ण कर पहुंचे ही थे कि कुछ दिनों बाद ही उनको उन अधिकारी महोदय से हमारी सोनिया जी से मुलाकात की सूचना उनके घर पहुंची। हर प्राणी संसार को अपनी चिंताओं एवं भविष्य को देखकर परखता है। उन्हें लगा कि शायद मैं चोरी–चोरी, चुपके–चुपके शीर्ष नेताओं से अपनी पींगे बढ़ा रहा था। कहीं मैं चुनाव में घुसने का प्रयास तो नहीं कर रहा था? इसके बाद भी मुझे उच्च स्तर से सूचना मिल चुकी थी कि उन अधिकारी महोदय ने तो यह कहा था कि मेरा ख्याल किया जाना चाहिए। समझा गया उल्टा। मैंने भी आजन्म किसी को यह नहीं बताया कि मैं अपनी जुगाड़ करने नहीं, बल्कि विश्वविद्यालय के कार्य से आदेशों के तहत गया था। मुझे राज्य सभा नहीं जाना था कि सबके साथ एक मर्यादित व्यवहार की जगह एक बौद्धिक व्यक्ति न हो, किसी का सेवक बन जाऊं। शेर तोते नहीं होते। अब ऐसा भी बताना पड़ता है कि दिल्ली पहुंच कर कौन से रेस्ट्रां में कौन सी चीज खाई जाय?

मेरे जीवन में कोई ऐसा रहस्य का कार्य नहीं है, जिसकी डर से मैं डरने लगूं। डरते वे हैं जो बीवी–बच्चों से धोखा करते हैं और दोहरी जिन्दगी जीते हैं। यूनिवर्सिटी के प्रोफेसर का मान ही इस बात के लिए होता है कि वह अपने आप में स्वयं होता है। न कोई रहस्य, न घमण्ड और न ही हीनता की भावना। किसी व्यक्ति के द्वारा दिये गये स्नेह एवं सम्मान को उसकी कमजोरी नहीं समझना चाहिए। अपने पैरों की नाप से दूसरों के जूते नहीं नापे जाते। मेरे पास प्रमाण सहित बहुत लोगों के रहस्य हैं, जिनको वे खुद भी स्वयं अपने कानों से न सुन पायेंगे और न देख पायेंगे। लेकिन मेरा धर्म है– मेरी नैतिकता, मेरी सच्चाई और मेरा धैर्य। नकारात्मक कर्म एवं सोच से किसी को सुख नहीं मिलता। मैं रहस्योद्घाटन कर कभी कमजोर होने का पाप नहीं करूंगा। यह मेरा सब से वादा है। मुझे इनकी बातों एवं व्यवहार से पता तो अवश्य लग गया था कि मेरे साथ बुरा नहीं, तो अच्छा भी ये लोग नहीं करेंगे। देने वाला तो भगवान है। वह रात को रात और दिन को दिन की तरह देखता जरूर है। बहेलियों की तरह शक्ति एवं पद के तीर–कमान से कार्यकर्ताओं का शिकार करने से उनके अपने ही हाई–कमान की प्रतिष्ठा को आघात पहुंचता है।

पैसा और राजनीति का चोली–दामन का साथ होता है, यह सब जानते हैं। किन्तु, जो महारथी नेता सिर्फ पैसे से राजनीति को दबाता है, वह स्वयं अपने और अपनी पार्टी को अवश्य एक दिन गर्त में ले जाता है। मैं सिर्फ यह बताना चाह रहा हूँ कि ऐसा नेता नैतिक रूप से इतना कमजोर होता है कि वह जो बात दूसरों को बताने से यश मिले, खुद कहता है, और जिस बात को कहने से बुराई का भाष हो, उसके लिए महिला शक्ति का प्रयोग करता है। यह भारतीय ही नहीं, विश्व संस्कृति के भी विरुद्ध है तथा घोर अमानवीय है। दुर्भाग्य से ऐसा चलन भी कई गिने–चुने, कुशिक्षित नेताओं द्वारा प्रदर्शित किया जाता है। ऐसा नेता यह नहीं देखता कि नारी के सम्मान के विरुद्ध उसकी आदत यदि विघटनकारी हो जाये तो खुद उसके अपने घर से ही धुएं का गुबार फटने लगेगा। भले ही ऐसे लोग नाम मात्र के हों, परन्तु सामाजिक खतरा तो पैदा हो ही सकता है न।

मैं यह सब ज्ञान बांटने की बात नहीं कर रहा हूँ। खुद भुक्तभोगी हूँ, इसलिए अपने दर्द की यादें साझा रहा हूँ। मैंने बड़े बेटे की शादी में सभी मित्रों एवं घनिष्ठ रिश्तेदारों को भी

आमंत्रित किया था। अच्छी खासी उपस्थिति थी। किन्तु, सबसे खास और विश्वसनीय लोगों में से एक पूरा ग्रुप नदारद था। जिंदगी में जिस परिवार के हर समस्या एवं दुःख का गवाह रहा था, इसने ही मेरे खुशी के पलों में अनुपस्थित रह कर रिश्तों की ड़ोर को झटका दिया। एक दिन एक बड़े घनिष्ट अधिकारी ने मुझसे पूछा कि ''अमुक–अमुक लोग शादी में क्यों नहीं आये''? मैंने कहा, ''मेरे वर्ष–फल में सूर्य के साथ राहु बैठ गया था। ऐसी ग्रह–दशा में किसी संभ्रांत महिला की दुर्भावना से अपमान सहना पड़ता है।'' फिर मैंने उन्हें बताया कि एक नहीं, आठ लोग बल एवं प्रभाव के सहारे रोके गये थे। मेरी पत्नी इस दर्द से जितना रोई थी, वे आंसू आज भी आत्मा को चोट पहुँचाते हैं। अंदर ही अंदर, संदेश देकर उन सबको मेरे बेटे की शादी में कसम खिलाकर रोका गया था। इसका प्रमाण भी मुझे उस दूसरी संभ्रांत महिला से रूबरू मिला, जिसे पूर्णरूप से तैयार होने के उपरांत, दबाव में लेकर शादी में आने से रोक दिया गया था। उसी ने यह भी बताया कि अन्य लोगों को भी अपने घर का वास्ता देकर नहीं आने दिया गया था।

मेरी एक साली रूद्रपुर में है। मेरे घर की शादी के बाद उसके घर सपरिवार गया था, तो नाम लेकर उसने कई लोगों के सामने कथित महिला की कार गुजारी के बारे में बताया। एक सामाजिक एवं राजनीति से जुड़े संभ्रांत व्यक्ति के घर की महिलाओं को बरगलाने, षडयंत्र करने एवं सामाजिक गतिविधियों में संलिप्त होने से रोकने के लिए वे बड़े लोग कुछ क्यों नहीं करते? एक एहसास तो मुझे हो गया था कि पीठ पीछे ऐसा जघन्य पाप करने वाले लोग किसी के विरुद्ध कुछ भी अपराध कर सकते हैं। कोई खाली क्यों करेगा? कुछ तो कारण रहा होगा। किसी भी रूप में इस प्रश्न को मुझ से पूछा जा सकता है। कारण, सिर्फ आंतरिक चिढ़ थी। इस बात की जलन कि उन बड़े परिवारों के रहते मैंने अपने बच्चों की खुशी का जश्न इतने अधिक सम्मान, तड़क–भड़क एवं सुंदर तरीके से क्यों किया था? यह भी कोई बात होती है। बिना पति की राय के क्या कोई पत्नी रिश्तेदारी में छुपे रूप से इतना बड़ा जोखिम उठा सकती है? जी नहीं, कभी नहीं। छिपा–वार और अधिक बड़ा घाव करता है। इससे जुड़ी और एक शरारत भी की गई थी। बस, इतना समझना मेरे लिए काफी था कि हाथों की जुड़ी हुई हथेलियों से झुक कर दिये सम्मान के लाईक वे कभी नहीं थे। मेरे बेटे की शादी तो सुसंपन्न हो गई। शेष रहा तो

सिर्फ ऐसे लोगों का कपट! रिश्ता तो टूट गया, परन्तु बता दूं कि ऐसे किसी भी व्यक्ति को यह गुरूर छोड़ देना चाहिए कि भ्रष्टाचार या नेतागिरी के सहारे कमाये धन के प्रभाव से मेरे मन की शक्ति कभी क्षींण कर पायेंगे।

किसी घनिष्ठ मित्र के जीवन के व्यक्तिगत तथ्य एवं उसी प्रकरण से संबंधित एक अति श्रेष्ठ संत को दिये बचन के बीच के संघर्ष में यदि किसी को दोनों में से एक को चुनना हो, तो वह किसे चुने? ऐसे ही एक धर्म संकट में मैं लगभग तीन दशक से भी अधिक समय से अपने ही अन्तर्द्वंद से जूझता आया हूँ। एक अस्पष्ट ऊहापोह का शिकार, स्वयं कई बातें सोचते हुए, मैं वर्षों तब सुनिश्चित नहीं कर पाया कि इस दुविधा से बाहर निकलने के लिए मुझे परिणाम के प्रभाव की चिंता किये बिना अपने अंदर के संकट के कारण को सत्य, समाधान एवं सर्व–कल्याण की आशा से तुरन्त व्यक्त कर देना चाहिए। एक असमंजस था कि मैं यदि मित्र के विश्वास को तोड़ूं, तो वह आत्मा के साथ घात होगा और यदि संत के संदेश को उचित माध्यम तक पहुँचा कर उसे कार्यरूप न दिला सकूं, तो यह परमेश्वर के साथ धोखा होगा। मानव के प्रति नैतिक वचनबद्धता को भूल कर मैंने परम संत की आत्मा से विश्वासघात न करना ही उचित पाया। इसी निर्णय के फलस्परूप, बिना द्वेष अथवा शिकायत के, मैं इस घटना को सत्य निष्ठा के साथ यहाँ प्रकट कर रहा हूँ।

वह 17 मई 1987 का दिन था। विश्वविद्यालय में ग्रीष्मावकाश हो चुका था। गर्मियों में अपने गाँव, लोहाघाट में सपरिवार छुट्टी बिताने कुछ दिन के लिए गया था। वहाँ से पिथौरागढ़ गये, जहाँ मेरे बड़े भाई साहब कुछ दिनों पूर्व में ही दिल्ली से स्थानान्तरित होकर आये थे। श्री महेन्द्र सिंह माहरा जी मेरे निकटस्थ संबंधी एवं मित्र थे और उस समय जनपद पिथौरागढ़ के जिला पंचायत अध्यक्ष थे। जब तक वे बड़े नेता नहीं बन गये, मैं उनका सबसे विश्वास पात्र एवं घनिष्ट व्यक्ति था। फिर जो हुआ, सब परमेश्वर और समय गवाह है। उन्होंने बड़े स्नेह, गोपनीयता एवं विश्वास से मुझे एक अत्यंत पारिवारिक कार्य सौंपा। माहरा खानदान, जिसकी पिथौरागढ़ में शुरुआत ठा0 श्री उदय सिंह माहरा से हुई थी और जिसमें ठा0 बिशन सिंह, ठा0 किशन सिंह, ठा0 नाथ सिंह आदि पहली पुश्तों में तथा ठा0 नरेश सिंह, ठा0 हुकुम सिंह, ठा0 आनन्द सिंह, ठा0 नारायण सिंह, ठा0

राजेन्द्र सिंह, ठा0 महेन्द्र सिंह, ठा0 भूपेन्द्र सिंह एवं ठा0 मोहन सिंह आदि हुए, एक प्रतिष्ठित, संभ्रांत एवं उच्च वर्गीय वंश से हैं। यह परिवार मालदार, ठा0 देव सिंह, ठा0 दान सिंह बिष्ठ, जिसमें ठा0 देवराज व वर्तमान में ठा0 रविन्द्र सिंह बिष्ठ (किरन मालदार) और उनसे एक बड़ा परिवार, जो बीर भट्टी, नैनीताल में है, की बहिन के कुल से हैं। दूसरी पुश्त के इन सभी लोगों में सबसे बड़े, परम श्रद्धेय, प्रातः पूजनीय, ठा0 लक्ष्मण सिंह माहरा हुए, जो युवावस्था से ही परम ज्ञान एवं साधना में लीन हो गये थे। जहाँ माहराओं का स्थान उस वक्त शहर के व्यापारियों में नम्बर एक पर था, सबसे बड़े माहरा जी, श्री लक्ष्मण, जिन्हें समाज 'मुनि जी', बहनें 'रानू' और घरवाले प्यार से 'लल्लू' कहकर पुकारते थे, सारा व्यापार, घर छोड़कर तपस्या करने नेपाल चले गये और कालांतर में, निर्वाण तक, कभी लौट कर नहीं आये। बड़े भाई के नेपाल चले जाने के बाद, उनके सबसे छोटे भाई श्री महेन्द्र सिंह माहरा ने नैनीताल स्कूल की पढ़ाई बीच में ही छोड़कर घर और व्यापार, दोनों को संभाला और निरंतर विकास किया। बड़े भाई ने यदि परम–तत्व की प्राप्ति हेतु घर–बार सहित मोह बंधन से मुक्तिबोध के भाव से सब कुछ का त्याग किया, छोटे भाई ने परिवार– तत्व को जीवित एवं जागृत रखने के लिए अपने सबसे बड़े धन–शिक्षा का बलिदान देते हुए जिम्मेदारियों का निर्वहन करने हेतु अपना भविष्य ही दांव पर लगा दिया। कबीर–वाणी में निहित है :

''कामी, क्रोधी, लालची, इनसे भक्ति न होय।

भक्ति करे कोई सूरमा, जाति वरण सब खोय।।''

भक्ति तो दोनों ने ही की थी – एक ने घर संसार छोड़ कर – त्याग से, और दूसरे ने घर परिवार हृदय से लगा कर – अपने ही बलिदान से। मैं आत्मा से दोनों को ही परम संत मानता हूँ।

मैं श्री माहरा जी को अंतःकरण से बड़े भाई के लिए छुपे दर्द को अच्छी तरह समझता था। उस दिन उन्होंने मुझसे श्री भगवान सिंह फर्त्याल, अपने निकटस्थ रिश्ते के भाई और अपने भांजे, श्री बिजेन्द्र सिंह चौहान के साथ, नेपाल जाकर, उनके सबसे बड़े भाई श्री

'भगत जी' से मिलने को कहा। मेरा दायित्व यह था कि मैं उनसे वहाँ जाकर उनका संदेश दूं कि अब उम्र ज्यादा हो चुकी थी, और वे या तो घर वापस आ जायें और, यदि उनकी तपस्या की दृष्टि से उचित न हो, तो हरिद्वार में उनके लिए एक कुटिया बना दी जाय, जहाँ वे आराम से उपासना कर सकें। मैं तब संकायाध्यक्ष के पद पर कार्यरत था और मुझे अच्छी तरह पता था कि नेपाल जाना हर दृष्टि से इतना आसान नहीं था। यह क्षेत्र काफी अविकसित था। सुविधा की दृष्टि से भी राह दुष्कर थी। हम सभी जाने व उनसे मिलने के लिए तत्पर थे। इतना तो अवश्य था कि वे नेपाल में 'श्री भगत जी' के नाम से विख्यात संत माने गये थे, जिन्होंने लगभग 30 वर्षों तक भी किसी पंथ या अखाड़े के अन्तर्गत संयास नहीं लिया था। दोनों ही बिरले थे और बिरले का बिरले के लिए स्नेह एवं संवेदना देखकर मैं और अधिक उत्साहित था।

हम तीनों जीप से लगभग 65 कि0मी0 पश्चिम की ओर लोहाघाट गये और वहाँ से 35 कि0मी0 दक्षिण की ओर पंचेश्वर, काली नदी के पास, जो भारत–नेपाल सीमा में स्थित था, पहुँचे। रात वहीं केन्द्रीय जल आयोग के विश्राम–गृह में रहे। काली एवं राम गंगा नदियों के संगम में विराजमान 'श्री पंचेश्वर महादेव' के प्रसिद्ध मंदिर के सामने, रात भर गुर्राती जल धाराओं की गर्जना सुनकर साफ लग रहा था कि दूसरे दिन नदी को पार कर हमारी नेपाल यात्रा कितनी विकट होने वाली थी। हम जैसा ही एक उतावला केन्द्रीय जल आयोग का नाविक था, जिसने हमें देखते ही तुरंत पार–जाने के लिए नाव में बैठने को कहा। तेज धार वाली नदी का रुख पहचान कर हमने भी जल्दी नदी पार जाने की हसरत पाली हुई थी। नदी को पार करने वाला असली स्थान 'धरम घाट' कुछ और आगे चलकर, लगभग छः किलोमीटर पश्चिम की ओर था, जहाँ पैदल चलने से परहेज करते हुए हमने तुरंत पार लग जाने को ही वरीयता दी। हमारे साथ जल आयोग का एक कर्मचारी भी सहयोग के लिए आया था।

हमारे केवट जी तो लौट गये और दूसरी ओर जहाँ हम थे, वह नेपाल की भूमि थी। कहीं कोई रास्ता नहीं और खड़ी चढ़ाई, किन्तु हरे–भरे जंगलों और झाड़ियों से आच्छादित छोटे–छोटे पेड़ों की शाखाओं को पकड़–पकड़ कर ऊपर चढ़ते और कहीं–कहीं लम्बी घास को हाथों में पकड़ कर जोर लगा कर आगे बढ़ते। करीब आधा किलोमीटर पहाड़

चढ़े होंगे, तो देखा कई बड़े पेड़ों में ग्रामीण औरतें बांज की पत्तियाँ काटती हुईं, अलमस्त हो, नेपाली लोक गीत गा रही थी, बिना यह जाने की इनके नीचे हम तीन डरे–सहमे भारतीय पहाड़ को नापे जा रहे थे, जिन्हें अच्छी तरह पता था कि उस क्षेत्र की दण्ड प्रक्रिया कितनी कठोर और, उन परिस्थितियों में, कितनी अमानवीय हो सकती थी। हम में से श्री फर्त्याल जी नेपाल में ठेकेदारी करते थे और प्रथम दर्जे के जंगलों के ठेकेदार थे। उन औरतों ने जब हमें पहाड़ी से चढ़ते हुए पेड़ों से देखा, वे सभी जोर–जोर से गुर्राने लगीं। अब श्री फर्त्याल जी का ही सहारा था, चूंकि उन्हें काफी अच्छी नेपाली भाषा बोलने आती थी। उन्होंने उन महिलाओं को नेपाली भाषा में ही आवाज लगाई कि हम संभ्रांत लोग हैं और 'भगत जी' के यहाँ पहुँचना है। उन्होंने सत्कार भाव से बताया कि 'हम रास्ता भटक गये हैं। रास्ता दूसरी पहाड़ी की धार से होकर गुजरता है।' हमने तिरछा जाकर वही रास्ता पकड़ा और लगभग दो कि0मी0 चलने के उपरांत एक रास्ता चढ़ाई की ओर जाता पकड़ा, जहाँ बांज का जंगल समाप्त हो गया था और बड़े–बड़े पेड़ों वाला जंगल शुरु हो गया था। थी तो एक दम चढ़ाई, पर रास्ता इतना ठीक था कि हम बिना चट्टान की ओर फिसले आसानी से ऊपर की ओर जा सके थे। पहली बार मैंने इन पेड़ों को देखा था। बड़े फैलाव वाली शाखाओं वाले ये वृक्ष, काफी रौबदार दिख रहे थे। पूछने पर उन तीनों साथियों ने मुझे बताया कि ये 'च्यूर' के वृक्ष हैं, जिनसे निकाला गया 'च्यूरा' एक प्रकार का घी होता है, जो नेपाल में काफी प्रचलित है। पसीने से तर–बतर, आखिर प्रातः सात बजे पंचेश्वर से चले हम 'धामकुड़ी', जहाँ 'भगत जी' का ठिकाना था, शाम 5 बजे पहुँचे।

एक दिव्य दर्शन था 'भगत जी' का जहाँ वे स्वयं छः फुट से अधिक लम्बे, 'चमू मंदिर' के मुख्य प्रांगण के आंगन में बैठे थे। ऐसा सुंदर और भव्य मंदिर का मैदान जो दस–बारह फुटबाल के मैदानों से भी ज्यादा समतल भूमि में फैला था। मंदिर का गर्भ–गृह बीचों–बीच, एक के बाद एक, तीन चाहर–दीवारी से गोल घिरा था। अपनी यात्रा को ध्यान में लेकर तो ऐसा नहीं सोचा था कि पहाड़ी की चोटी में इतना चौड़ा, लम्बा सुंदर स्थान होगा। चाहरदीवारी से पश्चिम की ओर लगभग 4 कि0मी0 तक लम्बे–चौड़े खेत, गाँव और स्कूल थे। और उसके बाद फिर जंगल। मैंने उन्हें 'मामा जी प्रणाम' कहा और

खड़े हो उन्होंने आशीर्वाद भी दिया। श्री भगवान सिंह ने हम सबको उनसे परिचित करवाया। वे तो बचपन से ही उनके घनिष्ठ रहे थे। देखता ही रह गया था मैं उन्हें। खांटी लम्बे, सुंदर और चेहरे में साफ झलक आत्मबल और आत्म–ज्ञान की। मंदिर में चढ़ाये निशान (झंड़ों) से स्वयं के लिए सिला चोला पहने, बंद आंखों के होते हुए ऐसे देखकर बात कर रहे थे, जैसे सब कुछ देख रहे हों। लगभग दस इंच मोटे एक पुराने देवदार के बारह फीट लम्बे स्लीपर पर मुख्य मंदिर के बाहर वाले हिस्से में उनका साधारण सा बिछौना लगा था। अति विशिष्ट पत्थरों से आश्चर्य जनक पौराणिक कला में बने मंदिर में काफी जगह थी। मुख्य 'चमू देवता' का मंदिर बंद था और उन्होंने ही बताया कि वह सिर्फ मेलों और पूजा के दिनों में पुजारी द्वारा ही खोला जाता है। बहुत देर तक हम बाहर ही बैठ उनको निहारते रहे। पिथौरागढ़ की सबसे ऊँची चोटी, 'थल केदार' और गुमदेश, लोहाघाट का पूरा क्षेत्र इतना नीचे लग रहा था जैसे हाथ की अंजुलि में कोई घाटी रख दी हो। 'भगत जी' के आसन के नीचे को लम्बी–चौड़ी पत्थर की सीढ़ियाँ थी, जो मुख्य मंदिर के खुले आंगन तक जाती थी। उनकी रसोई भी खुले नक्काशी वाले पत्थरों के बीच थी, जहाँ के लिए पूर्व की ओर अलग से सीढ़ियाँ थीं। पानी वे स्वयं बहुत नीचे से लाते थे और अपने लिए लकड़ी भी खुद लाते थे। किन्तु, हाल के वर्षों में जब से आंखों की समस्या उत्पन्न हुई, उनके भक्त शाम–सुबह आकर श्रमदान से सब कार्य कर जाते थे।

'भगत जी' के दो–तीन भक्त भी आ गये थे और हमसे बड़े इतमिनान से मिले। शाम के खाने की व्यवस्था हमने खुद करनी थी, सो पश्चिम की ओर गाँव में राशन आदि खरीदकर साथ आये भक्तगणों को देना था। घर–घर जाकर गुहार लगाई, परन्तु किसी ने भी हमको थोड़ा सा चावल या आटा–दाल और आलू नहीं बेचे। मुफ्त में मेहमान समझ कर देना तो बहुत दूर। हमने भक्तगणों को वापस मंदिर में सेवा–पानी के लिए भेज दिया। आगे के गाँवों के मकानों में भी आवेदन किया, किन्तु किसी ने कहा, आज ही खत्म हुआ है; किसी ने कहा पिसाया व कूटा अनाज ही नहीं है। तकरीबन 4 कि0मी0 तक तिरछा–तिरछा चले रहे और सबसे अनाज खरीदने की याचना करते रहे। संध्याकाल हो चला था। किसी ने भी सद्भावना नहीं दिखाई। सारे शिक्षित, जो कहीं न कहीं अध्यापक

थे, तपाक से एक ही उत्तर देते थे, नहीं है। यह गाँव कहने को सभी उच्चकुलीन ब्राह्मण और राजपूतों का था, किन्तु, हृदय से अति निष्ठुर प्रतीत हो रहे थे। एक प्राईमरी में कार्यरत शिक्षक तो यहाँ तक कह बैठे कि 'फालतू अनाज बांटने को किसके पास होगा'। आखिर में, गाँव के अंतिम छोर के तीन–चार मकानों में भी प्रयास कर लेने का निर्णय लिया गया। लम्बा–चौड़ा आंगन था। हमने हाथ जोड़े और अपनी समस्या उनके सामने रखी। वह अधेड़ आदमी, जीवन राम, बड़ा ही संस्कारी और सभ्य लग रहा था। हमें बहुत थकान तथा प्यास लग रही थी। चाय की बात तो वहाँ सोच भी नहीं सकते थे। श्री भगवान सिंह ने कहा, ''क्या हम को पीने को पानी मिल जायेगा?'' उसने कहा ''पानी तो बहुत है, परन्तु हम लोग दलित हैं। आप लोग कौन हैं? मैंने तपाक से कहा, ''हम मनुष्य हैं और सुई–बिशुंग क्षेत्र, लोहाघाट, भारत से आये हैं।'' वह बहुत खुश हुआ। अंदर गया और पानी के बड़े–बड़े गिलास लेकर आया। उस दिन खूब पानी पिया था। बहुत मीठा पानी था। उसकी बहू पीछे–पीछे स्टील के गिलासों में चाय लेकर आई थी। सच कहा है, भगवान गुदड़ी वाले के पास ही बसते हैं। तब क्या था। हमने अपनी मूल समस्या उसके सामने रखी। वह इंसान खाने का अनाज देने को तो तैयार हुआ ही, साथ में पैंसे भी नहीं लिए। खैर, छोटे–छोटे बच्चों को खुश कर हमने अपनी भरपाई कर ली थी। वह छोटी सी बात, कुछ क्षणों की मुलाकात, आज भी इंसानियत का अर्थ समझने को मजबूर कर देती है।

शाम को जहाँ हमारा भोजन बनना था, वह दुमंजिले कमरे में था। घर की औरतों ने लाल–मिट्टी से लिपाई पुताई की और हम सभी को किचन से दूर ही रहने को कहा। 'भगत जी' के प्रमुख भक्तों में से एक, श्री कलौनी जी, ने हमारे लिए आलू डाल कर खिचड़ी बनाई और हमारा छप्पन भोग हम सब में बांटा गया। हमारे खाना खाने के बाद भी उन महिलाओं ने फिर धोकर किचन की लिपाई–पुताई की और पानी का छिड़काव किया। पंड़ित कलौनी के साथ हम लोग भी श्री 'भगत जी' के पास थके–हारे पहुंचे। परन्तु, वहाँ का दरबार देख कर तो हम सभी की थकान दूर हो गई थी। उनके भक्त एक के बाद एक दूर–दराज से आते रहे और हर कोई बत्ती के लिए पीतल, तांबे या लकड़ी का घी से भरा बर्तन ला रहा था। करीब 4–5 पंडित, जो ज्योतिषाचार्य भी थे, अन्य लोगों

के साथ भगत जी के सामने बैठे थे। हमसे सबका परिचय कराने के बाद, वे एक पंडित जी से बोले, 'तो बताओ अमुक–अमुक की जन्म पत्री में क्या दोष है, जो उसका मिलान कहीं नहीं हो पा रहा है?'' ''या तुम लोग ऊपर–ऊपर ही उसकी शादी भंग करा दे रहे हो।'' पंडित जी, डरते–डरते कुछ ग्रहों का वर्णन कर रहे थे, जिसकी वजह से किसी दोष का होना बताया गया था। 'भगत जी' उन सबके ज्योतिषशास्त्र के प्रधानाचार्य जैसे लग रहे थे। उन्होंने कहा, ''नहीं, इसकी शादी उसी पुरुष से हो सकती है''। पहले उन्होंने सामुन्द्रिक शास्त्र और फिर किसी दूसरे शास्त्र से दो–दो श्लोक सुनाये और इनके आधार पर गणना का सूत्र बताया। सभी पंडित चुपचाप अच्छे बच्चों की तरह सुनते और समझते जा रहे थे। उन पाँच के पाँच पंडितों को पूरे दो घंटे बैठाया और सभी की ज्योतिष संबंधी समस्या का समाधान किया। मेरे सभी साथी तो सो गये थे, पर मैं एकदम भौचक्का सा बैठा उन्हें सुन रहा था। उनका ज्योतिष एवं शास्त्रों का ज्ञान जानकर मैं पूर्णतः समझ गया था कि वे सिर्फ 'भगत जी' नहीं, अपितु एक पूर्ण संत बन गये थे। बाद के दिनों में आँख बंद हो गई थीं, परन्तु उनके सम्मुख कोई सीधी आंख टिक नहीं सकता था। उनकी भक्ति और ज्ञान की अद्भुत शक्ति अनुपम थी।

रात्रि लगभग ग्यारह बजे सभी भक्तगण अपने–अपने गंतव्य को चले गये और मेरे साथी घोर निंद्रा में पड़े थे। मेरी इच्छा थी कि मैं उनसे खूब बात करूं और अपना आने का उद्देश्य बताँऊ। खुद ही बात करने लगे और शुरू किया मेरे ही घर और बिशुंग से। उनकी बातें शुरू ही हुई थी कि मैं समझ गया कि मुझे पिथौरागढ़ से भेजा नहीं गया है, बल्कि इन्होंने अपने संदेश का माध्यम बनाने के लिए मुझे स्वयं बुलाया है। सारे रिश्ते–नातेदारों के बाबत पूछने और जानने के बाद उन्होंने उन बातों को उजागर करना शुरू किया जो उनकी पारिवारिक एवं व्यक्तिगत जीवन तथा भक्ति संघर्ष के बीच अटक सी गई थी और किसी मजबूत माध्यम से अपने प्रियजनों को उजागर करना चाहते थे। मैं आत्म विभोर था कि उन्होंने मुझे हर बार 'जमाई जी' कहकर पुकारा और उनकी पुकार में एक आत्मसात करने जैसी जिज्ञासा थी, जो मुझे बहुत अंदर तक झकझोर रही थी। उन्होंने एक दो घंटों की बात और वार्तालाप में मेरे अर्न्तमन को भक्त बना लिया था। उन्होंने तीन स्पष्ट संदेश मुझे दिये थे, जिन्हें मैंने उनके उस प्रिय भाई तब पहुंचाना था

और मैंने शब्दतः पहुंचाये भी। तीन के तीन संदेश अति महत्वपूर्ण होने के कारण अवश्य पूर्ण किये जाने थे। 'भगत जी' के अंदर मैंने एक संत को किन्हीं कारणों से तड़पते हुए पाया था कि यदि वह उनके द्वारा कहा गया कार्य पूर्ण नहीं होगा तो उन्हें वेदना रहेगी। मैंने उनसे कहा भी था, "मामा जी, जिस आदमी ने मुझे यहाँ तक भेजा है, वह सशक्त एवं कर्तव्यनिष्ठ हैं। मुझे उम्मीद है, वह मुझे ना उम्मीद नहीं करेंगे।"

दोनों रात भर मिश्री और गरम पानी पीते रहे। हम दोनों ने एक किलो मिश्री प्रातः होने से पहले समाप्त कर दी थी। बीच–बीच में वे पूजा के लिए जाते और हमेशा मुझे हंसा कर खुश रखने का प्रयास कर रहे थे। इतनी मिश्री और इतना पानी क्यों? क्योंकि, मैं पंचेश्वर से मिश्री लेकर गया था। आखिर जमाई का ले जाया गया माल अपने पास कैसे रखते? मैं कहीं संदेश देने में कोई भूल न कर जाऊँ, इसीलिए शायद उन्होंने यह भी जोर देकर बताया कि "धरम घाट में नाव का ठेका प्रधान–पति पंडित कलौनी का है। उसके पास मैंने ये तीनों संदेश (इच्छायें) एक स्टाम्प पेपर में लिख कर दी हैं। वह मेरा परम भक्त है। उससे मंगवा लेना।" 'भगत जी' ने इतना सब कहने के बाद बड़ी राहत की सांस ली और उन्होंने समझा कि यह 'हनुमान' अवश्य संदेश पहुँचा कर उचित परिणाम प्राप्त करवायेगा। परन्तु, उनकी आत्मा ही जानेगी कि लोगों ने तो मेरी ही पूंछ में आग लगा दी थी, जिसे मैं चाहकर भी नहीं बचा पाया। संदेश गुप्त थे; गुप्त रूप से ही पहुँचाये गये थे और यदि उनकी इच्छा फिर भी पूर्ण नहीं हुई तो अवश्य ही कोई कारण रहा होगा, जो कि वास्तव में एक संत की पुकार के आगे नहीं रहना चाहिए। उन्हीं की प्रबल भक्ति से परिवार एवं खानदान का विकास हुआ है। मैं स्वयं नहीं जानता कि 'श्री भगत जी' की वे इच्छायें पूर्ण की गई अथवा नहीं। यदि नहीं तो, उनकी इच्छा–पूर्ति हेतु अभी भी समय है। निदान कर लेना चाहिए।

मध्य रात्रि के बीच मैंने भी उनके छोटे भाई, श्री माहरा जी का संदेश उनके सम्मुख बड़े नम्र और स्पष्ट भाव से रक्खा। वे अन्तर्यामी थे। उन्होंने मुझे प्रसन्न करते हुए बताया कि उन्होंने अभी संयास नहीं लिया है। फिर बताया कि उन्होंने 22 वर्ष तपस्या का व्रत लिया था। एक वर्ष तक अपने पिता जी की मृत्यु के उपरांत तपस्या में नहीं बैठे। एक वर्ष और बचा है जिसे पूरा करने के बाद वे अवश्य घर वालों के प्रस्ताव पर विचार करेंगे। दूसरे

दिन प्रातः उठकर हम लोग उनके ही कुछ शिष्यों के साथ धरम घाट से होते हुए उसी दिन शाम को पिथौरागढ़ पहुँचे। अपने कैमरे से खींची उनकी तस्वीर साफ करवा कर सभी को उपलब्ध कराईं। हम उनकी बातों से खुश थे, परन्तु पूर्ण शंका थी कि क्या वे कभी भी ऐसे प्रस्ताव को स्वीकार करेंगे भी? लौटते वक्त की उनकी दिव्य मूर्ति की याद आज भी आत्मा को तृप्त कर देती है। कहने को उनसे दूसरे लोक में हैं, परन्तु उनकी कुछ बातें आज भी हृदय पटल पर उभर आती हैं। उन्होंने बताया था 'नेपाल के तत्कालीन प्रधानमंत्री उन्हें लेने आये थे' – आंखों का इलाज कराने हेतु। वे नहीं गये थे। दिव्य चक्षु ही काफी थे। कहते थे चीन पंचेश्वर बांध नेपाल के साथ कभी नहीं बनने देगा। उन्होंने यह भी बताया था कि चीन के लोग यदा–कदा आकर उनकी जांच करते थे कि कहीं वे भारत के जासूस तो नहीं, आदि–आदि। नेपाल में उनकी प्रसिद्धि सर्व ग्राह्य थी।

मैरीलैण्ड, अमेरिका की बातें एवं मुलाकातें, जहाँ मैं दिसम्बर सन् 2008 में एक कांफ्रेस के सिलसिले में प्रतिभाग करने गया था, बहुत याद आती हैं। विश्वविद्यालय की ओर से गया तो था सेन–फ्रांसिसको, केलिफोर्निया, किन्तु पहुंच गया अपने एक दोस्त, डा0 ओ0पी0 शर्मा को मिलने नासा में, जिसने मुझे अपने घर एक महीना रूकवाने की योजना पूर्व में ही बना ली थी। आम भारतीय अमेरिका के बारे में जो सोचता है, वह ऐसा नहीं है। यह एक सम्पन्न, सभ्य एवं मानव मूल्यों का संरक्षक देश है,जो विशालकाय होने के साथ–साथ सम्पूर्ण रूप से विकसित एवं ताकतवर भी है। किन्तु, यह देश शहर ज्यादा और घर कम लगता है। इस देश के लोंगो में, आवज्रक निवासियों को छोड़कर, सब कुछ है, परन्तु, भावनात्मक रूप से जुड़ा परिवार यहाँ शायद ही देखने को मिलता है। यहाँ लोग दिल से ज्यादा दिमाग से जीते हैं। यदि लोगों को हमेशा–हमेशा के लिए बिछुड़ना होता है, तो वे उतने ही प्यार से विदा होते हैं, जितने प्यार एवं सम्मान से वे पहले मिले थे। यह एक अच्छे, ईमानदार, सच्चे एवं शिक्षित लोगों का देश है। मुझे तो भारतीय समुदाय के उन लोगों से संबंध था, जिनके बीच मैं अपने दोस्त के यहाँ टिका था और उसी के माध्यम से मैं उन सबसे मिल पाया। मैंने उन सभी परिवारों एवं लोगों में एक चीज बहुत गहरे रूप से छिपी पाई और वह थी उनकी भारत के लिए अगाध स्नेह एवं देश प्रेम की भावना। हर

कोई स्वदेश की संस्कृति से इस प्रकार जुड़ा था कि प्रत्येक के घर में एक मंदिर एवं उस मंदिर में आवश्यक रूप से गंगा जल स्थापित था। भारत के हर घर में ऐसा हो, जरूरी नहीं दिखाई देता। परन्तु अमेरिका के अधिकतर घरों में, चाहे किसी भी धर्म का हो, पूजा का स्थान आवश्य होता है। ऐसा क्यों? यह एक विचारणीय प्रश्न है। मैंने वहाँ रहते हुए यह भी पाया कि किसी भी दूसरे देश का निवासी आज तक अमेरिकी संस्कृति में घुल–मिल नहीं पाया है। मुझे लगा कि अपनी पहचान एवं संस्कृति के खो देने की मनोवैज्ञानिक डर से लोग और अधिक संकुचित हो गये हैं। वहाँ अनेकता में एकता तो है, पर ऐसी जैसी पानी में सरसों के तेल की बूंद। लोग सांस्कृतिक एवं सामाजिक रूप से अलग रहना ही पसंद करते हैं। धार्मिक संस्कारों, संगठनों एवं मूल्यों के अतिरिक्त स्वयं को उचित उपार्जन एवं जीवन यापन के लिए भी एकरूपता तो आवश्यक होती ही है।

एक दिन मुझे मेरा दोस्त एक भारतीय समुदाय के 'परस्पर–मिलन समारोह' में ले गया। मैं भी काफी उत्साहित था। मैंने काफी अनुभव किया कि एक अमेरिकी एवं भारतीय की जीवन शैली में एक खास अंतर होता है। एक मूल अमेरिकी के पास कोई खास समस्या नहीं होती। उसे धन, दौलत, सम्पत्ति, शिक्षा, वैभव आदि सभी कुछ नसीब होता है। फिर भी उसके पारिवारिक जीवन में सिर्फ तनाव और तनाव ही अधिक ही होता है, जिसके कारण उनके रिश्तों को टूटने की ज्यादा संभावना होती है। एक भारतीय के पास संसाधनों की कमी और समस्या ही समस्यायें होती हैं, फिर भी वह बिना तनाव पाले सुखी रहता है। यही शक्ति मैंने अमेरिकी भारतीयों में भी देखी है। मुझे भी विचार विमर्श का मौका दिया गया। मैंने कई बुजुर्गों से, जो चालीस–पैंतालीस वर्षों से भी अधिक समय से अमेरिकी नागरिक भी थे, बातचीत में पाया कि हर कोई भारत देश वापिस आना चाहता था। अधिकतर बुजुर्ग सब कुछ छोड़, भारत में आकर अंतिम सांस लेना चाहते थे। कारण भी उनकी आत्मा से जुड़ा होता दिखा। अधिकतर बच्चे एवं उनका परिवार अमेरिका के दूरस्थ प्रांतों में कार्य करते थे। किसी भी बुजुर्ग के लिए सभी संसाधन जुटा कर शायद ही बच्चे उसे देखने आ पाते थे। सरकार की ओर से स्वास्थ्य सेवा एवं देख–रेख सुनिश्चित थी। बिमारी से मृत्यु होने की स्थिति में एक लाल गाड़ी खड़ी रहती थी, जो बुजुर्ग का दाह संस्कार कर देती। इसको नापसंद करते हुए उस बुजुर्ग को अपनी मिट्टी में,अपने

समाज के सम्मुख, समा जाना अधिक हितकर लगता दिखा। कहाँ बुजुर्ग रोज वापस आते हैं?

वह एक भावना एवं आत्मा की पुकार मात्र थी। अपने ही बच्चे एवं परिवार, एक ही देश में अपने माँ–बाप की दाह संस्कार एवं अन्य क्रिया–कलापों में शामिल न हो पायें, बुजुर्गों को आघात पहुँचाने वाली बात तो स्वाभाविक रूप से थी। कोई भी बुजुर्ग भावनात्मक रूप से डरा–सहमा तो होता ही था। यद्यपि हर किसी के साथ ऐसा नहीं हो सकता और न ही बच्चे माँ–बाप के प्रति इतने मजबूर हो सकते हैं, फिर भी, एक ही उदाहरण एवं परिस्थिति से डर कर विचलित होना तो किसी के लिए भी असंभव नहीं है। सच्चाई एवं परिस्थिति–जन्य उदाहरणों की संभावना इसलिए भी अधिक होती है, चूंकि अमेरिका एक कार्य–संस्कृति का देश हैं, जो उसके विकास का मूल मंत्र भी है। हर किसी को हजारों मील दूर जाने के लिए अवकाश न मिलना भी एक मजबूरी होती है। बुजुर्गों के लिए जीने एवं उसके बाद के प्रबंध की सुविधा सम्मान पूर्वक सरकार द्वारा प्रदान की जाती है। भावना से तो इंसान बच्चों के कंधों में ही आखिरी यात्रा पूरी करना चाहेगा, वह दूसरी बात है। मुझे कम से कम अमेरिका के रहन–सहन से अपना मुल्क अच्छा लगता है। यही कारण भी था कि सब घूमने के पश्चात् अपने तय समय से काफी पहले, टिकट बदलवा कर, मैं भारत वापस लौट गया था।

मुझे वर्षों से अमेरिका में बसे देश के लोगों का सब कुछ होते हुए भी अलग–थलग अपने सीमित समाज में सिकुड़ जाना अच्छा नहीं लगा। मेरे लिए हर व्यक्ति ने बाहें खोलकर अपने दरवाजे खुले रखे, शायद इसलिए कि देश की मिट्टी से आने वाले हर प्राणी को वे इतना ही प्यार देते थे। अमेरिका की नागरिकता और अच्छी खासी कुबेर के खजाने की सी पक्की नौकरी। हर किसी का परिवार सम्पन्न और हर बच्चा उच्चकोटि की शिक्षा प्राप्त किये हुए था। अच्छी नौकरी अथवा सरकारी नौकरी हर नागरिक को प्राप्त थी। फिर भी एक प्रकार का एकांत या अकेलापन। मुझे एक दिन भारतीय समुदाय में बोलने का समय देकर आमंत्रित किया गया। बहुत समय से उन लोगों का भारत के प्रति भावनात्मक प्रेम एवं सद्भावना देख कर मुझे लग रहा था कि अंदर ही अंदर वे सब परदेश में बसने का मनोवैज्ञानिक दंश झेल रहे थे। मन, मस्तिष्क एवं आत्मा भारत के अपने गाँव–शहर में,

और शरीर विदेशी धरती में। यह तथ्य अच्छा और सुकून भरा था, किन्तु वे खुद किसी अधूरेपन के शिकार हो रहे थे। मैंने काफी चीजें, जो मेरे अनुभव की थी, उनके साथ शेयर की और बिना लाग–लपेट की एक सच्ची बात उनके सामने रखी। मैंने कहा कि नागरिकता, नौकरी, सम्पत्ति एवं शिक्षा आदि सब अमेरिकी और संस्कृति एवं खान–पान सहित सम्पूर्ण व्यवहार कुछ भिन्न सा। क्यों?

यह विरोधाभास उन सभी भारतीय मूल के लोगों की, कहीं न कहीं खुशी एवं संतोष में कमी ला रहा था। अपने आंतरिक सुख एवं संतोष के लिए उन्हें अमेरिकी संस्कृति में घुल मिल कर ही रहना सीखना होगा। एक अस्पष्ट दूरी बनाकर अपने ही नागरिकों के मध्य अजनबी बनकर जीना दुष्कर होगा। उन्हें एक प्रकार की सामाजिक समरसता अपने व्यवहार में लानी होगी। काले–गोरे की गणित का एक दिन उचित समाधान भी हो जायेगा। रिश्ते–नातों की ड़ोर कहीं कुछ जोड़ती भी है, और कहीं कुछ तोड़ती भी है। तोड़ने की प्रवृत्ति रोकनी चाहिए और यह तभी संभव है, जब धर्म के अतिरिक्त सभी रीति–रिवाजों एवं व्यवहारों की संस्कृति को पूर्ण रूप से एक दूसरे में मिलने दिया जाय। भारत के परिप्रेक्ष्य में, अमेरिका–एशिया की मिली जुली संस्कृति ही एक दिन अमेरिकी–एशियाई लोगों की संस्कृति होगी। दिल में पत्थर रख कर कब तक अपने ही देश की उपेक्षा संभव हो सकती है! चाहो तो उचित होगा कि पत्थर को ही हटा दो। बहुत कुछ कहा मैंने। अधिकतर लोगों ने इस बात की प्रशंसा की और कुछ एक ने नाक–मुँह भी सिकोड़े। सिकोड़ना है, तो नाक मुँह सिकोड़ो, मैंने जो उचित लगा वो कह ही दिया। यदि कालांतर में सोच कर समझो बात को तो सभी का लाभ होगा, वर्ना मुझे क्या। एक विचार था, 'एक मुखाय, सर्वहित सुखाय' कि दृष्टि से व्यक्त कर दिया।

यह एक सार्वभौमिक सत्य है कि बड़े परिवार के सबसे छोटे बच्चों को संरक्षण एवं स्नेह तो ढ़ेर सारा मिलता है, परन्तु वे सब सुविधायें खुरचन के रूप में मिलती हैं, जिनका वे सही रूप में हकदार होते हैं। मैं सब भाई–बहनों में सबसे छोटा था और परिवार के हर व्यक्ति ने मुझे हमेशा छोटा ही समझ कर खूब लाड़–प्यार दिया। अपनों से बड़ो को पढ़ते–लिखते देख बहुत छोटेपन से ही मुझे पढ़ने में अपने आप रुचि पैदा हो गयी थी। मेरा सारा ध्यान पढ़ाई की ओर आकर्षित हुआ। मेरे बड़े भाईयों ने जब भी मौका मिला,

मुझे पहाड़े और अंग्रजी वर्णमाला सिखाई। मैं जरूरत से ज्यादा गंभीर था और मैंने दोनों–अंग्रेजी एवं गणित अपने अपेक्षित उम्र से काफी जल्दी सीख लिये थे। अक्सर परिवार के बड़े छोटों की ओर उनकी आवश्यकता एवं मानसिक तंदुरूस्ती के हिसाब से गौर नहीं करते थे। शिक्षा, पहनावा, एवं खेल–कूद में भी अधिक ध्यान बड़ों की ओर ही अधिक दिया जाता था। मुझ जैसे छोटे को तो परिवार के बड़ों का खाना, कपड़ा एवं पढ़ाई–लिखाई का बचा सामान ही प्रचुर मात्रा में मिलता था। वह भी हम बड़े चाव एवं खुशी से उपयोग करते थे। मेरी परेशानी यह नहीं थी। एक तो बड़े परिवार के बच्चों के बीच माँ–बाप भी बड़ों का हर ख्याल करते–करते आखिरी बच्चों तक आने में थक जैसे जाते हैं। वे समयानुसार उनका उतनी जिम्मेदारी से देख–रेख एवं प्रति–पूर्ति करने में भी थोड़े उदासीन हो जाते हैं। मेरी परेशानी खाना, कपड़े एवं खेलकूद का सामान नहीं होता था। मैं खुश होकर किसी का भी खाना खा लेता था और कपड़े पहन लेता था। मुख्य समस्या यह थी कि मेरी जरूरत की कापी–किताबें मुझे पूरी नहीं मिलती थीं। बड़े भाईयों के लिए विषयानुसार कापी, किताबें, जिल्द आदि की व्यवस्था रहती थी और मुझे गिनती की कापियों और उत्तीर्ण होकर दूसरी कक्षा में गये छात्रों की पुरानी किताबें मिलती थीं। उसके बावजूद भी मैं हर हमेशा प्रथम आता था।

यह माँ–बाप की शिकायत नहीं है और न ही उनकी मजबूरी का उपहास। यह एक संदेश है कि परिवार के बड़ों की मजबूरी समझते हुए मेहनत एवं अच्छे सोच से भी जीवन सफलता के साथ जिया जा सकता है। अभाव को अवसर बनाना ही सफलता का मूल मंत्र होता है। इस दुविधा भरी परेशानी से ज्यादा महत्वपूर्ण मेरे लिए यह हुआ करता था कि सभी बड़े मेरी इच्छानुसार खाना बनाये जाने को तैयार रहते थे। लहसुन एवं ताजे, हरी धनिया की चटनी, अथवा नमक बनाये जाने पर बर्फ अथवा बदली भरी पूस मास की शाम को मंडुवे की रोटी अथवा उड़द की भरवा रोटी या मक्के की रोटी दूध के साथ दी जायेगी या गाय के घी के साथ, यह बताना मेरा विशेषाधिकार होता था और मैं इसी में खुश रहता था। घर में चावल के बाबर (सिंगल) बनेंगे, अथवा तवे की रोटी की आम राय भी परिवार में मैं ही बनाता था। जंगली तेडू में मठ्ठा डाल कर या बकरे की मीट के साथ चावल की रोटी बनेगी अथवा मक्के की, यह तय करना मेरी प्राथमिकता होती थी।

सब कुछ बीता कल हो जाने के बाद भी इन चीजों का स्वाद आज भी याद रहता है। भैंसों को छोड़ दें, तो भी मेरे कहने पर पाली गई गाय, जिसका नाम मैंने 'ध्वांरी' रखा था, कामधेनु से कभी कम नहीं थी। वह अकेली गाय थी, जो गाय–बैलों के साथ न जा भैंसो के झुंड के आगे रहकर उन्हें जंगल ले जाने से लेकर लाने का दायित्व संभालती थी। हम तीनों भाईयों के स्कूली दिनों में दूध–घी का भरण–पोषण तो उसी ने किया था। मैं ग्यारहवीं का छात्र था। जाड़ों में गाँव के अन्य मवेशियों के साथ वह भी टनकपुर भाबर गई और बताया गया कि वह लौटकर नहीं आई। तेरह–चौदह वर्ष तक जिंदा रही। उसके न होने की सूचना मेरे लिए हृदय विदारक थी। उसकी छवि आज भी मेरे मन–मस्तिष्क में जिंदा रहती है।

बचपन से ही झूठ एवं चोरी से मुझे सख्त नफरत थी। छोटी–मोटी चोरी करने वाले भी आज मन से मेरी घृणा के पात्र होते हैं। किन्तु, मैं यहाँ यह स्वीकार करता हूँ कि मैंने एक बार अपने बड़े भाई की नई कापियों की चोरी की और उन्हें पता ही नहीं चला। मैंने उन्हें परीक्षा उत्तीर्ण करने के तीसरे वर्ष बताया और तब भी उन्होंने मुझे उपहार स्वरूप दण्ड के रूप में एक लम्बा चांटा मारा। मैं आठवीं का विद्यार्थी था और गणित एवं विज्ञान का अभ्यास करने के लिए मेरे पास रफ कापी नहीं थी। मैंने काफी टटोला, परन्तु कहीं उपलब्ध नहीं हुई। जाड़ों की छुट्टियां थी। इसलिए लोहाघाट बाजार भी नहीं जा सका। मुझे पता था भाई साहब की रफ कार्य हेतु सात–आठ नई कापियां रखी थीं। वे एकदम कोरी थी। नाम पता लिखा था और उसके अंदर कार्य के नाम पर बिल्कुल शून्य। मैंने एक काफी निकाली और उसमें रफ कार्य किया। हर विषय का रफ कार्य करते–करते एक दिन उनकी दो ही कापियां शेष बची। अब समस्या यह थी कि अगर मेरे रफ कार्य की कापियां पकड़ी गई तो लम्बे समय तक मार खानी पड़ेगी। उन दिनों बड़े भाईयों की मार और डांट उज्जवल भविष्य का शुभ संकेत होता था। सबकी सेवा एवं आज्ञा का पालन करना पड़ता था, अन्यथा सौ–सौ कोटि नरक जाने का डर होता था। यही डर कई रूप में स्वच्छ, निर्मल एवं अनुशासित चरित्र निर्माण में सहयोग देता था।

भाईयों की डांटे भी कई प्रकार की होती थीं। कोई आसमान से कूद कर डांटता था, तो कोई लेटे–लेटे डांटने की कसरत करता था। कभी–कभी खुद किसी बड़े भाई को तेरह

का पहाड़ा नहीं आता था, और हमने यदि एक बार में उन्नीस का पहाड़ा पूरा, वह भी एक सांस में, नहीं सुनाया तो गुल्ली के डंडे से कमर के दो फाड़ करने को तैयार रहते थे। आज के बच्चों को बताना चाहता हूँ कि हमारी सारी शिक्षा की जड़ बचपन से ही लातों की गर्मी, चांटो की बरसात, और टेढ़ी भौंह की भागती लकीरों के डर से मजबूत हुई है। अन्यथा बिगड़ने की संभावना का प्रतिशत अधिक रहता था। आज न पितर रहे, न डांट रही और न लात। किन्तु, शिक्षा की जो डोर वह बांध गये थे, वह आज भी एक मजबूत संबल की तरह हमको संभाले हुए है। भाई साहब की कापियों को बहुत याद करता हूँ और जो मैंने उन कापियों के साथ किया, मुझे अफसोस भी होता है और खुद–ब–खुद हंसी भी आती हैं। मैंने बहुत सोचा कि उन रफ कापियों का भविष्य क्या होगा? बालपन की चालाकी और बुढ़ापे की पिपासा को लेकर परमेश्वर भी अपनी बनाई दुनिया से खुद असमंजस में पड़ जाता है। मैंने भी बहुत सोचा और नादान विवेक के वशीभूत होकर एक दिन दोपहरी को, बहुत सारे सीढ़ीनुमा हरी भरी गेहूँ की फसल के खेतों के बीच, चूहे के बिल से बाहर आई मिट्टी के ढ़ेर में उन्हें छुपा आया। तीसरे वर्ष भी कक्षा में प्रथम आने पर बड़े भाई साहब को इस दुर्दान्त घटना के बारे में बताया तो चांटा तो जरूर मिला, पर वह सीख मेरे लिए एक बहुत बड़ी प्रेरणा बन आजीवन मेरा मार्ग दर्शक बनीं। आज सोचता हूँ, मुझे लोग यों ही चांटा क्यों मारते हैं? जिसकी जब बन आई, तब उसने चांटा मारा। क्या पता, जन्मपत्री में ही कोई चांटा ग्रहण योग हो!

चैत्र मास शाम की गुनगुनी धूप, पठारी खेतों से हल्के–हल्के उतरकर नदी किनारे के मैदान में कही गुम सी हो गई है। आज कई वर्षों बाद अपने गाँव के मकान के अगले आंगन में अपनी पत्नी के साथ बैठा दूर, सामने की धार में, लम्बाई में फैले बगीचों एवं उनके ऊपर बांज, बुरांश एवं काफल के छिटके जंगलों की नाचती हरियाली को निहार रहा हूँ। उसके भी पार, और अधिक ऊंचाई की धार में, फोर्ती से मायावती तक लम्बा, चौड़ा और घना बांज का जंगल, और जंगल के बीचों–बीच प्रसिद्ध रामकृष्ण मिशन अद्वैत आश्रम तथा अस्पताल की चमकती इमारतें जैसे किसी युग संवर्धन को संकेत दे रही हों। जंगल के समतल शिखर में स्वामी विवेकानन्द जी की जनवरी माह सन् 1901 की तपस्थली की बांज की झुरमुट से निकली ठंडी बयार की लहर हर ओर सांय–सांय करती

इठलाती, बलखाती, एकाएक जैसे शांत सी हो गई है। देखते ही बनता है। गाँव की तलहटी के लम्बे–चौड़े मैदान में फुटबाल खेलते छोटे–छोटे बच्चों का कोलाहल भी चुप सा हो गया है। चपल हवा खूब ठंडक दे रही है। उनींदी आखों में केसर व चंदन के जैसी लेप का एहसास करा रही है। हम दोनों ही एकटक देखते रहते हैं– कभी बगीचों की ओर और कभी खेती, किसानी से लौटती महिलाओं को, जिनके सिर पर घास लकड़ी का ऊँचा उठा बोझ लदा पड़ा है।

सब कुछ भूलते जा रहे हैं। याद दिलाकर याद आती है। बस, अच्छी तरह कोई चीज अगर याद दिलाकर कचौट जाती है, तो वह है किसी जमाने का मेरे गाँव–घर का कोलाहल, जो इसकी बेटियों से गुंजायमान रहता था और आज उनके विलुप्त जैसे हो जाने से उजाड़ सा पड़ा है। मेरा घर, मेरी बस्ती अन्तर्नाद के अभाव में अगर जड़ शून्य हो चली है, तो वह एकदम पलायन नहीं है। असल में इसका प्रथम कारण उन बहनों–बेटियों का चले जाना और फिर कभी आना अथवा नहीं आना है, जिसके होने मात्र से पूरा गाँव मधुर रस से भर जाता था। वो भी दिन थे, जब भैय्या दूज होता था, राखी का दिन होता था, होली होती थीं। शादी–ब्याद होते थे। गाँव घर की बुआयें, बहनें और बेटियां तीन पीढ़ियों की इकठ्ठा उपस्थिति बन कर हंसी–खुशी, नाच–गाना, और मिलना–मिलाना कर एक अद्‌भुत माहौल बना देती थीं। हर ओर उत्सव सा वातावरण बन जाता था। भैय्या दूज और राखी में गाँव की हर चौखट में उपस्थित होकर, हर ड्योढ़ी में झुककर दुआयें देती थीं। अपने छोटे–छोटे बच्चों के साथ आकर, गाकर, नाचकर और मिलकर ऐसा एहसास कराती थी, जैसे अपने घर व परिवार की सामाजिक एवं आर्थिक दुःख दर्द की तपस अपने गाँव की सीमा में ही छोड़ अपने मायके के लिए आंचल भर सिर्फ हंसी ओर खुशी लाकर मुंडेर में उड़ेलने आईं हों। कई–कई बार ऐसे अवसरों में तीन सौ, चार सौ स्वासनियों (बहनें) स्वयं मैंने इकठ्ठा देखी हैं।

वे सुख और शांति का जैसे बड़ा सौदागर लगती थीं। होली में हर घर के आंगन में गीत गाकर और नाच–नाचकर जैसे अपने बचपन के दिनों को हमेशा–हमेशा के लिए अपने आंचल में बांधकर ले उड़ना चाहती हों। यद्यपि हर कोई उनसे सहज होकर प्यार और सम्मान देता था, किन्तु, असली एकता की देवदूत का काम तो वे ही करती थीं। चाहे

घर–घर में विवाद या झगड़ें हो, इस नैसर्गिक होली के लिए हर दरवाजा और हर आंगन उनके लिए अपने माँ–बाप का आंगन होता था। न कोई शिकन और न कोई तनाव। सचमुच में उनके आने का हम सब इंतजार करते थे, ताकि वह रंगीला पिछौड़ा, नाक की नथ, कमर या साथ में बच्चा, मंद–मंद हंसी की बौछार, एक सुदंर सी छवि देखकर पूरा समाज सौहार्द, स्नेह एवं अपनत्व से भर जाता था। परिवारों एवं भाईयों के टूटते रिश्ते उन सभी के आने पर ही जुड़ पाते थे या मजबूत होते थे। इस सबके बदले जब लौटकर जातीं, छोटी सी भेंट भी पकड़ कर सिर्फ दो आंसू याद आने पर पर रोज बहाने को दे जातीं। कभी भूलकर भी अपने अथवा अपने बच्चों के लिए कुछ नहीं मांगा होगा। गईं भी तो मुड़ कर नहीं देखा। शायद इसलिए कि माँ–बाप, परिवार सभी के लिए कहीं उदासी का दर्द भी शेष न छूट जाय। आज अधिकतर बहुऐं गाँव जाती नहीं और बहनें आती नहीं। आयें भी तो किसके पास। अपने आप ही उजाड़ बनते जा रहे हैं, कभी के सुंदर, सम्पन्न आसियानें।

समय के परिवर्तन के साथ विकास होता है और विकास के साथ ही सम्पन्नता आती है। परन्तु, यह भी सच है कि सम्पन्नता के साथ ही एकता भी टूटने लगती है। आज गाँव घर में न बुआयें आती दिखती हैं और न बहन–बेटियों का उतना बड़ा रैला। आई भी तो इक्का–दुक्का और वह भी घनी जल्दबाजी में। हम सब खेत में छिड़के गये एक मुठ्ठी गेहूं के बीच की तरह ही तो हैं। एक ही खेत में बोये गये पर आज कौन सा दाना कहाँ गया, कोई पता नहीं। जो जहाँ गया वहीं का होकर रह गया। आये भी तो पारिवारिक मजबूरियों में कभी–कभार, शायद जब तक बहुत कुछ बदल गया हो। सोचता हूँ, वो दिन और वो सब बुआऐं, बहनें, बेटियां और बच्चियां आज कहाँ होंगी? एक–एक का चेहरा याद आता है। दुनिया की रीति और प्रकृति का नियम है, हर बेटी की शादी होगी और एक नये समाज को जन्म देकर देश और परदेश में, परिवार और संस्कारों को आधार देने में, अपने आपको भूल जायेंगी। किन्तु, हमारी भावनाओं का क्या जो उनके लिए हमें उदास तो कर ही देती हैं। उन सबको ढूढ़ने का प्रयास करता हूँ– मेरे सामने की धार के ऊंचे बांज के वृक्षों की पत्तियों की तरह जो सूखे में भी हरा रहकर अपनी स्थिरता एवं मजबूती का एहसास कराती हैं। आज याद आती है, अपनी उन सभी भतीजियों और बेटियों की,

जिनकी डोलियां हर दिशा को गई तो थीं, पर मुझे ज्ञात नहीं है कि किस नदी, गधेरे, पर्वत शिखर, मैदान और घाटियों को पार कर उनका घर आता होगा! उन घरों में सुविधाऐं, अन्न–जल प्रचुरमात्रा में होगा भी या नहीं? कितनी मुश्किलें रोज झेलती होंगी? क्या लोग उन्हें सम्मान देते भी होंगे? कई प्रश्न मन में कौंधते हैं और एक दिलासा देने को सिर्फ एक बहाना होता है – मेरे अपने आशीर्वाद का। कईयों के बेटे देश सेवा में होंगे। कुछ फौज में होंगे, कोई विदेश में होंगे। पर, घूंघट में आंसू और आंचल में चावल के दाने लेकर छोटी सी बिटिया डोली में विदा होकर गई थी, कोई मुझे बतायेगा, वह आज कहाँ और कैसी होगी?

ऐसे ही एक अनुभव से मेरा सामना हुआ था कुछ बीस साल पूर्व, जब हम एक कार्यक्रम में लगभग दस किलोमीटर मुख्य सड़क से पैदल चलकर पिथौरागढ़ जनपद की सीमा पार अल्मोड़ा जनपद के एक सीमांत गाँव में पहुंच गये थे। तब चम्पावत जनपद नहीं बना था। मेरे साथ पाँच मुझसे सयाने लोग थे। हम एक गाँव, जिसमें छिटके, छोटे–छोटे मकान थे, पहुंचे। शाम हो गई थी। अक्टूबर का महीना था। आसरा मांगा तो नजदीक के ही प्राईमरी पाठशाला में एक लड़के की सहायता से एक कमरा मिला। किसी ने कोई हमदर्दी नहीं दिखाई। हमारी झटपटाहट देखने लायक थी। आग तो जला ली, परन्तु खाते क्या? हमने उस लड़के के घर जाकर उसे अपना सबका परिचय दिया और आग्रह किया कि खिचड़ी बनाने के लिए वह कुछ राशन व बर्तन दे दे। हम उसे इसका अच्छा पैसा देंगे। उसने साफ मना कर दिया। उसके घर में चावल दाल थे ही नहीं। उसने हमारे अनुरोध पर फीकी चाय गुड़ के साथ जरूर पिला दी। खुद उसके घर में बहुत गरीबी थी। क्या करते? थोड़ी देर बाद वही लड़का आया और उसने बताया की उसके नजदीक के मकान की चाची हम लोगों से मिलने आ रही है। हमें थोड़ा हिम्मत आई। एक बूढ़ी, अधेड़ सी, जर्जर, कमजोर महिला पल्ला सिर में डाले, हमारे कमरे के बाहर आई और सबको प्रणाम करने लगी। समझ में कुछ नहीं आया। उसने बताया वह हमारे अमुक–अमुक बिरादर की बहन है और वहाँ अल्मोड़ा जनपद में पाटी ब्लाक के सीमांत गाँव में ब्याही है। उसने बताया उसके पति नहीं रहे, पर एक लड़का है। वह हाल में ही फौज में भर्ती हुआ है। घर में बहू है। वह हमारे लिए केतली में चाय लाई थी। हमें तो जैसे भगवान ने देवदूत

भेज दिया हो, ऐसा लगा। रात को खाना हमें उसी ने भिजवाया। रात भर सोचता रहा। हमारी बेटी कहाँ यहाँ डोली लेकर पहुंची होगी। गाँव भी, घर भी, जंगल के नजदीक, ऊसर भूमि में बसा था। पानी भी बहुत दूर। हम लोग तो भटक कर अल्मोड़ा जनपद पहुंच गये थे। वह तो सचमुच में इतनी पैदल दूरी में विधाता के खेल से भटक गई थी। ऐसा मुझे विचारने में कष्ट हुआ। हमारे यहाँ के घर गाँव में कभी पहुंच कर उसने अपना दर्द किसी से प्रकट किया हो, मैं नहीं समझता। बेटी है न, एक सुंदर, सम्पन्न गाँव की! मेरे साथ गये जो चार लोग मुझ से सयाने थे, वे आज इस संसार में नहीं हैं, पर हम सबने आते हुए उस बहन–बेटी को खुले दिल से सम्मान दिया। उसके चेहरे की खुशी आज भी मुझे याद आती है।

प्रसिद्ध रंगकर्मी मोहन उप्रेती द्वारा गाया गया कुमाऊँनी लोकगीत 'बेडू पाको बारामासा...' देश में ही नहीं विदेश में भी प्रसिद्ध हो चला है। दिन–ब–दिन इस गीत की प्रसिद्धि बढ़ती जा रही है। यदि इसका इतना लोकप्रिय होने के कारणों में एक सूक्ष्म दृष्टिपात करें तो पता चलता है कि डेढ़ सौ से दो सौ वर्षों पूर्व अंग्रजी शासन काल के दौरान अविकसित उत्तराखण्ड के पर्वतीय क्षेत्र की संस्कृति, तथा अमीर–गरीब के बीच की गहराती खाई एवं नारी शक्ति की पीड़ा तथा आकांक्षा को जिस लय एवं मन से गाया गया है, उसकी अभिव्यक्ति सीधा हृदय को झकझोरती है। यद्यपि इसको गाया उप्रेती ने ही, इस गीत के गीतकार का आज भी किसी को पता नहीं है। किस क्षेत्र के, किस व्यक्ति ने, किस युग, में इसे लिखा होगा, यह शोध का विषय हो सकता है। ठीक इसी तरह मैंने अपनी स्वासनियों (बहनें–बेटियों) को अपने बचपन में एक से एक प्रभावशील गीत गाते सुना और देखा है। ये गीत रात–दिन तक नाच–गानों में चलते थे। जंगलों में घास–लकड़ी काटते हुए भी महिलाओं को एकांत में इन गीतों को लय में गाते हुए सुना है। जंगल भी भाव–विभोर हो उठते थे। इनमें से लगभग दो सौ साल पुराना एक गीत है, ''गाड़ो गुलोबंद गुलबंद नगीना, त्वथें मेरी सासू बरयों की अगीना..।'' लेखक का पता नहीं, कृति बिल्कुल अमृत सी। लय एवं गीत गुजरे जमाने का, परन्तु लगभग 'बेडू पाको' की प्रसिद्धी के समकक्ष। इसे मैंने इतनी अलग–अलग तर्ज एवं लय में गुनगुनाते, गाते और इसमें लोगों को नाचते देखा है, ऐसे जैसे सब कुछ भूल कर इसी में समा गये हों। इतनी

ही आकर्षक गीत एवं ध्वनि, जितनी इसकी प्राचीन संस्कृति एवं समाज–प्रेषण। गाते तो गाते जाते, और सुनते तो सुनते जाते, ऐसा होता था इसका प्रभाव।

आज गीत आते हैं और पुराने हो जाते हैं। डी0जे0 से उतर कर इतिहास में हांफने से लग जाते हैं। एक दूसरा गीत भी अनाम गीतकार के नाम है, ''धार में का लालमणि दे खैजा पात में...''। तब के जमाने का बहुत ही लोकप्रिय गीत, जो हर गाँव, उत्सव एवं समाज में गाया जाता था। इसकी लोकप्रियता भी इसके लय एवं उदास करने वाले भावों में निहित थी। उन गानों का असर आज भी इतना है कि जितना पुराने हो जाये उतने ही मूल्यवान धरोहर हो जाय। मेरे गाँव का आंगन ऐसे ही इतिहास बनाने वाले गीतों के गायन का प्रत्यक्षदर्शी रहा है। श्रेय जाता है उन्हीं संस्कृति की पोषक मेरी दीदी, बहनों एवं बेटियों को जो अपनी अमिट छाप छोड़ पता नहीं कहाँ देश–परदेश की वादियों में गुम हो गई हैं।

चिंता चलायमान होती है और कलियुग में यही कर्म की प्रेरक भी होती है। मनुष्य को खाना, पशु को चारा, पक्षी को दाना और कीट पतंगों को पेट भरने की चिंता रहती है, तभी तो हर प्राणी चलता फिरता रहता है। यदि दाना–पानी जरूरी नहीं तो जीने और जीवन का अर्थ ही बदल जाये। हर प्रकार की भूख और प्यास के समाधान चिंता–जनित होते हैं। एक प्रकार से कहें तो चिंता ही जीवन का मूलमंत्र और इससे निपटने के उपाय को ही सकारात्मक कर्म कहा जा सकता है। बिना चिंता के प्राणी आलस्य का घर बन जाये और जीवन निर्रथक। श्री कृष्ण द्वारा अर्जुन को द्वापर युग में ''कर्मण्ये वाधिकारस्तु, मा फलेषु कदाचन्'' का दिया गया उपदेश कि, 'कर्म करो और फल की आशा मर करो' का सार ही यह था कि गृहस्थ जीवन में भी संत बन कर रहो। परन्तु आज कलयुग है। बहुत कुछ बदल गया है। इंसान ने लगभग अधिक तथ्य एवं तर्क अपने हिसाब से निर्मित कर लिये हैं। वह समझकर भी संत नहीं बनना चाहता और इसीलिए प्रभु के हाथ में चीजें न छोड़ कर अपने हाथ में ले लेना चाहता है। मैं स्वयं स्वीकार करता हूँ कि आत्म–संयत एवं परमेश्वर के ध्यान में मन एवं कर्म से विश्वास रखते हुए भी, एक संत अथवा संत वाले कर्म वाला मनुष्य नहीं हूँ। आज तो लोग ध्यान क्या, बिना उनकी अनुमति से पानी पीने में भी आक्षेप लगा देते हैं।

परिस्थितियां बदल चुकी हैं। कोई सच्चा संयासी हो, संसार उसको भी ढोंगी कहने से परहेज नहीं करेगा। संत अथवा उस अनंत आत्मा के आनंद स्वरूप का यदि एहसास भी हो जाये, तब भी कलियुग का समाज उसे अपने प्रमाण पत्र के बिना छोड़ेगा नहीं। परन्तु, इनकी परवाह भी मनुष्य क्यों करे। कलियुग की सत्यता यह है कि सब संतोष प्राप्त होने के उपरांत भी मनुष्य को चिंता होना अवश्यमभावी है। और हाँ, मुझे भी चिंता रहती है अपनी पोतियों–यशस्विनी, समृद्धि एवं शान्विका यथा अपने तीनों स्वरूपों, लक्ष्मी, सरस्वती एवं पार्वती की, जिन्हें माँ शक्ति ने मेरे मेरी आजीवन उसकी पूजा–अर्चना के बाद आशीर्वाद स्वरूप प्रदान किया है। ऐसा मैं मानता हूँ। उनके अतिरिक्त मुझे कोई फिक्र नहीं रहती। शिक्षित एवं सम्पन्न माँ–बाप की बेटियां हैं, जैसी भी शिक्षा ग्रहण करना चाहें, उन्हें प्राप्त हो सकती हैं, और पढ़–लिख कर जहाँ भी रहें, हमेशा हमारा नाम ऊंचा करेंगी। अब जितना भी जीने की ललक एवं भाग–दौड़ रहती है, उन्हीं में केन्द्रित होती है।

मैं मात्र 'बेटी बचाओ, बेटी पढ़ाओं' का नारा उद्धृत नहीं कर रहा हूँ। इसके साथ–साथ मैं एक सार्वभौमिक एवं कटु सत्य भी प्रस्तुत करना चाहता हूँ। हर दादा–दादी को चाहत होती है कि उनको एक पोता मिल जाये। मैय्या ने जब मुझे पोतियां दी, मुझे इतनी खुशी मिली कि व्यक्त नहीं कर सकता। बच्चे, बच्चे होते हैं। पोता हो या पोती, दोनों अच्छे हैं, लेकिन मेरी समझ में नहीं आता कि कुछ नादान लोग बेटे की ऐसी चाहत क्यों रखते हैं कि इस संबंध में आपराधिक कृत करने तक अपनी घिनौनी हरकत से बाज नहीं आते। मेरी चिंता अलग प्रकार की है। आज जमाना और जमाने वाले दोनों बदल गये हैं। मेरा गाँव ही ले लो, कभी खचा–खच भरा रहता था, आज बचे–खुचे लोग ही बचे हैं, जो या तो शरीर से मजबूर हैं और या उनकी आर्थिकी गड़बड़ा गई है। अन्यथा पलायन कर अधिकतर लोग अपने ही पुस्तैनी घरों के पर्यटक बन गये हैं। मेरे जैसे सिर्फ गिने–चुने लोग गाँव से जुड़ा रहना चाहते हैं। हमारी स्वासनियां भी गौरैया की तरह गायब होने लगी हैं। हर शहर, हर देश में होंगी, बस अपना गाँव ही छूट गया। बेटियां ज्यादा जिम्मेदार और कर्मठ होती हैं। उन्हें शिक्षित कर प्रतियोगिता में भेज कर देखें, किसी से भी आगे होंगी। चाहे क्षेत्र कोई भी हो, परचम लहरा कर छोड़ेंगी। विश्व का कोई भी देश

हो, आज हर जगह, हर गाँव शहर से बेटियां या तो सेवारत हैं अथवा शिक्षारत। बेटे–बेटी का कोई अंतर नहीं रहा, चाहे वह सेना हो या विमानन सेवा। यदि कोई अंतर नहीं रहा तो समझ लो बेटियां आगे हैं, और बेटे पीछे।

बेटा खरा सोना होता है और बेटी अनमोल हीरा। वास्तव में बेटी का अच्छा होना इस युग में इसलिए भी संभव है, क्योंकि वह कभी बिगडेल नहीं होगी और उत्पात जैसे अवगुण उसमें कभी नहीं होंगे। अपवाद तो हर वस्तु का होता है। बेटी गंभीर, और हर कार्य को रुचिपूर्ण तरीके से सम्पन्न करती है। आज सब से बड़ी समस्या देश में बेरोजगारी की है। लड़कों के लिए यह एक त्रासदी की तरह है। एक किस्सा बताता हूँ। मेरा एक शोध छात्र अब उच्च शिक्षा में ऊंचे स्तर पर कार्यरत है। एक बार कमीशन में साक्षात्कार देने गया ओर उसका चयन नहीं हो पाया। मैंने थोड़ा उसको कसते हुए कहा कि उसने मेहनत नहीं की होगी। उसने मुझे बड़ा सीधा सा गणित समझाया। उसने बताया कि समस्त आरक्षण के पद तथा तीस प्रतिशत महिलाओं एवं अन्य समानान्तर श्रेणी के पदों को छोड़कर सौ में से सोलह पद सामान्य श्रेणी के लड़कों के लिए होते हैं। हमारा चयन कहाँ से होता। मैं समझ गया। बेटियों के लिए हर राजकीय शिक्षा एवं सेवा में पद आरक्षित हैं। उनका पढ़ना–लिखना एवं उच्च पद पाना अधिक आसान है। नौकरी न मिल पाने के कारण या अवसर कम होने से युवा बेटों में घोर निराशा छा जाती है, जिस वजह से उनका गुमराह होना भी कभी–कभी अधिक मात्रा में देखने को मिलता है। बेटों के साथ न्याय एवं समाज में संतुलन बनाने हेतु जरूरी है कि रोजगार के लिए पदों की संख्या अधिक से अधिक होनी चाहिए। बेटियां इस हिसाब से अपने आप में सुरक्षित होती हैं और माता–पिता भी उसके लिए संतुष्ट रहते हैं।

हिन्दू समाज में एक समय था, जब बेटा अंतिम संस्कार का कार्य करता था और इसी कारण उसकी चाहत होती थी। आज सब अधिकार बेटियों को प्राप्त हैं। बेटियों को पेट में ही मार कर अगर एक मजदूर बेटा या बिगड़ेल बेटा पैदा हो तो घर और समाज के लिए उससे अच्छा है कि दो प्यारी बेटियां पैदा हों। मेरा ऐसा मानना आत्मा, दिल एवं दिमाग से तर्क पूर्ण एवं संतोषप्रद है। अपनी क्रियाकर्म कराने के लिए भगवती स्वरूप कन्या की भ्रूण रूप हत्या करने से पचास–पचास संस्कारों से भी नर्क से इंसान बाहर नहीं आ

पायेगा। फिर, आज कौन से सम्पन्न और शिक्षित बेटे–बेटियाँ विदेशों से अंतिम संस्कार के लिए घर या स्वदेश लौट रहे हैं? दूसरे लोक के लिए अच्छे कर्म चाहिए, अंतिम संस्कार ही नहीं। पूर्ण मुक्ति तो बेटी के कर्म से भी हो सकती है। मैं अपनी पोतियों को यही शुभ संदेश देना चाहता हूँ कि पढ़ो, लिखो, आगे बढ़ो और अपने माता–पिता को बेटों से भी सुंदर संसार बना कर दिखा दो। बेटे–बेटी दोनों ही बच्चे होते हैं। दोनों ही प्यारे होते हैं। कोई भी हो अच्छा ही अच्छा होता है। प्यार से मिलकर आगे बढ़ो, बस। हाँ, इस सबके बाद मुझे एक घोर चिंता है जिसके कारण मैं अपनी पोतियों से नजदीक से नजदीक रहकर दिन गुजारना चाहता हूँ। बचपन बीतेगा, पढ़ाई के लिए बोर्डिंग हाऊस चली जायेंगी, फिर नौकरी देश या परदेश में। पता नहीं कितने समुंदर पार जाती हैं। कोई फुर्सत से मिलने, बतियाने को मिलेगा भी नहीं! उसके बाद ससुराल, इस देश में या विदेश में। आज गाँव में कुछ लोग, पशु, पक्षी और आने–जाने वाले लोग तो दिखते हैं। पलायन की ऐसी रफ्तार रही, तो पता नहीं कौन होगा गाँव में? फिर, मैं अपनी पोतियों को कब देखूंगा? यशस्विनी और समृद्धि मेरी गोद और हाथों में पली–बढ़ी हैं। हमेशा छाती से चिपकी रहीं। शान्विका तो अभी–अभी पैदा ही हुई है। बहुत छोटी है। खून तो नशों में ही बहता है। यदि मेरी शाम रात में भी बदल गई तो प्यार से याद तो जरूर करेंगी। जड़ से ही पेड़ का भविष्य बनता है। मुझे ज्ञात है, मजबूत आधार से उनका जीवन सुखी और सफल होगा। परन्तु, मेरी चिंता यह है कि उनको छोड़कर जाने में मुझे जो अनूठा दर्द होगा, उसे किसी भी जन्म में कैसे सहूंगा। अन्यथा, मानव हूँ, मेरा क्या है? मुझे हमेशा भावना से जांचे, मस्तिष्क से नहीं।

हम बैठे–बैठे पता नहीं किसका इंतजार कर रहे हैं। अब जीवन का सब कुछ याद नहीं आ रहा। परमेश्वर ने बेटे–बहुएं और बच्चे दिये और सारी जिम्मेदारियों स–सम्मान पूरी भी करवाई। कोई ऐसी खास बिमारी भी नहीं, जिससे डर कर हमेशा सतर्क रहना पड़े। वह कब आयेगा और कब–कब आयेगा, इसका पता नहीं, पर एक दिन आयेगा तो जरूर। अंतिम सामना तो उसी से होगा। तब तक उसका दिया हुआ तो इस लोक का सभी सब कुछ भोगना ही पड़ेगा। टूटती नजरों से दूर, शाम के धुंधले प्रकाश में कुछ देखने का प्रयत्न करता हूँ। कोहरे और हल्की धुंध के पीछे उभरती हुई कुछ परछाईयाँ का सा

आभास होता है। पथराई आंखे जोर देकर ढूंढने लगती हैं। शायद–मेरे बेटों, बहू और मासूम सी पोतियों की तस्वीरों को देख बहुत दिनों बाद लगता है, वे अब पुकारेंगें, माँ–पापा–आमा–बूबूजी, हम आ गये। पर, कुछ भी तो नहीं है, वहाँ। धुंध हटकर और आगे बढ़ गई है, ठंड को पीछे छोड़कर। 'फायरप्लेस' में बांज की जलती लकड़ियों की आग के आगे रजाई ओढ़ बंद आंख किये, फिर अतीत में लुढ़क जाते हैं – एक और आने वाले भविष्य का सामना करने के लिए।

एडविन फेलिक्स टॉमस एटकिंसन, (Edwin Felix Thomas Atkinson) आई0सी0एस0 (सन् 1862), एक प्रमुख आयरिश कीट विज्ञान और पेशे से वकील थे। मूलतः अपने सात खण्डों (Volumes) में प्रकाशित, The Himalayan Districs of North Western Provinces of India, वर्तमान में The Himalayan Gazetteer नाम से तीन भागों में प्रकाशित है। एटकिंसन ने लोहाघाट नगर का नाम 'लोहुघाट' (Lohughat) वर्णित करते हुए लिखा है कि 'लोहुघाट पट्टी रेगड़ूबान, परगना काली कुमाऊँ में चम्पावत से छः मील उत्तर की ओर और छीड़ापानी से दस मील, पन्द्रह मील नेपाल सीमा से और तिरेपन मील अल्मोड़ा से पूर्व की ओर जिसका उत्तर अक्षांतर 29^0–24′–2″ और देशांतर 80^0–7′–53″, और जिसकी समुद्र तल से ऊंचाई 5,510′ है, लोहुनदी के किनारे बसा एक गाँव और पुरानी सैनिक छावनी है। (Lohughat, a village and old military cantonment in patti Regaruban and parganah Kali Kumaon, is situated on the Lohu river six miles north of Champawat and ten miles north of Chhirapani, 15 miles from Nepal frontier and 53 miles east from Almora, in North Altitude 29^0-24′-2″ and east longitude 80^0-7′-53″,at an elevation of 5,510 feet above the level of the sea". एटकिंसन ने पुनः लिखा है कि ''सन् 1836 में लोहुघाट का औसत तापक्रम 60^0F था और जनवरी–फरवरी से मई माह तक 30^0 से 82^0 रहता था। (The average temperature is 60^0 in January and February (year 1836), the 82^0 in May" पुनः वह लिखता है,''सुई के नजदीक के देवदारों की झुरमुट विशेषकर सुंदर है और लगता है कि सदियों से स्वयं फैल कर इसने अपने आपको सुरक्षित रखा है।'' "The groves of devdars near are particularly fine and they seems to have spread and perpetuate itself there for centuries"[72]

सन्दर्भ

1. ____________________. **श्री हरिवंश पुराण (महाभारत खिलभाग हरिवंश),** ''षोडशाधिकशततमोऽध्यायः'', भारतवर्ष : गोरखपुर, गीताप्रेस, गोरखपुर, संवत् 2075 (तैंतीसवा संस्करण). प्रिंट, पृष्ठ 831.
2. तदैव, पृष्ठ 832.
3. तदैव, पृष्ठ 832.
4. तदैव, पृष्ठ 833.
5. पाण्डे, बी0डी0. **कुमाऊँ का इतिहास** (History of Kumaun), भारतवर्ष : अल्मोड़ा, श्याम प्रकाशन, अल्मोड़ा बुक डिपो, सन् 1937 (2019 नवीन संस्करण). प्रिंट, पृष्ठ 14–15.
6. ____________________.**स्कंदपुराण** (आवन्त्य–रेवा खण्ड), भारतवर्ष : गोरखपुर, गीताप्रेस, गोरखपुर, संवत् 2074 (छब्बीसवां संस्करण). प्रिंट, पृष्ठ 1001.
7. ____________________.**श्रीहरिवंशपुराण (महाभारत–खिलभाग हरिवंश),** ''षोडशाधिकशततमोऽध्यायः'', भारतवर्ष : गोरखपुर, गीताप्रेस, गोरखपुर, संवत् 2075 (तैंतीसवा संस्करण). प्रिंट, पृष्ठ 839.
8. तदैव, पृष्ठ 839.
9. तदैव, पृष्ठ 840.
10. तदैव, ''अष्टादशाधिकशततमोऽध्यायः'' भारतवर्ष : गोरखपुर, गीताप्रेस, गोरखपुर, प्रिंट, पृष्ठ 844.
11. तदैव, ''विंशत्यधिकशततमोऽध्यायः'' भारतवर्ष : गोरखपुर, गीताप्रेस, गोरखपुर, प्रिंट, पृष्ठ 867.
12. तदैव.
13. तदैव, ''षड्विंशत्यधिकशततमोऽध्यायः'' भारतवर्ष : गोरखपुर, गीताप्रेस, गोरखपुर, प्रिंट, पृष्ठ 908.
14. तदैव, पृष्ठ 914.

15.____________________. **स्कंदपुराण** (आवन्त्य–रेवा खण्ड), ''बाणासुर के तीन पुरों का भगवान शंकर के द्वारा संहार'', भारतवर्ष : गोरखपुर, गीताप्रेस गोरखपुर, संवत् 2074 (छब्बीसवां संस्करण). प्रिंट, पृष्ठ 1001.

16. तदैव, पृष्ठ 1002.

17. चौहन, नतवट. ''मांडली भजन'' : गुजराती डी भाग, यूट्यूब.

18.____________________. ***श्री हरिवंश पुराण महाभारत–खिलभाग हरिवंश),*** ''अष्टादशाधिकशततमोऽध्यायः'' भारतवर्ष : गोरखपुर, गीताप्रेस, गोरखपुर, संवत् 2075 (तैंतीसवा संस्करण). प्रिंट, पृष्ठ 847.

19- Srinivasachari, P.N. *The Ethical Philosophy of the Gita:*"Shrimad Bhagwad Gita - Chapter VII" India : Madras, Shri Rama Krishna Math, Madras,1994. Print, Page 162.

20. विकीपीड़िया (अनुवादित).

21. गर्ग, मुकेश कुमार (सम्पादक). ***श्री विशणुसहस्त्रनाम,*** भारतवर्ष : दिल्ली, पूजा प्रकाशन, दिल्ली, 1918. (नवीन संस्करण). प्रिंट, पृष्ठ 30.

22. तदैव, पृष्ठ 31.

23. तदैव, पृष्ठ 07.

24. तदैव, पृष्ठ 24.

25. पाण्डे, बी0डी0. ***कुमाऊँ का इतिहास*** *(History of Kumaun)*, भारतवर्ष : अल्मोड़ा, श्याम प्रकाशन अल्मोड़ा बुक डिपो, 1937 (2019 नवीन संस्करण). प्रिंट, पृष्ठ 394.

26. तदैव, पृष्ठ 595.

27. तदैव, पृष्ठ 290.

28. तदैव, पृष्ठ 290.

29. तदैव, पृष्ठ 230.

30. तदैव, पृष्ठ 232.

31. तदैव, पृष्ठ 293.

32. एटकिंसन, एडविन फेलिक्स टॉमस. (अनुवादित) ***द हिमालयन गजिटियर,*** भारतवर्ष : देहरादून, नटराज पब्लिसर्स, राजपुर रोड, देहरादून, भाग 2, 1884 (2014 नवीन संस्करण). प्रिंट, पृष्ठ 508.
33. तदैव, भाग–3, प्रिंट, पृष्ठ 555–556.
34. तदैव.
35. एटकिंसन, एडविन फेलिक्स टॉमस. (अनुवादित) *नोट : भुजान एण्ड थल,* भारतवर्ष : देहरादून, नटराज पब्लिसर्स, राजपुर रोड, देहरादून, भाग 2, प्रिंट, पृष्ठ 507.
36. तदैव, पृष्ठ 576.
37. तदैव, पृष्ठ 595.
38. पाण्डे, बी0डी0. ***कुमाऊँ का इतिहास*** *(History of Kumaun)*, भारतवर्ष : अल्मोड़ा, श्याम प्रकाशन अल्मोड़ा बुक डिपो, 1937 (2019 नवीन संस्करण). प्रिंट, पृष्ठ 596.
39. तदैव, पृष्ठ 246.
40. तदैव.
41. तदैव.
42. तदैव, पृष्ठ 254.
43. तदैव, पृष्ठ 246.
44. तदैव.
45. एटकिंसन, एडविन फेलिक्स टॉमस. (अनुवादित) ***द हिमालयन गजिटियर,*** भारतवर्ष : देहरादून, नटराज पब्लिसर्स, राजपुर रोड, देहरादून, भाग 2, 1884 (2014 नवीन संस्करण). प्रिंट, पृष्ठ 510.
46. पाण्डे, बी0डी0. ***कुमाऊँ का इतिहास*** *(History of Kumaun)*, भारतवर्ष : अल्मोड़ा, श्याम प्रकाशन अल्मोड़ा बुक डिपो, 1937 (2019 नवीन संस्करण). प्रिंट, पृष्ठ 46.
47. पाण्डे, बी0डी0. ***कुमाऊँ का इतिहास*** *(History of Kumaun)*, (एटकिंसन उद्धृत) भारतवर्ष : अल्मोड़ा, श्याम प्रकाशन अल्मोड़ा बुक डिपो, 1937 (2019 नवीन संस्करण). प्रिंट, पृष्ठ 535.
48. तदैव.

49. पाण्डे, बी0डी0. ***कुमाऊँ का इतिहास*** *(History of Kumaun)*, भारतवर्ष : अल्मोड़ा, श्याम प्रकाशन अल्मोड़ा बुक डिपो, 1937 (2019 नवीन संस्करण). प्रिंट, पृष्ठ 218.

50. तदैव.

51. पाण्डे, बी0डी0. ***कुमाऊँ का इतिहास*** *(History of Kumaun)*, (एटकिंसन उद्धृत) भारतवर्ष : अल्मोड़ा, श्याम प्रकाशन अल्मोड़ा बुक डिपो, 1937 (2019 नवीन संस्करण). प्रिंट, पृष्ठ 218.

52. पाण्डे, बी0डी0. ***कुमाऊँ का इतिहास*** *(History of Kumaun)*, (एटकिंसन उद्धृत) भारतवर्ष : अल्मोड़ा, श्याम प्रकाशन अल्मोड़ा बुक डिपो, 1937 (2019 नवीन संस्करण). प्रिंट, पृष्ठ 190.

53. तदैव, पृष्ठ 159.

54. तदैव, पृष्ठ 188.

55. तदैव.

56. तदैव, पृष्ठ 194–95.

57. तदैव, पृष्ठ 191.

58. तदैव.

59. पाण्डे, बी0डी0. ***कुमाऊँ का इतिहास*** *(History of Kumaun)*, भारतवर्ष : अल्मोड़ा, श्याम प्रकाशन अल्मोड़ा बुक डिपो, 1937 (2019 नवीन संस्करण). प्रिंट, पृष्ठ 232.

60. तदैव, पृष्ठ 213.

61. तदैव.

62. तदैव.

63. तदैव.

64. तदैव. पृष्ठ 214.

65. तदैव, पृष्ठ 215.

66. तदैव, पृष्ठ 213.

67. तदैव, पृष्ठ 236.

68. तदैव, पृष्ठ 253.

69. तदैव.

70. तदैव.

71. तदैव, पृष्ठ 285.

72. एटकिंसन, एडविन फेलिक्स टॉमस : **द हिमालयन गजिटियर**, भारतवर्ष : देहरादून, नटराज पब्लिसर्स, राजपुर रोड, देहरादून, 1884 (2014 नवीन संस्करण). प्रिंट, पृष्ठ सं0 555–56.

लेखक के बारे में

डा0 एस0एस0 देव, अंग्रेजी साहित्य के एक लब्ध प्रतिष्ठ प्रोफेसर (रि0) लगभग 40 वर्ष की निरंतर सेवा के उपरांत हेमवती नन्दन बहुगुणा विश्व विद्यालय (केन्द्रीय विश्व विद्यालय) से कार्य मुक्त हुए हैं। अपनी सेवा के दौरान विश्वविद्यालय के कई महत्वपूर्ण शौक्षणिक एवं प्रशासनिक पदों पर कार्यरत रहे। इन्होंने तीस वर्ष **विभागाध्यक्ष, अंग्रेजी, आधुनिक यूरोपियन एवं अन्य विदेशी भाषायें और लम्बे समय तक संकायाध्यक्ष, कला, संकायाध्यक्ष, विकास एवं संकायाध्यक्ष, आर्ट्स, कम्युनिकेसन एवं लैंग्वेजेज** तथा अल्पकालिक कार्यवाहक कुलपति के अतिरिक्त कई अन्य महत्वपूर्ण पदों में भी कार्य संपादित किया। वे अपने विश्वविद्यालय एवं अन्य विश्वविद्यालयों की शैक्षणिक परिषद, शोध उपाधि समिति, विद्वत–परिषद एवं कार्य–परिषदों में कार्य कर चुकें हैं। लम्बे शैक्षणिक एवं शोध के अनुभव के चलते, इन्होंने पैंतालीस पी.एच.डी. शोध छात्र–छात्राओं और कई एम0फिल0 छात्र–छात्राओं को निर्देशित कर शोध–ग्रंथ पूरे करवाये, जिसके फलस्वरूप इनके शत–प्रतिशत शोधार्थी एवं छात्र–छात्राऐं आज उच्चतम पदों में आसीन हैं। विदेश एवं अन्यत्र कार्यशाला एवं सेमिनार में प्रस्तुत किये गये शोध–पत्रों एवं प्रकाशन के लिए इन्हें उचित रूप से सम्मानित भी किया गया है। बीसवीं सदी के आधुनिक अंग्रेजी साहित्य के जाने–माने विशेषज्ञ, डा0 देव आधुनिक समालोचना में भी शोध एवं शिक्षण के द्वारा उत्कृष्ट कार्य कर चुके हैं। इनकी लिखित एवं संकलित आठ पुस्तकों में विश्वविद्यालय के छात्र–छात्राओं के लिए आक्सफोर्ड यूनिवर्सिटी प्रेस, नई दिल्ली एवं नेशनल पब्लिशिंग हाऊस, देहरादून की पुस्तकें अपने विश्वविद्यालय के अतिरिक्त अन्य राज्यों के कई संस्थानों में लम्बे समय तक पाठ्यक्रम का अंश रहीं। उत्तराखण्ड शासन के आदेश पर विश्वविद्यालय की ओर से पाठ्यक्रम की पुस्तकों को संकलित करवाना इनकी छात्र हित में बड़ी उपलब्धि मानी गई। ये पुस्तकें भी उत्तराखण्ड राज्य की सभी उच्च–शिक्षा संस्थानों में पाठ्यक्रम के रूप में लम्बे समय तक प्रचलित रहीं। इन्हें अन्तर्राष्ट्रीय फ्रैंडशीप सोसाईटी की ओर से इनके उत्कृष्ट शैक्षणिक एवं प्रशासनिक कार्य के लिए विशिष्ट अवार्ड से भी नवाजा गया है। खेल, सांस्कृतिक एवं अन्य छात्र–कल्याण गतिविधियों में भी इनका योगदान प्रशंसनीय रहा है। प्रोफेसर देव एक कुशल समाजसेवी व लेखक भी हैं।

FCW - #0295 - 061026 - C0 - 280/216/10 - PB - 9789354726842 - Gloss Lamination